Manfred Richter

Jakobs Augen

Erzählung

Mit einem autobiografischen Anhang
von Klaus Mudlagk

D1666214

MärkischerVerlag Wilhelmshorst
2005

Umschlaggestaltung: Petra Laue
Korrektorat: Maria Zentgraf

Ähnlichkeiten mit lebenden Personen wären rein zufällig

© MärkischerVerlag Wilhelmshorst 2005
Alle Rechte vorbehalten – 1. Auflage
Druck und Bindung: Druckservice Viener, Vimperk
ISBN 3-931329-38-0   REIHE X-9135-6000-4

Ich bin blind, war es aber nicht immer. Als Kind blickte ich wie jedermann in die Welt, sie war so selbstverständlich, daß ich nicht auf sie achtete. Erst durch Verlust begreifen wir, was wir besessen haben.

Den Entschluß, dieses Büchlein zu schreiben, faßte ich in ungünstiger Zeit, also heute. Ich habe keine Arbeit mehr, niemand braucht mich, obwohl ich doch kräftig bin und gewiß auch nicht dumm. Ich hocke als Sechzigjähriger sinnlos in der Wohnung und war doch einst ein Mensch unter Menschen.

Sonja, meine geduldige Frau, sagte: »Schreib! Schreib über dich, schreib über früher...«

Anfangs sträubte ich mich. Schreiben ist schwer. Eines Tages aber erfüllte mir mein Sohn einen alten Wunsch. Er kramte unser verstaubtes Tandem aus dem Keller. Wir beide radelten von Babelsberg in einer acht Tage währenden Fahrt nach Oberbayern bis nach Füssen und Kempten. Ich kletterte mutterseelenallein auf den Hohen Aggenstein – für Sehende gewiß ein relativ leicht zu erklimmender Berg. Mich, einen Blinden, kostete es Mühe und Angstschweiß. Ich ahnte die Abgründe unter mir, wenn Hände und Füße haltsuchend in die Felswand griffen. Oben jedoch, im Angesicht des Himmels, den ich nicht sehen konnte, im Einklang mit der tiefen Stille ringsum und dem Trotzgefühl, weil ich es schaffte, begriff ich, daß Sonja recht hat.

Glubschkopp

Es ist Krieg und bitter kalt an jenem Wintertag. Durch die Straßen von Babelsberg fegt nasser Schnee. Für zivile Menschen gibt es längst keine Autos mehr, auch keine Krankenwagen. Elfriede Berger, die meine Mutter werden soll, hat ihre Tochter, die vierjährige Ingeborg, der Obhut einer Nachbarin anvertraut und quält sich an den Ruinen und Häuserfronten entlang dem Krankenhaus zu, einem roten, abweisenden Backsteinbau. Die Fruchtblase ist vorzeitig geplatzt, und Elfriede Berger, gegen die Wehenschmerzen ankämpfend, muß sich alle Augenblicke gegen eine Hauswand lehnen. Wegen des ständig drohenden Fliegeralarms verfrachtet man sie dann sofort in den Klinikkeller.

Hier komme ich, kaum zweieinhalb Pfund schwer, zur Welt. Mein Vater erfährt von allem erst später. Er ist an der Ostfront, ›im Felde‹, wie man beschönigend sagt. Das heißt, er liegt an der polnischen Grenze in einem dreckigen Schützengraben und hat Angst um sein Leben.

Mutter besteht darauf, daß ihr Sohn nach dem Vater Martin heißt, sein Rufname aber soll Jakob sein. Eigentlich sind die Nazis gegen Namen hebräischen Ursprungs. Aber da ist noch die Bibel, und darin kennt sich Mutter aus. Nach ihrer Version war Jakob ein Mann, dem alle Dinge gelingen, ein kluger Kerl von großer Kraft und Zuversicht. Im Dezember 1944, dem Jahr und Monat meiner Geburt, geht bereits alles drunter und drüber. Jedermann weiß, daß der Krieg glücklich verloren ist. Und so wird mir, dem blauhäutigen, unterernährten Frühchen, ohne Widerspruch der Name Jakob zugebilligt.

Meinem Vater, Martin Berger, gelingt es, aus einem Gefangenenlager zu fliehen und bald nach Kriegsende heimzukommen, verlaust wie ein Straßenköter und dünn wie ein Hering. Anfangs traut er sich nicht auf die Straße, weil er fürchtet, die Russen könnten ihn nachträglich noch einmal wegfangen und abtransportieren.

Mutter wird Straßenbahnschaffnerin und ist ewig müde. Vater sitzt zu Hause herum. Er kramt gern in seinem Bücherregal und liest viel. Aber der Brotkasten ist leer. Er muß wohl oder übel für Essen sorgen, zieht in mondlosen Nächten, trotz der Sperrstunde, mit einem Rucksack los und klaut Kartoffeln oder Zuckerrüben aus einem Feldsilo. Selbst die abfallenden Kartoffelschalen werden noch durch den Fleischwolf gedreht und von Vater auf den Herdringen ohne Fett zu einer krustigen Pampe gebacken. Tags schneidet er auf den Roggenfeldern mit einer Schere reife Ähren von den Halmen. Tochter Ingeborg, meine Schwester, muß mitkommen. Wenn beide von den Bauern oder von Hilfspolizisten erwischt werden, drücken die schon mal wegen der kleinen Ingeborg ein Auge zu. Um kochen zu können und später die Eisblumen wenigstens am Küchenfenster los zu werden, schlägt Vater im nahen Birkenwäldchen Holz. Birke brennt auch in frischem Zustand.

Später, als ich schon älter und ein wenig zu Verstand gekommen bin, erzählt mir die Schwester von allem. Das ist die Zeit, da in meinem Kopf die Schmerzen beginnen. Ingeborg will mich ablenken oder trösten. Manchmal gelingt ihr das auch. Und am besten gefällt mir, dem Brüderchen, die Sache mit dem Namen Jakob. Ich nehme mir vor, ebenfalls ein schlauer Mann voller Kraft zu werden und natürlich voller Zuversicht, was auch immer das sein mag.

Allmählich normalisiert sich das Leben. Papa bekommt Arbeit im Babelsberger Lokomotivwerk und Mama wechselt in das Büro der Straßenbahngesellschaft. Alles wird ein wenig leichter.

Eine Etage unter uns wohnt Ralf, den alle ›Wolli‹ nennen, weil seine Mutter Wollmann heißt – die ›Witwe Wollmannen‹. Ihr Mann hatte es nicht so gut getroffen wie Vater, er fiel noch in den letzten Kriegstagen.

Wolli und ich sind gleichaltrig. Mit Ingeborg spielen wir oft ›Mutter und Kind‹. Die Schwester schubst uns dann hier hin und da hin und hat eine strenge Stimme. Manchmal spielen wir auch Haschen, ›Blinde Kuh‹ oder Verstecken. Wir kriechen dann hinter die Mülltonnen oder verbergen uns zwischen den Schuppen im Hof. Am schönsten aber ist ›Himmel und Hölle‹.

Ingeborg kratzt mit einem Stück Ziegelstein die Kästchen für ›Himmel und Hölle‹ auf den Beton – zusammenhängende Vierecke in die man ein Kettchen wirft. Das Kettchen hat sie aus Sicherheitsnadeln gebastelt. Wer in die Kästchen trifft, darf sie abhüpfen und das Kettchen holen. Das vorletzte Kästchen aber ist ein breiter Streifen – die Hölle. Sie muß übersprungen werden. Wer es schafft, ohne auf einen Strich zu treten, landet mit einem Satz im letzten Kästchen, und das ist der Himmel. Einmal wird auf zwei und in der nächsten Runde auf nur einem Bein gesprungen. Am schwersten ist es, mit geschlossenen Augen wie ein Blinder die zehn Kästchen zu überwinden. Nach jedem Schritt muß laut gefragt werden: »Bini?« Das soll heißen: »Bin ich?« Wenn die anderen krähen: »Weiter!«, dann darf man das nächste Kästchen betreten – und landet nach einem Sprung über die Hölle glücklich im Himmel.

Zur Schuleinführung bekomme ich, wie jedes Kind, eine Zuckertüte. Die meine ist ein wenig klein geraten, und ich blicke neidisch auf die Riesentüte von Wolli. Dafür lehnt zu meiner Überraschung in der Stube, an Mutters versenkbarer Veritas-Nähmaschine, ein besonderes Geschenk: mein erstes Fahrrad. Die Freude ist größer als über alle Zuckertüten. Und es stört mich überhaupt nicht, daß es ein gebrauchtes und reichlich altes Vehikel ist. Vater hat den Rahmen rot lackiert, den rostigen Lenker mit grünem Lassoband umwickelt und an die Pedale dicke Holzklötzchen geschraubt, damit meine kurzen Beine hinlangen können. Auf dem engen Hof hilft er mir bei den ersten ungeschickten Balanceakten. Schon nach wenigen Tagen aber kann ich mit dem Rad zur Schule fahren.

Anfangs verläuft der Unterricht normal. Die ABC-Fibel, PAPA, MAMA und PAULA, bringe ich leidlich schnell hinter mich. Papas Lesewut hat sich auf mich übertragen. Ich lese gern und viel, will wissen, welche Geheimnisse hinter den Buchstabenfügungen stehen. Nur hin und wieder klage ich über Kopfschmerzen, Vater gibt mir dann einen freundschaftlichen Klaps und meint: »Du wächst eben!«

Dagegen habe ich nichts einzuwenden. Im zweiten Schuljahr kann ich jedoch von meiner Bank aus die Schrift an der Tafel nur noch undeutlich erkennen. Ich lasse mir aber nichts anmerken, spiele den Zerstreuten, den Klassenkasper, und werde wiederholt getadelt. Während der Schularbeiten daheim, wenn ich mich tief über das Schreibheft beuge, um besser lesen zu können, stößt mich Papa. »Sitz grade, Bengel!«

Natürlich folge ich, aber meine Augen gehorchen nicht, und meist klopft hinter ihnen auch warnend ein Schmerz. Es dauert geraume Zeit, ehe die Eltern merken, daß mit mir etwas nicht stimmt.

Eines Abends meint Vater, Mutter solle mit dem Jungen doch einmal Doktor Crohn, den Augenarzt, aufsuchen. »Besser ist besser«, sagt er. Also muß ich mitten in der Woche baden und frische Wäsche anziehen. Ich finde das albern, weil ein Augenarzt, wie ich glaube, nur ins Gesicht schaut.

Der Arzt, ein dicker, fröhlicher Mann, gibt mir die Hand und sagt: »Guten Tag, mein Sohn, ich bin der Doktor Crohn!«

Mama streift mir das Hemd über den Kopf. Ich werde abgehorcht, gewogen und gemessen. Die Augen kommen ganz zuletzt dran. Der Arzt knipst helles Licht an und hält mir einen kleinen Spiegel so dicht vors Gesicht, daß mich sein Atem anbläst. Durch ein winziges Loch in seinem Spiegel blickt er mir dabei in die Augen. Danach setzt er mir ein Gestell auf die Nase, schiebt verschiedene Gläser hinein, und von einer Tafel an der Wand muß ich große und kleine Buchstaben ablesen. Mit Hilfe der Gläser gelingt mir das manchmal. Danach füllt Doktor Crohn hinter seinem Schreibtisch einen Überweisungsschein für die Klinik aus, und Mama fragt leise: »Ist es schlimm, Herr Doktor?«

Der Arzt legt mir seine dicke, warme Hand auf den Kopf wie eine Mütze und beschwichtigt: »Ach was, der Sohnemann ist jung. Ein paar Vorsichtsmaßnahmen, Augentropfen, keinerlei Anstrengungen! Vielleicht eine Brille.« Aber fröhlich sieht er nicht aus dabei. Er hat einen Trost geschwindelt, auf dem Überweisungsschein steht nämlich: Verd. auf Glaucoma absolutum. Weder ich noch die Eltern ahnen, welche verhängnisvolle Rolle diese beiden lateinischen Wörter einmal spielen werden.

Am nächsten Tag besorgen wir bei einem Optiker die Brille für mich, und Mutter telefoniert von ihrem Büro aus mit Fräulein Lindner, meiner gutriechenden Klassenlehrerin. Von Stund an muß ich während des Unterrichts in der ersten Bankreihe sitzen. Die Kreidebuchstaben und die Zahlen an der Tafel kann ich nun zwar etwas besser lesen, aber es ist doch eine bescheuerte Situation. Auf den vorderen Bänken, sozusagen unter der Lehrernase, sitzen eigentlich nur die Blödmänner und Unruhestifter.

Fräulein Lindner ist noch sehr jung, eine Neulehrerin. So nannte man damals Pädagogen, die oft mehr aus Not als aus Neigung diesen leidvollen Beruf ergriffen. Meine Neulehrerin wollte eigentlich Friseuse werden. Jetzt sitze ich dicht vor ihr, und der süße Duft ihres Parfüms verwirrt mich vollends.

Nicht mein Augenleiden, sondern die verordnete Änderung des Sitzplatzes wird eine meiner ersten schlimmen Lebenserfahrungen. Seit dem Schulbeginn teilt Wolli eine Bank mit mir. Wir Jungen haben also einen gemeinsamen Schulweg. Wenn es eilig ist, und das passiert oft, klemmt sich Wolli vorn auf meine Fahrradstange, und ich strample uns beide, fit wie mein biblischer Namensvetter, über das holprige Straßenpflaster oder auch mal über den glatten Bürgersteig bis zum Schulhof.

Jetzt aber trennt uns die gutgemeinte Umsetzung nicht nur räumlich, sie löst auf geheimnisvolle Weise auch unsere Kinderseelen voneinander. Da ist niemand mehr, mit dem ich im Rücken der anderen flüstern kann, keiner mehr, der von mir abschreibt oder der mich abschreiben läßt.

Einmal, zur großen Pause, spielen wir Jungen wie gewöhnlich Fußball auf dem Schulhof. Natürlich habe ich dazu die Brille abgesetzt. Ich bekomme den Ball zugespielt, will zurückschießen und trete Wolli, sicher in Folge meiner Sehschwäche, kräftig gegen das Schienbein. Wolli hüpft vor Schmerzen und schreit mich an: »Glubschkopp, verdammter!«

»Selber Glubschkopp!« schreie ich wütend zurück.

»Du hast's nötig, Mann, hau bloß ab, du blindes Ei!«

Das trifft mich mehr als erwartet. Wir sind beide erhitzt vom Spiel und ich fauche: »Sag das noch mal, los, sag's!«

Wolli zögert, vielleicht denkt er an unsere Freundschaft, an die großen und kleinen Geheimnisse, die wir bisher miteinander teilten, er weiß schließlich, daß ich nicht absichtsvoll getreten habe. Aber da sind die anderen Jungen, die gespannt eine kleine Keilerei erhoffen. Es wird plötzlich erwartungsvoll still in der Runde. Ich glaube zu sehen, daß Wolli mich hämisch angrinst und höre ihn zischeln: »Froschauge, Mann, kiek dir doch an, 'n echter Frosch!«

Da schlage ich ihm beide Fäuste gegen die Brust, Wolli stürzt nach hinten über die Schweinetonne. Die Hausmeisterin sammelt darin die Reste des Schulessens. Und ehe die Aufsicht eingreifen kann, wälzen wir uns prügelnd, von den johlenden Jungen angestachelt, im stinkenden Unrat. Wolli ist der Stärkere. Kräftig wie Jakob bin ich damals nur im Kopf gewesen.

Zu Hause, im Spiegel über dem Waschbecken, durchforsche ich mein Gesicht, entdecke aber nichts Besonderes. Dennoch frage ich Mutter, ob ich Froschaugen habe. Sie ist entsetzt oder tut wenigstens so. »Das darfst du nicht mal im Traum denken!« Sie drückt mich gegen ihre Schürze und fährt mir mit ihren rauen Händen durchs Haar. Aber gerade das macht mich misstrauisch. Und in der Nacht träume ich von Fröschen.

Der Name bleibt hängen. In der Schule rufen sie mich fortan ›Frosch‹ und quälen mich, wie das nur Kinder mit Kindern können. Sie beschmieren heimlich meine Schulhefte oder stehlen mir die Fahrradventile. Selbst die Mädchen spotten: »He, Bullauge« — »He, Frosch!« Ich hasse den Namen und höre doch auf ihn, froh, wenn er nur ein wenig Kontakt verspricht. Ich erniedrige mich, versuche zu lächeln, wenn ich eigentlich meine, zuschlagen zu müssen. Allmählich verliere ich jede Bindung an die Klassengemeinschaft, und möchte ihr doch so gern angehören.

Jakob nennt man mich nur noch zu Hause. In der Schule bleibe ich der Frosch. Einmal nennt mich sogar Fräulein Lindner so. Es ist ihr peinlich, und sie entschuldigt sich.

Mit Ralf Wollmann aber wechsle ich nie wieder ein freundliches Wort. Kurz nach den Osterferien, gleich am ersten oder zweiten Schultag, verunglückt Wolli tödlich. Er spielte mit gefundener Munition. Die Explosion riß ihm eine Schlagader auf und er verblutete.

Die gesamte Schulklasse nimmt an der Beerdigung teil, ich auch. Es ist ein warmer Tag. Vor dem Fenster der Friedhofskapelle gurren die Tauben wie verrückt. Wir sind mal gerade neun Jahre alt.

Bald darauf schmerzen Kopf und Augen so arg, daß mich Fräulein Lindner mitten in der Deutschstunde nach Hause schickt. Die Eltern sind noch auf Arbeit. Ingeborg, die Schwester, versucht, mir zu helfen, dunkelt das Fenster mit einer Dekke ab, gibt mir Tabletten und legt mir kühlende Umschläge auf die Stirn. Ich aber, in meiner Qual, trommle mit den Fäusten gegen den Küchenschrank und am Ende auch auf die ältere Schwester ein. Sie wehrt mich nur sanft ab und wir heulen beide.

Am nächsten Morgen entschuldigen sich die Eltern auf der Arbeit, Mutter packt den Überweisungsschein von Doktor Crohn in die Handtasche, und beide bringen mich in die Charité. Die Schmerzen haben ein wenig nachgelassen. Aber allein die Fahrt ist anstrengend, selbst für gesunde Menschen mit dem Rad im Regen eine halbe Stunde bis zum Bahnhof, und dann, naß bis auf die Haut, noch einmal lange mit der Bahn.

Die Eltern sind auf der Reise sehr schweigsam. Sie halten sich bei den Händen und Papa legt mir einen Arm über die Schulter. Das wärmt ein bißchen und darüber, ohnedies übermüdet, schlafe ich ein.

In der Klinik geht es nicht so gemütlich zu wie bei dem dikken Doktor Crohn. Ich muß meine feuchten Klamotten ausziehen und Mutter hält sie die Prozedur über im Arm. Wieder werde ich gründlich untersucht, hierhin und dorthin geschoben. Man mißt den Augeninnendruck, und von einer Tafel soll ich die verschiedenen großen Buchstaben ablesen, erst mit dem einen, dann mit dem anderen Auge. Das Ablesen geht flott, ich kenne die Tafeln und Buchstaben von Doktor Crohn und nenne auch jene laut, die ich gar nicht mehr lesen kann. Der argwöhnische Arzt hält mir jedoch verschiedene Bilder vor die Nase, da erkenne ich nur wenig. Das verrät mich.

Genützt hätte die kleine Schummelei sowieso nichts. Während Mutter mir wieder in Hemd und Hose hilft, sagt der Arzt den Eltern unumwunden: »Wir müssen operieren. Das Vernünftigste ist, Sie lassen den Jungen gleich hier!«

Damit hat keiner gerechnet. Nichts ist vorbereitet. Mutter schreibt im Wartezimmer reichlich nervös auf, was Vater gleich in der Stadt besorgen soll – Nachthemd, Zahnbürste, Seife,

Waschlappen, all das Zeug, was nicht unbedingt ich, aber ›man‹ für einen Krankenhausaufenthalt braucht. Sie selbst inspiziert mit mir in der Zwischenzeit mein zukünftiges Krankenzimmer.

Da stehen sechs Betten nebeneinander. Bis auf eines sind alle belegt, drei ältere Männer und zwei Jungen. Sie schauen neugierig her. Das sieht ulkig aus, weil sie alle nur mit einem Auge gucken können, das andere ist hinter einer schwarzen Klappe versteckt.

Mutter schiebt mich in die Tiefe des Zimmers und sagt: »Guten Tag!« Weil niemand antwortet, ergänzt sie ein wenig unsicher: »Das ist Jakob, mein Sohn. Er – er bleibt hier.«

Einer der Männer, ein Riese mit Glatze und derbem Kinn wie ein Boxer, brummt: »Noch so 'ne Rotznase!« Er weist mit dem Daumen auf das leere Bett neben dem seinen. »Hast Schwein, liegst am Fenster.«

Aber das tröstet mich nicht. Das sterile Weiß des Zimmers, die fremden Menschen, der scharfe Geruch nach Schweiß und irgendeinem Desinfektionsmittel machen mich unsicher und ängstlich. Ich bekomme wieder meine Kopfschmerzen.

Vater hat besorgt, was ihm Mutter auf den Zettel schrieb, nur den Waschlappen hat er vergessen. Dafür aber bringt er eine Tüte Bonbons mit und überflüssigerweise auch Postkarten, damit ich nach Hause schreiben kann, wie es mir geht. Leider ist das Nachthemd viel zu groß, und ich maule: »Ich sehe aus wie'n Gespenst«. Mama schimpft leise mit dem ungeschickten Vater, der wehrt ebenso leise ab: »Es gab keine anderen.« Mutter krempelt mir die Ärmel hoch und flüstert an meinem Ohr: »Da wächste schon rein, wirst sehen.«

Eine Krankenschwester betritt das Zimmer, und die Eltern müssen sich verabschieden. Ich bitte Papa noch, nur ja mein Fahrrad nicht am Bahnhof stehen zu lassen.

Weltlicht

So ein Klinikbetrieb ist für Neulinge, wie ich einer bin, ziemlich anstrengend. Ständig kommt oder geht jemand. Da liege ich am hellen Tag faul in einem weißen Bett und denke, ich könnte pennen bis in die Puppen. Aber gegen fünf Uhr in der Frühe wird die Tür aufgerissen, eine Schwester ruft unausgeschlafen und grimmig: »Morgen!«

Sie drückt jedem ein Fieberthermometer in die Hand, auch mir. Natürlich habe ich kein Fieber, aber messen muß ich trotzdem. Kaum bin ich wieder eingeduselt, bringt eine andere Schwester mit einem Wagen das Frühstück und verteilt es geräuschvoll klappernd auf uns sechs. Allerdings gibt es meist nur dünnen Tee und ein Marmeladenbrötchen. Wenig später marschiert die Visite ins Zimmer. Die Ärzte unterhalten sich laut mit den anderen Patienten, weil man sich schon kennt. Bei mir blättern sie nur in ihren Papieren, flüstern miteinander und nicken mir zu, als sei ich ein Schwerkranker.

Nach der Visite verdrücken sich die drei erwachsenen Patienten zum Rauchen aufs Klo. Wir Jungen bleiben allein im Zimmer. Viel unternehmen können wir allerdings nicht, wir spielen ›Schiffeversenken‹, und einmal veranstalten wir eine Kissenschlacht. Danach haben die Alten allerdings mächtig gemeckert.

Die Vorbereitungen auf die Operation dauern einige Tage. Wieder und wieder untersucht man meine Augen, ich werde geröntgt, eine Schwester nimmt mir immer wieder Blut ab. Der Boxer im Nachbarbett zieht mich schon auf, nennt mich eine Tankstelle für Vampire.

Das Mittagessen ist selbst für die damalige Zeit eine Schande. Mutter mußte meine Lebensmittelkarte abgeben. Aber es gibt fast immer nur Suppe oder Pellkartoffeln und Quark. Einmal stopft der Boxer Quark und Kartoffeln vor den Augen der Schwester gleich in den Nachttopf. »Wozu erst der Umweg durch meinen Bauch?« brüllt er. Alle freuen sich schon auf einen kräftigen Streit. Aber außer der Oberschwester haben sie alle Respekt vor dem Riesen und der Krach bleibt aus. Abends, zur Schlafenszeit, hocken die Männer auf seinem Bett und spielen leise Skat.

Eines Tages bekomme ich kein Mittagessen. Wie die Männer vom Rauchen zurückkommen, knufft mich der Riese: »Stehst auf dem OP-Plan. Morgen bist'e fällig, Zwerg!«

Nun gut, wegen der Operationen liege ich schließlich hier, erst soll das rechte und danach das linke Auge operiert werden. Aber jetzt fährt mir doch der Schreck in die Glieder. Ich starre zur Decke hoch und denke, bloß nichts anmerken lassen, wenn ich losheule, lachen sie mich aus, vor allem der Boxer. Ich drehe den Kopf zum Fenster und würge an meiner Angst.

Am Nachmittag rasiert man mir die Augenbrauen und schneidet alle Wimpern weg. Statt des Abendbrotes bekomme ich lediglich eine Beruhigungstablette. Und ausgerechnet diesmal gibt es Eierkuchen. Der Riese schmatzt ekelhaft. Ich stelle mir vor, wie die Eltern jetzt zu Hause mit Ingeborg am Tisch sitzen und vielleicht von mir reden. Die Tablette wirkt jedoch, ich dämmere wie erwünscht in den Schlaf.

So richtig komme ich auch am Morgen nicht zur Besinnung. Eine Schwester hilft mir, mein großes Nachthemd gegen ein kurzes OP-Hemd zu tauschen. Und merkwürdigerweise streift sie mir dicke Wollsocken über. Ich versuche, mutig auszusehen. Die Mitpatienten schweigen, nicht einmal der Boxer sagt etwas. Mit Hilfe der Schwester rutsche ich auf eine Krankentrage. Ich blicke geradeaus zur Decke hoch, ohne etwas wirklich zu sehen. Und dann rollt man mich aus dem Zimmer.

Wie ich später aus der Narkose erwache, liege ich schon wieder in meinem Bett. Zuerst höre ich die leise Stimme von Schwester Anne: »Hallo, Bub, alles ist vorüber, keine Sorge. Deine Augen sind verbunden. Das muß so sein. Morgen geht es dir schon wieder besser.« Sie legt ihre warme Hand an meinen Hals, das tut gut. Aber mir ist trotzdem furchtbar schlecht. Und erst nach einer geraumen Weile spüre ich, daß man mich fest ans Bett geschnallt hat, ich kann nur die Finger und Zehen ein bißchen bewegen. Die Stunden verstreichen sehr, sehr langsam.

An den Geräuschen um mich her merke ich, daß es Nachmittag und Abend wird. Meine Mitpatienten unterhalten sich die ganze Zeit nur flüsternd. Dem Boxer allerdings gelingt das nicht so richtig. Hin und wieder setzt sich etwas Schweres auf meinen Bettrand und betupft mit einem feuchten Wattestab meine trockenen Lippen. Am Geruch erkenne ich, daß es der Boxer ist.

Obwohl Schwester Anne Tagschicht hat, kommt sie am Abend noch einmal ins Zimmer. Ich höre, wie sie meine Nachttischlampe anknipst, und dann liest sie mir ein Märchen vor. Ich finde das nicht sehr witzig, glaube mich längst zu alt dafür und fürchte den Spott meiner Zimmergenossen. Aber sie hören alle zu. Einmal fordert der Boxer sogar: »Lauter!« Seitdem summt es manchmal, auch viele Jahre danach noch, in meinem Kopf:

Mantje, Mantje, timpe te,
Buttje, Buttje in der See,
Mine Fru, die Ilsebill,
will nicht so, as ick wohl will...

Am nächsten Tag hält mir der Boxer wortlos eine Schnabeltasse an den Mund. Und dann füttert er mich vorsichtig mit süßen Sachen, Kuchen und irgendwelchem Gebäck. Dabei brummt er: »Krümel nicht so! Alles voll Krümel, alte Sau!«

Nach zwei Tagen führt mich eine Schwester ins Arztzimmer und nimmt mir vorsichtig den Verband ab. Ich muß heftig blinzeln, es kratzt in den Augen, dann wird es hell, ich erkenne sie und dann auch den Doktor.

Nach der Untersuchung bringt mich die Schwester wieder zurück, obwohl ich jetzt den Weg allein finden würde.

Ich freue mich auf das Gesicht des Boxers. Aber das Bett neben dem meinen ist leer. Der Boxer wurde in aller Herrgottsfrühe von seiner Frau abgeholt. Auf meinem Nachtschränkchen liegt ein Apfel und auf einem Zettel steht in großer Krakelschrift: »Kopf hoch, Zwerg!« Ganz plötzlich entdecke ich, daß ich auch die Schrift deutlicher lesen kann.

Die Mitpatienten erzählen mir, daß der Boxer den Schwestern Geld gegeben hat, damit sie für mich in der HO Kuchen kaufen können. Ich bin ihm nie wieder begegnet. Aber den Zettel »Kopf hoch, Zwerg!«, den habe ich heute noch.

Am Sonntag darauf besuchen mich, trotz des sehr langen Weges, endlich die Eltern. Sogar Ingeborg ist mitgekommen. Sie besorgt aber nur eine Vase für die Blumen, kramt neugierig in meinem Bettschrank und verzieht sich, weil ihr langweilig wird. Schwester Anne begrüßt die Eltern und erzählt ihnen, daß ich auf dem operierten Auge jetzt besser sehen kann. Mama heult ein bißchen vor Freude, Vater schnäuzt sich die Nase und blafft Mutter an: »Was haste denn, Fritz?«

Weil Mama Elfriede heißt, wird sie manchmal Friedchen genannt. Vater aber sagt Fritz zu ihr, wenn er zeigen will, daß er sie lieb hat.

Mutter hat von zu Hause meinen Schlafanzug und einen Waschlappen mitgebracht. Und während sie die frische Wäsche für mich in den Schrank räumt, sucht Vater ›auf hoffentlich ein gutes Wort‹ den Stationsarzt auf.

In unserer Wiedersehensfreude überschätzen wir aber meine Gesundheit. Der Besuch strengt mich an, ich werde schläfrig und antworte nur noch maulfaul auf Mamas Fragen. Die Eltern verabschieden sich leise, Mutter beugt sich zu mir herunter, gibt mir einen Kuß und Vater einen aufmunternden Klaps auf die Wange.

Obwohl ich müde bin und weiche Knie habe, rutsche ich aus dem hohen Bett, stütze die Arme aufs Fensterbrett und schaue hinaus. Sehen kann ich Ingeborg und die Eltern nicht, für meine Augen ist die Entfernung zu groß. Aber ich weiß ja, daß sie unterhalb des Fensters auf den Bus zum Bahnhof warten. Später liege ich dösend im Bett, und mir fällt ein, daß Papa mit ernstem Gesicht vom Stationsarzt zurückgekommen war und den Rest der Besuchszeit recht bedrückt geschwiegen hat.

Vierzehn Tage danach wird mein linkes Auge operiert.

Drei Wochen verbringe ich noch in der Klinik. Mir geht es von Tag zu Tag besser. Die Schmerzen verlassen mich, bleiben eine Zeitlang noch banges Erinnern, bald aber ist mir, als hätte ich nie welche gehabt. Nur meine Arme und Beine sind reichlich dünn geworden.

An einem warmen Sommertag, mitten in der Woche, holt Vater mich nach Hause. Ich bin ungeduldig. Die Heimfahrt im Bummelzug erscheint mir ungewöhnlich lang. Wir sitzen in so einem uralten Klapperwagen. Jedes der Abteile hat eine eigene Tür zu den Bahnsteigen hin. Es riecht muffig und stinkt nach kalter Asche. Ich drücke mich in eine Fensterecke und kann sehr gut sehen, wie sich draußen die Landschaft vorüberzieht, träge und als dunkler Schatten vor dem hellen Himmel.

Am Stadtbahnhof steht mein geliebtes Fahrrad neben dem vom Vater. Er hat die Holzklötzchen von den Pedalen entfernt, dennoch reichen meine Füße bis hinunter. Ich komme mir vor wie raus aus den Kinderschuhen. Die Heimfahrt durch die Stadt schlaucht mich allerdings mächtig.

Als ich zu Hause ein wenig erschöpft die Treppe hochsteige, steht Frau Wollmann, die Mutter vom toten Wolli, zufällig in ihrer Tür. Sie lächelt und ruft mir zu: »Glückliche Heimkehr, Jakob!«

Mutti umarmt mich. Auch Ingeborg freut sich, aber auf ihre Art, sie grinst mich an und frotzelt: »Heute gibt's Pellkartoffeln und Quark.«

An einem der nächsten Abende erhalten wir unerwartet Besuch von Fräulein Lindner, meiner Klassenlehrerin. Sie will sich mit den Eltern unterhalten, besteht aber darauf, daß ich ›aus pädagogischen Gründen‹, wie sie sagt, an dem Gespräch teilnehme.

Mutter kocht rasch Kaffee. Wir setzen uns in der Wohnstube an den Tisch, die Lehrerin kramt in ihrer Handtasche und schiebt mir eine Tafel Schokolade zu. Ich bin so baff, daß ich zu danken vergesse und nur erstaunt frage: »Eh, ist die aus'm Westen?« Fräulein Lindner antwortet verlegen: »Das muß ja keiner wissen.«

Aber so richtig freuen kann ich mich nicht, weil ich ahne, daß nun der Schulrummel mit ›Frosch‹ und ›Bullauge‹ wieder losgeht. Ich irre mich jedoch.

Die langen Sommerferien stehen vor der Tür. Und weil der Junge, wie Fräulein Lindner zu Vater sagt, vermutlich noch ein bißchen wacklig auf den Beinen ist, sollen mir die Schultage bis dahin erlassen werden.

Allerdings hat Fräulein Lindners Besuch noch einen zweiten Grund. Sie rührt nachdenklich in ihrer Tasse, hebt dann resolut den Kopf und meint: »Es ist so – es ist wegen seiner Augen.

Bitte, verstehen Sie das nicht falsch. Jakob hat viel durchgemacht und muß einiges nachholen. Darauf nimmt der Lehrplan aber leider keine Rücksicht.«

Vater bekommt einen schmalen Mund und unterbricht: »Sitzen bleiben? Meinen Sie, der Junge soll das Jahr noch einmal machen?«

Fräulein Lindner schüttelt den Kopf: »Aber nein! Ich möchte, oder vielmehr die Schulleitung möchte, einen Wechsel empfehlen.«

Kurzum, man schlägt vor, mich in ein Internat, in eine Spezialschule für sehschwache Kinder zu stecken. Die Lehrerin blickt mich an und fragt: »Was meinst du, Jakob?« Ehe ich antworten kann, senkt sie den Kopf und stottert ein wenig hilflos: »Es ist zu deinem Besten. Du wärest unter, äh, deinesgleichen, also, unter...«

Da ergänze ich patzig: »Unter lauter Froschaugen! Is' mir doch egal!«

»Jakob!« mahnt Mutter.

Aber ich bin gekränkt, glaube, Fräulein Lindner will mich los sein. Dabei hätte ich nichts gegen einen Schulwechsel. Sogar sitzenbleiben wäre mir egal gewesen, Hauptsache, ich muß nicht in die alte Klasse zurück. Gewiß, der Begriff ›Sehschwachenschule‹ kratzt erst einmal, ich fühle, obwohl ich den Ausdruck noch nicht kenne, daß es irgendwie krank klingt. Aber in so einer Schule wäre ich unter meinesgleichen und hätte keinerlei Schwierigkeiten, das weiß ich vom Krankenhaus. Mir tut es um Fräulein Lindner leid. Ich mag sie doch, und sie riecht auch wirklich sehr gut.

Am Tisch entsteht eine bedrückende Pause, Mama gießt schweigend Kaffee nach, und ich spüre, daß die Eltern gern allein mit der Lehrerin reden würden. Deshalb stelle ich mich dumm, stehe auf und sage, ich müsse aufs Klo. Die Schokolade nehme ich aber mit. Hinter der geschlossenen Tür verharre ich und lausche.

Fräulein Lindner hat offenbar in einem medizinischen Handbuch geblättert und benutzt auch gern Fremdwörter, eben eine echte Neulehrerin. Einige Male höre ich das Wort ›Sehnervenatrophie‹. Das imponiert mir.

Und dann höre ich Vaters kratzige Stimme: »Also schön, wenn Sie meinen, daß es für den Jungen gut ist.«

Vor Ingeborg prahle ich mit dieser Sehnervenatrophie und, Herrgott, ich bin keine zehn Jahre alt, mitunter nutze ich die Situation auch aus. Wenn der Abwasch droht, wenn die große Hausordnung oder einkaufen angesagt sind, muß ich nur dieses interessant klingende Fremdwort murmeln und Doktor Crohn wiederholen: ›keinerlei Anstrengung!‹, gleich bin ich alle meine kleinen Verpflichtungen los.

In Wirklichkeit aber strenge ich mich auf andere Weise an.

Der Sommer meint es in diesem Jahr überaus gut mit mir. Es regnet selten. Die Erwachsenen klagen über die Trockenheit, aber mir gefällt es. Ich bin gern am Wasser und jage mit dem Rad oft ziemlich weite Strecken durch die Pirschheide zum Templiner See oder über den Werderschen Damm zur Havel. Der Fahrtwind greift mir unters verschwitzte Hemd. Irgendwann mache ich Rast, werfe mich schnaufend ins Gras und hocke mich zu den schweigsamen Anglern.

Weil auch Ingeborg Schulferien hat, nehmen die Eltern zehn Tage Urlaub. Vater kümmert sich um einen Zeltplatz am Glindowsee. Ich freue mich auf die Übernachtung im Zelt, aufs Schwimmen und überhaupt auf die gemeinsamen Ferien. In der Vorbereitung darauf beginnen jedoch meine Augen wieder heftig zu drücken. Erst will das keiner wahrhaben, auch ich nicht. Jeden Abend vor dem Einschlafen denke ich und sagen auch die Eltern, ›morgen ist's besser‹. Es wird aber schlechter.

Es gibt eine Sorte von Menschen, die immer und unter allen Umständen ihre eigenen Wahrheiten hinausposaunen, auch wenn man sie nicht hören will. So ein Mensch ist Frau Meißner, unsere Nachbarin, eine lange, sehr dünne Frau mit verkniffenem Mund, die immerfort und unheimlich schnell redet. Eigentlich mag sie keiner im Haus. Nur meine geduldige Mutter betont jedes Mal, daß Frau Meißner sehr allein und ein armer Mensch sei.

Sie ist aber gar nicht allein. Sie hat nämlich einen ewig kläffenden Rehpinscher, der genau so dünn wie sein Frauchen ist und sogar im Sommer friert. Vor langer Zeit, als Vater noch Birkenholz klaute und wir am warmen Ofen hockten, meinte er aus Spaß: »Jetzt noch die Töle der Meißnern im Topf und es wäre perfekt!«

Ein paar Tage vor der gemeinsamen Ferienfahrt schwätzt Mutti mit Frau Meißner vor der Wohnungstür. Das heißt, die Meißnern, so wird sie im Haus genannt, die Meißnern also redet und Mutter hört geduldig zu. Zufällig steige ich gerade vom Hof kommend die Treppe hoch und höre eben noch, wie die Meißnern sagt: »Glauben Sie mir, es ist eine Katastrooophe!« Sie mustert mich von oben her und süßelt: »Armer Junge!«

Da offenbar von mir die Rede ist, bleibe ich neugierig stehen. Mama vergräbt ihre Hände in den Kitteltaschen und entgegnet: »Na, genug! Er ist operiert, was soll da noch kommen?«

Frau Meißner hebt die Stimme: »Genug, sagen Sie? Ich sage Ihnen, das dicke Ende kommt erst! Die Suschken in der Benzstraße ist auch blind und auf jeden Handgriff angewiesen. Die tut wie eine Dame und macht unter sich, wenn man nicht aufpaßt. So ist das! Wenn der Junge das Augenlicht verliert, man wagt ja gar nicht daran zu denken, ich sage Ihnen, da können Sie sich gleich aufhängen!«

Jetzt verliert Mama doch die Geduld: »Wirklich, Frau Meißner, Sie sollten sich schämen, so etwas zu sagen, noch dazu im Beisein des Jungen!« Sie schiebt mich resolut in die Wohnung und schlägt der Nachbarin die Türe vor der Nase zu. »Uff!« sagt sie und lehnt sich innen gegen die Tür. »Mach dir nichts draus, die Alte spinnt!«

Aber ich mache mir doch etwas daraus und schreie in der Hoffnung, daß die Meißnern mich noch hört: »Blöde Ziege, blöde, dürre!«

Mutter hält mir gleich den Mund zu. Ich reiße mich los und laufe in mein Zimmer. Mama setzt sich zu mir auf die Bettcouch, zieht mich an sich und murmelt: »Wird schon alles gut, wird alles gut, glaub mir!«

Aber dann, in der Küche, setzt sie sich an den Tisch, trinkt einen oder auch mehrere Schnäpse und heult lautlos.

In unserer Familie wird Kummer immer respektiert. Wir stehen uns bedingungslos bei, zuerst aber versucht jeder, mit seinen Problemen allein fertig zu werden. Deshalb vielleicht stehle ich mich an Mutter und an der offenen Küchentür vorbei, buckle mein Rad aus dem Keller und strample, gegen meine Wut auf die Meißnern, durch Babelsberg. Irgendwann lande ich zufällig im Schloßpark. Schilder weisen darauf hin, daß Radfahren hier streng verboten ist. Ich fahre aber trotzdem. Am Entenpfuhl lehne ich das Rad gegen ein Gebüsch und hocke mich auf einen Baumstumpf am Ufer. Mir ist ein bißchen schwindlig, und ich spüre heftiger als sonst die Schmerzen hinter den Augen. Offenbar habe ich mich ein wenig überanstrengt.

Wie ist Blindsein? Sieht man vielleicht keine Farben mehr, kein Rot, kein Grün, kein Gelb? Sind die Bäume, die Wolken und die Gesichter der Menschen schwarz? Gibt es nur noch Dunkelheit wie des Nachts, wenn man zufällig die Augen öffnete? Ich weiß es nicht, noch nicht. Ich schließe die Augen, und so, mit geschlossenen Augen, stehe ich auf, strecke die Arme vor, damit ich nicht gegen die Bäume stoße und laufe vorsichtig hin und her. Es ist wie ›Blinde Kuh‹ spielen. Schließlich kann ich noch jederzeit die Augen öffnen und sehen, wo ich bin. Ich entdecke aber, daß die Sache mit dem Augenlicht eine dumme Redensart ist. Augen haben kein Licht. Sie bekommen es. Die Welt scheint in sie hinein, es ist Weltlicht.

Nein, ich stoße mich nicht, stehe aber auf einmal bis über den Rand der Schuhe im Entenpfuhl und bekomme auf der Stelle quietschnasse Strümpfe und Füße. Im gleichen Augenblick ruft eine barsche Stimme: »He, was soll das werden?«

Es ist einer der Parkwächter. Der darf mit dem Rad fahren und ist lautlos hergekommen. »Ist das deine Karre? Kannst du nicht lesen!«

Ich patsche eilig aus dem Entenpfuhl und lüge: »Ich hab mein Rad ja geschoben«.

»Dann schieb jetzt ab, und zwar dalli!«

Der Parkwächter rührt sich nicht von der Stelle bis ich mein Fahrrad aufgenommen habe. Blöder Hund, denke ich und schiebe das Rad wenige Schritte den Weg entlang. In meinen Schuhen schwappt das Wasser. Plötzlich steigt in mir wie ein Rülpser die pure Bosheit hoch. Ich schwinge mich, noch in Hörweite des Wächters, auf den Sattel und radle, provozierend mit der Klingel lärmend, los. Der Wächter brüllt empört etwas Unverständliches und kommt mir nach. Ich höre ihn dicht hinter mir keuchen, trete kräftiger in die Pedale und fahre ihm davon.

Wieder einmal fühle ich mich stark wie Jakob. Und stärker als früher bin ich ja tatsächlich. Meine Schultern hätten jetzt auch Wolli getrotzt.

Vater verliert über das Geschwätz der Meißnern kein Wort. Aber er kauft mir eine kleine Nachttischlampe. Von da ab habe ich am Abend Licht in meinem Zimmer bis ich einschlummre.

In der Familie wird nie über Blindheit gesprochen. Möglich, daß wir es verdrängen. Ich bin sehschwach und damit Schluß! Aber gegenwärtig bleibt das schreckliche Wort doch. Es haust zwischen den Wänden der Wohnung, es ist in mir drin, ist da, wenn die Eltern mit mir sprechen, ich lese es im Gesicht von Ingeborg. Von Angst um meinetwillen bleibe ich jedoch verschont. Mir tun immer nur die Eltern leid. Manchmal habe ich ungewollt sogar ein schlechtes Gewissen.

Die Augenschmerzen verschlimmern sich wieder so arg, daß Vater mich zurück in die Klinik bringen muß. Wir erwischen den gleichen Bummelzug, der uns damals nach Hause fuhr. Es ist, als hätte er auf mich gewartet.

Die Eltern und Ingeborg zelten allein am Glindowsee. Ich werde abermals operiert. Das lindert bald die Schmerzen. Ein Weilchen meint es das Schicksal noch gnädig mit mir.

Wie funktioniert ein Pferd?

»Sie müssen hier unterschreiben. Hier auch und hier! Vergessen Sie das Datum nicht!« Der junge Direktor schiebt Vater die Unterlagen über den Schreibtisch zu und nimmt seine Hornbrille ab. Ich denke, na, der kann ja selbst nicht richtig gucken.

Vater erhebt sich halb von seinem Stuhl. Er hat nicht die Gewandtheit jener, die täglich schwungvoll Unterschriften leisten, er schreibt bedachtsam seinen Namen Martin Berger unter die Fragebogen und Vollmachten, dann legt er den Füllfederhalter zur Seite, setzt sich zurück und nickt mir zu. Von diesem Augenblick an bin ich Zögling der Internatsschule für Blinde und sehschwache Kinder in Königs Wusterhausen.

Was für eine lange Zeit ist seit jenen Tagen vergangen. Inzwischen bin ich fast ein Viertel Jahrhundert älter als es dieser Schuldirektor damals war. Das Leben hat mich gebeutelt, hat mit bitterbösen, aber auch mit herzhaft guten Erfahrungen nicht gespart. Selbst heute noch fährt meine Rechte manchmal über das kühle Glas eines Spiegels und ich wünschte, mich darin sehen zu können, mein Abbild mit einem Foto von früher zu vergleichen, Fotos existieren gewiß noch. Was mag aus meinem Gesicht geworden sein? Wenn ich auch nicht jener wurde, den der besiegte Engel bittet: ›Laß mich gehen, denn die Morgenröte bricht an.‹ So möchte ich doch Jakob geblieben sein.

Die Erinnerung an damals aber hat noch Augen.

Internat und Schule liegen am Rande der Stadt inmitten eines sommerwarmen, duftenden Waldes. Zwischen den roten Kiefernstämmen, in keiner sichtbaren Ordnung und wie zufällig hingebaut, stehen hohe Backsteinhäuser mit spitzen Giebeln, Erkern und schlanken, ›der Gotik nachgeäfften Fenstern‹, wie ich von einem vornehmen Besucher aufgeschnappt habe. Die bucklige Straße nach der Stadt und nach Mittenwalde zu durchschneidet den Wald und trennt ihn von der Anstalt. An der Straßenseite schirmen ein schwungvoll geschmiedetes Eisengeländer und ein Pförtnerhäuschen Internat und Schule von der Außenwelt ab.

Frau Domscheit, eine ältere, robuste Frau, holt mich und Vater vom Direktor ab. Auf dem Weg ins Internat erklärt sie uns mit weit ausholenden Armbewegungen das Gelände und die Funktion der einzelnen Häuser. Sie schwärmt mit Baßstimme, daß die Anstalt schon mehr als fünfzig oder sechzig Jahre alt sei und eine große Tradition habe. Sie sei von Kaiser Wilhelm als Heim für elternlose Blinde gegründet worden. Die Kaiserin Auguste Viktoria ließ noch eine Kapelle, also eine Art Kirche, dazubauen. Heutzutage, erzählt Frau Domscheit, habe man daraus die Aula gemacht. Ein Gottesdienst, seufzt sie, finde ja in so gottloser Zeit nicht mehr statt. Die Braunen, damit meint sie die Nazis, nutzten das Gelände für eine Rundfunkanstalt. »Hier war eine Station des Deutschlandsenders«, erklärt sie gewichtig und fügt hinzu, »vielleicht gab es bei den Braunen keine Blinden mehr«. Nach dem Krieg zog eine Verwaltungsschule ein und erst in jüngster Zeit habe man das gesamte Gelände wieder zu einer Anstalt für sehschwache und blinde Kinder hergerichtet.

Also, daß hier alles ziemlich alt ist, merke ich gleich. Die Räume sind hoch und kühl. Unten herum hat man die dicken Wände mit Ölfarbe grün gestrichen. An manchen Wänden hängen kleine Bilder so weit oben, daß ich nicht erkennen kann, was darauf ist. In der Aula lehnt ein sehr großes Bild von Stalin an der Wand. Offenbar ist es gerade erst abgehängt worden. Stalin trägt eine weiße Uniform und lächelt. An der Stirnwand, wo es gehangen haben muß, ist jetzt rotes Tuch gefältelt. Zwei Männer nageln weiße Schrift daran. Alle Kraft für…« weiter sind sie noch nicht gekommen. Es gibt Tische und Stühle aus Holz. Alles ist sehr sauber und blankgewienert, es stinkt nach Bohnerwachs und nach Lysol wie im Krankenhaus.

Am Ende der Besichtigung führt uns Frau Domscheit durch einen langen, verwinkelten Flur. Es ist sehr still hier. Nur unsere Schritte hallen wider. Links und rechts stehen die Türen weit offen. Das sind die Schlafräume der Kinder. Meine zukünftigen Kameraden und Mitschüler sitzen ja in den Klassenzimmern. Es ist Unterrichtszeit.

In einem der hohen Zimmer weist mir die Frau einen Schrank und ein Bett zu. »Räum deine Sachen ordentlich ein. Pünktlich zwölf Uhr dreißig ist Mittag. Tisch sieben.« Und zu Vater gewandt: »Wenn Sie möchten, können Sie einen Happen mitessen.« Frau Domscheit streift meine Wange mit ihrer großen weichen Hand. »Na dann, mein Junge, herzlich willkommen in unserer Gemeinschaft«. Sie lächelt wie Stalin in der Aula. »Zu Anfang ist es immer ein bißchen schwer. Aber du wirst dich eingewöhnen. Und jetzt bitte ich um Entschuldigung. Es gibt so viel zu tun.«

Sie stampft davon, und Vater stopft meinen Pappkoffer ungeöffnet in den Schrank. »Das hat Zeit«, meint er. »Wir beschnuppern erst mal den Rest.«

Das Internat öffnet sich nach hinten zu einem Waldstück voller Kiefern und Laubbäume, zwischen denen sich Betonwege schlängeln. Auf festgetretenen Rasenstücken stehen einsame Bänke. Das Laub des dichten Unterholzes und der knorrigen Bäume ist schon herbstlich bunt gefärbt.

Vater meint: »Schön wirst du's hier haben.«

Es klingt ein wenig mutlos. Vermutlich will er mich und sich selbst trösten. Das ist auch nötig. Vorläufig finde ich nämlich gar nichts schön. Ich stecke vielmehr in einem eigentümlichen Zwiespalt. Mich ängstigt der Gedanke, daß ich von nun an mein Leben hier, fort von der Familie, verbringen soll. Ich komme mir jetzt schon verlassen vor, obwohl Vater noch neben mir geht. Zugleich aber bin ich auch ungeheuer neugierig, will möglichst rasch alles genau ergründen und wünsche, ein bißchen schicksalsergeben, endlich allein zu sein.

Vater wedelt mit dem Taschentuch eine der Bänke sauber. Wir setzen uns. Er zündet eine Zigarette an und raucht nervös. Dabei lächelt er mir unsicher zu. »Fang bloß gar nicht erst an damit!« sagt er auf einmal. »Bestimmt gibt's Jungen, ältere vielleicht, die schon rauchen. Der reine Schwachsinn. Ich wollt, ich könnt's lassen.«

Ich schweige. Verhaltensmaßregeln sind wirklich das Letzte, was ich jetzt brauche.

Aber Vater kommt in Fahrt, redet sich offensichtlich über die eigene Besorgnis hinweg. Er klingt auf einmal wie diese Frau

Domscheit. »Du mußt dich einordnen, verstehst du. Das hier ist ab heute sozusagen deine Familie. Da mußt du dich einordnen wie zu Hause.«

Ich blicke stur vor mich hin. »Und wenn ich nicht will?«

»Mußte aber!«

»Erst mal sehen«, antworte ich, »wenn's mir nicht gefällt, hau ich wieder ab.«

»Mach bloß kein' Scheiß!« Vater zieht heftig an der Zigarette. »Und noch was: hier gibt's Mädchen. Also, da weißt du ja Bescheid.«

Ich denke an meine Schwester und nicke, obwohl ich eigentlich gar nichts weiß. Ich bin zu jung, Papa überschätzt mich schlicht. Ich spüre aber, daß dem Vater die Sache selbst unangenehm ist, wie er herumdruckst: »Laß die Finger von den Mädchen! So wie du eine anfaßt, will sie mehr, als du ahnst. In paar Jahren, ist das was anderes. Und überhaupt: achte auf deine Pfoten. Also, die gehören auf die Bettdecke, wenn du verstehst.«

Das begreife ich. Selbstverständlich hatte ich mich schon entdeckt, habe des Nachts oder am frühen Morgen, vor dem Aufstehen, an mir herumgefummelt bis ich feuchte Hände bekam. Aber das war um meiner selbst willen, mit Mädchen hatte ich das bisher nicht zusammengebracht. Immerhin nimmt das Gespräch eine unangenehme Wende. Deshalb erinnere ich Vater behutsam an den Bus. Der fährt nämlich nur dreimal am Tage in Richtung Babelsberg.

Wir bummeln zum Pförtnerhäuschen zurück. Unser Abschied ist kurz. Papa boxt mich freundschaftlich und sagt: »Mach's gut, Großer!« Da muß ich dann doch die Zähne zusammenbeißen. ›Großer‹ hat Vater mich noch nie genannt. Ich bleib am Zaun zurück und warte, bis ich seine breiten Schultern nicht mehr sehen kann.

Das Zimmer teile ich mit Dietrich, einem stillen, mageren Jungen in meinem Alter. Dietrich Weiß ist schon blind zur Welt gekommen.

Die Anstaltsleitung hat das schlau eingefädelt: Sie gesellt einen Sehschwachen wie mich stets zu einem Blinden. Wir können einander helfen und im Alltag ergänzen. Überdies lerne ich, als Noch-Sehender, wie nebenher viele kleine Tricks, die ein Vollblinder beherrschen muß.

Auf diese Weise fühle ich mich zum ersten Mal im Leben für einen anderen Menschen mitverantwortlich. Wir suchen gemeinsam den Waschraum auf, gehen gemeinsam zum Essen, zum Unterricht und manchmal auch zu den Spielen. Bei den Spielen freilich zieht es mich zu den Älteren. Dann lasse ich Dietrich schon einmal irgendwo sitzen und es passiert, daß ich ihn schlankweg vergesse.

Zu meiner Zeit beherbergte die Anstalt fünfundvierzig Mädchen und Jungen. Die Mädchen wohnen, streng getrennt von uns, in einem benachbarten Haus, das wir Bengel ein bißchen großkotzig ›Jungfernnest‹ nennen. Unterrichtet werden wir allerdings gemeinsam. Das Einleben fällt mir anfangs nicht leicht. Ich bin der Neuling, und vor den Mädchen habe ich eine eigenartige Scheu. Es sind seltsame, andersgeartete Wesen, die mich anziehen und zugleich verunsichern.

Die außerschulischen Neigungen aller sind so unterschiedlich wie unser Alter. Das ergibt oft ernsthafte Reibereien. Die Erzieher teilen uns deshalb noch im Winter neu nach Interessengruppen auf. Überhaupt wird viel experimentiert. Die Lehrer sind selbst Lernende, und wir Kinder profitieren davon. Heute ahne ich, welche Mühen das gekostet haben mag, wieviel Kummer wir bereiteten, wieviel Tränen unseretwegen geflossen sind.

Dietrich plagt mich oft und zu den ungewöhnlichsten Zeiten mit seinen Fragen. Eine seiner unangenehmsten Angewohnheiten ist es, sich nachts auf meinen Bettrand zu setzen und so lange sanft gegen das Kissen zu klopfen bis ich munter werde. »Eh, Jakob, wie sieht ein Pferd aus?«

Ich fahre ihn schlaftrunken an: »Bist du verrückt? Mitten in der Nacht!«

»Nacht ist komisch. Du meinst Schlafenszeit.«

›Komisch‹ ist sein Lieblingswort. Und ich muß begreifen lernen, daß Dietrich nur den Unterschied zwischen Wachsein und Schlafenszeit kennt. Nacht ist für den Blinden immer. Ich richte mich auf und knipse die Nachttischlampe an. »Pferde sind braun oder schwarz. Weiße Pferde sind Schimmel.«

Dietrich lächelt mit schief gehaltenem Kopf. »Was ist braun?«

»Na, hör mal, braun ist…« Da weiß ich auch nicht weiter, wie soll ich braun erklären?

»Pferde sind sehr groß, stimmt's?«

»Wie'n Schrank. Es gibt auch kleine.«

»Wenn unser Müllkutscher kommt, höre ich, wie sein Pferd läuft. Ich habe es auch schon angefasst. Was Fell ist, weiß ich. Aber wie sehen Pferde aus, ich meine, wie funktionieren sie?«

Tja, wie funktionieren Pferde? Und auch noch mitten in der Nacht! Ich knipse das Licht aus und werfe mich ins Kissen zurück. »Verzieh dich! Ab in die Falle, Mensch!«

Meist folgt Dietrich einem energischen Wort. Aber zwei, drei Nächte danach wiederholt sich alles. Dietrich weckt mich auf seine milde Weise. »Und Mädchen?«

Ich schrecke aus tiefem Schlaf. »Wie? Was?«

»Mädchen! Die sind anders als wir.«

»Nee, genauso! Bloß… bloß, die haben keinen Pimmel.«

»Ohne Pimmel? Wie geht'n das?«

»Na eben so, die pissen einfach raus. Die können nicht zielen.«

»Komisch«, flüstert er geheimnisvoll, »Mädchen riechen anders.«

Ich nicke zustimmend, obwohl das Dietrich nicht sehen kann. Diesmal aber fällt es mir schwer, wieder einzuschlafen. Das Gespräch rührt auf wohlige Art an meine Phantasie und ich nehme es, ohne an ein bestimmtes Mädchen zu denken, mit in den Schlaf.

Morgens sieben Uhr beginnt unser Tag. Im Waschraum herrscht, da die meisten einander nicht sehen können, ein lärmendes Drängeln. Ich schubse Dietrich vor eines der Waschbecken und achte darauf, daß er sich gründlich wäscht und die Zähne putzt – übrigens weitaus strenger als bei mir selbst. Warmes Wasser für die Duschen wird nur freitags und samstags angestellt.

Zum Frühstück, wie überhaupt zu den Mahlzeiten, steht auf den Tischen alles wohlgeordnet an festem Platz. Auch die Vollblinden können sich ohne Schwierigkeiten selbst bedienen.

Über Kleckereien, umgestürzte Milch- oder Kakaobecher, wird stillschweigend hinweggegangen, das bringen die Aufsicht oder jene, die noch ein wenig sehen können, murrend zwar, aber ohne viel Aufhebens in Ordnung. Allerdings bleiben kleine Gemeinheiten nicht aus. Dietrich ißt gern die hausgemachte Leberwurst. Ich auch. Statt der Wurst schiebe ich Dietrich Käse zu, und während ich seine Portion verdrücke, beobachte ich vergnügt, wie mein betrogener Zimmergenosse den Käse anstelle der Leberwurst verspeist. Der Hunger verläßt uns nie, obwohl das Essen selbst für damalige Zeiten ausreichend ist.

Im Klassenzimmer hat jeder Schüler sein eigenes Pult. Meines steht an hellem Platz unter einem der hohen gotischen Fenster. Die Blätter und Zweige eines Fliederstrauches dämpfen das Sonnenlicht und schlagen, wenn der Herbstwind um die Hausgiebel streicht, kratzend gegen die Scheiben.

Gelehrt wird alles, was jede normale Schule auch unterrichtet – Mathematik, Physik, Biologie, Deutsch, Russisch, Geographie, Chemie und Sport. Methodisch gibt es jedoch eine interessante Umkehrung: Im Unterricht und auch während der Freistunden versuchen die Vollblinden, sich den Sehschwachen anzupassen, ihnen zu folgen, gleichsam zu vergessen, daß sie nichts sehen können. Die Sehschwachen hingegen müssen sich wie Blinde verhalten. In einigen Schulstunden üben wir unseren Tastsinn oder wir erforschen, wie der geduldige Lehrer sagt, den engen und den weiten Tastraum. Wir erfühlen und sortieren mit den Fingerspitzen Perlen unterschiedlicher Größe und Form, im Turnsaal werden Hindernisse errichtet und wir Sehschwachen versuchen, uns mit geschlossenen Augen zurechtzufinden. Zudem hält man uns an, mit geschlossenen Augen über die Betonwege auf dem Internatsgelände zu gehen, einen Fuß auf der festen, ebenen Fläche, den anderen daneben im Erdreich, so, nur mit den Füßen erkundend, müssen wir unsere Wege finden.

Und natürlich erlernen wir die Punkteschrift nach dem französischen Blindenlehrer Louis Braille. Anfangs bekommen wir einen Messingstreifen mit kleinen ausgestanzten Fensterchen. In diese rechteckigen Fensterchen drücken wir mit festem Griffel bis zu sechs vertiefende Punkte aufs Papier. Je nach Anordnung der Punkte ergeben sich Buchstaben oder Zahlen. Problematisch ist nur, daß wir spiegelverkehrt denken müssen. Denn erst, wenn das Papier herumgedreht wird, können wir mit den Fingerspitzen über die erhabenen Punkte fahren und lesen. Mein Name sieht auf einmal so aus: › ⠙ ⠑ ⠋ ⠋ ‹.

Nach einer längeren Übungszeit, erhalten wir Schreibmaschinen mit sechs Tasten. Jede der Tasten ist für einen Punkt. Ich finde die ›Geheimschrift‹ interessant und spannend. Allein die Tatsache, daß ich noch halbwegs sehen kann, noch keinem Lernzwang ausgesetzt bin, hilft mir, die Braillesche Punktschrift beinahe spielerisch zu begreifen.

Nur den Eltern jage ich einen Schreck ein, als ich ihnen, stolz auf meine Fertigkeit, eines Tages einen gepunkteten Gruß nach Hause schicke. Sie glauben, ich sei gänzlich erblindet, und Mutter telefoniert sofort von Babelsberg aus besorgt mit der Internatsleitung.

Selbstverständlich erfahre ich davon, und die Sehnsucht nach zu Hause überfällt mich wie eine plötzliche Krankheit. Eine Zeitlang lebe ich wie in zwei Welten, nichts ist mehr so wie zuvor. Ich rede und atme hier in der Anstalt, lerne mit den anderen, albere auch mit ihnen und bin in Gedanken doch daheim, sehne mich nach meinem durchgelegenen Bett, nach dem Duft von Lavendel, den Mutter so liebt. Wenn sie die Bettwäsche wechselt, schiebt sie stets ein Beutelchen davon unter die Kopfkissen. Ich vermisse selbst den Geruch von gekochten Kartoffeln in der Küche, steige in Gedanken mit Papa in den Keller, um an den Fahrrädern zu basteln oder sehe Mama müde und ein wenig abgehetzt mit vollen Einkaufstaschen von der Arbeit kommen. Ich hocke mit Ingeborg in der Stube, und sie hilft mir, wie sie das oft getan hat, streng und wichtigtuerisch bei den Schularbeiten.

Ganz schlimm wird es zu meinem Geburtstag. Die Aufsicht hat zum Frühstück in gut gemeinter Absicht ein Päckchen auf meinen Platz gelegt. Als ich mich über die Adresse beuge und Mutters Handschrift erkenne, ist es, als würde eine Faust mein Jungenherz zusammenpressen. Dabei muß ich auch noch vom Tisch aufstehen und fröhlich grinsen, weil alle, Aufsicht und

Schüler, schrecklich laut singen: »Wir freuen uns, daß du geboren bist und hast Geburtstag heut'...«

Wie mit Ketten bin ich an die munter lärmende Gemeinschaft gefesselt. Es gibt kein Entrinnen. Ich will mir jedoch auch nichts anmerken lassen, heule nachts in mein Kissen und verkrieche mich am Tag, wenn es nur eben angeht, wie ein geprügelter Hund ins Unterholz am Internatszaun.

Mit Beginn des Winters frißt der Frost das Laub von den Bäumen. Und da die kaiserliche Heizungsanlage mit der Rohbraunkohle nur schwer zurechtkommt, wachsen über Nacht die Fenster mit Eisblumen zu. Bis auf wenige gemeinsame Spaziergänge widmen wir uns in den halbwegs warmen Räumen intensiver als sonst gemeinschaftlichen Interessen, die wir Zirkelarbeit nennen. Dietrich erlernt das Geigenspiel. Aus Solidarität, aber zum Entsetzen des Musiklehrers, versuchen sich meine kräftigen Finger ebenfalls darin. Obwohl ich ein recht gutes Gehör habe, halte ich mich für weniger musikalisch als Frau Meißners Rehpinscher und gebe bald auf.

Ich wechsle in andere Zirkel, besuche einen Elektrokurs, übe mich im Kochen, im Bügeln und im Nähen. Jahre danach habe ich das alles gut brauchen können.

Dabei entdecke ich meinen Sinn für das Praktische. Es gibt nämlich auch einen Zirkel für Metallbearbeitung. Mir gefällt es, mit Eisen umzugehen, das schwere, kühle Metall in den Händen zu halten und seine raue Oberfläche zu glätten, bis meine Finger eine Fläche spüren, die beinahe so glatt ist wie Glas. Und ich kann es riechen, wenn sich beim Zerspanen die heißen, blau anlaufenden Späne wie Korkenzieher vom Werkstück abheben. Dieser Geruch nach heißem Eisen, nach schwerem Öl und Bohrmilch hat für mich etwas besonders Männliches. Wenn ich neben dem Lehrmeister an der surrenden, pfeifenden, mitunter aufkreischenden Drehbank stehe und seinen sicheren Handbewegungen folge, bin ich voller Ungeduld und will es ihm gleichtun.

Auch in dem weitaus ruhigeren Keramikzirkel fühle ich mich wohl. Die Mädchen und Jungen formen Aschenbecher, Serviettenringe und Kerzenhalter aus grauem Ton. In einem eigens für uns angeschafften Muffelofen werden die ›Kunstwerke‹ gebrannt, glasiert und dann ein zweites Mal gebrannt. Nach einigen solcher Stunden habe ich allerdings die unnützen Dinge, die sich in den Regalen stapeln, über und wage eine eigene Form – ich versuche mich an einem Pferd für Dietrich. Es wird ein wenig mehr als handgroß und kostet mich viel Mühe. Aber am Ende lobt es selbst der Zirkelleiter. Allerdings hält er die Ohren des Pferdes für Hörner und meint, es sei eine prächtige Ziege.

Dietrich versteht mich besser. Er hebt sein blickloses Gesicht zur Zimmerdecke, fährt mit seinen empfindsamen Fingerspitzen über die raue Figur und flüstert: »Ein Pferd, so ist ein Pferd!« Es steht dann bis zum Ende unserer gemeinsamen Zeit auf seinem Nachtschränkchen.

Heute wird es bei seinen Eltern auf dem Vertiko verstauben – ein Andenken an den Sohn. Dietrich schneidet sich, da ist er gerade sechzehn geworden, aus Kummer über eine unbeantwortete Liebe die Pulsader auf und verblutet unter der Dusche. Das erfahre ich aber erst lange Zeit danach. Als es geschah, lebte und arbeitete ich schon weit ab von Königs Wusterhausen im Rehabilitationszentrum Chemnitz, das lange Jahre offiziell Karl-Marx-Stadt hieß.

Weihnachten ist nahe, und mit dem Fest stehen auch die ersten Ferien vor der Tür. Fast alle Kinder freuen sich auf die Heimfahrt. Im Internat und im Unterricht bricht eine begreifliche Unruhe aus. Die Lehrer reagieren jedoch gelassen, sie kennen den Grund.

Wegen passender Geschenke muß ich mir nicht den Kopf zerbrechen. Für Mutter forme ich im Keramikzirkel eine verzwickte Vase mit drei Öffnungen, für Vater einen der obligatorischen Aschenbecher und für Ingeborg eine Tasse, aus der man nicht trinken kann, weil ihr oberer Rand, wie zur Zierde, lauter Löcher hat.

Die Eltern holen mich gemeinsam ab. Mutter ist mitgekommen, weil sie einmal sehen will, wie ihr Sohn so lebt. Ich führe beide überall umher und kann jetzt alles besser erklären als damals Frau Domscheit. Den Stalin gibt es längst nicht mehr, auch nicht sein Bild. Dafür hängt in der Aula der Spruch: ›Alle Kraft für den Aufbau unserer sozialistischen Schule für Blinde!‹

»So ein Schwachsinn«, brummt Vater.

Auch Mutter schüttelt den Kopf: »Jakob ist doch gar nicht blind.« Aber der Begriff ›Polytechnische Oberschule‹ gefällt ihr. Ich prahle ein bißchen, zeige alles von der besten Seite und habe auf einmal das Gefühl, ganz gern hier zu sein.

Im Internat stelle ich den Eltern meinen Zimmergenossen vor. Dietrich verbeugt sich ernst und hascht nach Mutters Hand. Mutter ist ein wenig befangen. Der Umgang mit einem gänzlich Erblindeten ist für sie neu.

In einem geeigneten Moment zieht mich Dietrich aus dem Zimmer. Auf dem Flur will er wissen, wie Mutter aussieht. Das ist aber gar nicht so einfach zu erklären. »Na eben wie – wie meine Mama«, stottere ich, »sie – sie hat große Augen und eine kleine Nase. Und – und am Hals einen Leberfleck. Außerdem hat sie ihr gutes Kostüm an und einen neuen Mantel«. Mehr weiß ich im Augenblick auch nicht, und es kommt mir abartig vor, so über Mama zu sprechen.

Dietrich nickt ernst. »Komisch«, sagt er, »da hat man nun Familie, und dann kennt man sie nicht.«

Nach dem Mittagessen in einem kleinen nahegelegenen Lokal, fahre ich mit Vater und Mutter nach Hause.

Dietrich hat es mit seinen Eltern nicht so gut getroffen. Wenn er einmal Post bekommt, es ist selten genug, dann sind es nichtssagende Papa-und-Mama-Grüße aus der Hohen Tatra oder vom Schwarzen Meer. Ich lese sie ihm vor und beschreibe die Fotos auf den Ansichtskarten. Dietrich liegt mit zusammengekniffenen Lippen auf dem Bett oder reißt alberne Witze, weil ich nicht merken soll, wie ihm zumute ist.

Vater hat angeboten, ihn über das Weihnachtsfest mit nach Hause zu nehmen. Aber der Direktor mit der dicken Hornbrille war schneller. Dietrich darf während der Ferien bei ihm wohnen. Seine Frau hat auch schon ein Geschenk besorgt.

Zu Hause mache ich eine überraschende Entdeckung: Das Treppenhaus, die Zimmer, sogar die Straße sind viel kleiner, als sie mir die Heimwehphantasie im Internat vorgaukelte. Auch ich selbst habe mich, ohne es zu merken, verändert.

»Gott, was bist du groß geworden!« seufzt Mutter immer wieder. »Du brauchst unbedingt eine neue Hose und neue Schuhe«.

Einmal überrasche ich Ingeborg, wie sie sich in unserem gemeinsamen Zimmer einen BH überstreift. Auch das ist neu für mich, und ich muß grinsen. Sie reagiert wütend und will mich rausjagen. Aber ich lasse mich von ihr nicht mehr herumkommandieren. Mit den Schultern ist auf geheimnisvolle Weise auch mein Selbstbewußtsein gewachsen.

Das Weihnachtsfest vergeht friedlich. Die Eltern erfüllen mir einen lange gehegten Wunsch, sie schenken mir ein winziges Transistorradio. Vater hat es bei seinem Bruder im bayrischen Füssen bestellt. Hier in Babelsberg gibt es so etwas noch nicht.

Meine Mitbringsel aus Königs Wusterhausen werden gebührend bewundert. Vater weiht den Aschenbecher sofort mit einer Feiertagszigarre ein. Ingeborg versucht, trotz heftigster Warnung, aus ihrer Lochtasse zu trinken und bekleckert sich die eben geschenkte Bluse mit Kakao. Mama schimpft und reibt mit einem nassen Handtuch an Ingeborgs Brüsten herum, bis die Schwester »Aua!« ruft und ein Kleid anzieht.

Vater bläst dicke Rauchringe mit seiner Zigarre und meint grinsend: »Weiber! Na ja!«

Von diesen Ferien aber bleibt mir nichts so dauerhaft in Erinnerung wie die kleine Fichte auf Mutters Nähmaschinentisch und das glitzernde Lametta darauf, das sich im warmen Licht der Kerzen sacht bewegt. Schon im Jahr darauf kann ich keinen Weihnachtsbaum und überhaupt keine Bäume mehr sehen.

Irgendwann bist du sowieso tot

Gleich nach den Winterferien bekommt die Internatsschule einen neuen Sportlehrer. Herr Pfaff ist jung und einer von jener Sorte, die ewig lächelt und es anders meint. In der Sportbarakke ist es kälter als vor der Tür. Deshalb müssen wir uns unter den verschneiten Kiefern aufstellen. Pfaff nimmt seine Trillerpfeife aus dem Mund, lächelt allen zu und hält eine kurze Rede. Wir seien durch unsere Behinderung Weichlinge geworden, sagt er, und er werde uns die Bequemlichkeit durch eine harte und straffe Zweckgymnastik austreiben.

Er veranstaltet Laufübungen. Ein Sehschwacher nimmt einen Blinden an die Hand und alle müssen nach dem Kommando der Pfaffschen Trillerpfeife durch den Schnee um die Sportbaracke stampfen bis wir schwitzen. Wenn einer stürzt, heißt es sogleich: »Hoch, hoch! Und vorwärts!« Wir üben uns im Kugelstoßen, im Weitsprung und werfen Holzkeulen durch die Gegend. Herr Pfaff nennt das Handgranatenwerfen. Wenn wir Jungen einmal beieinander stehen, gefällt es Pfaff, lautlos und lächelnd in unserer Mitte aufzutauchen und plötzlich ein Kommando zu pfeifen. Damit erschreckt er vor allem die Vollblinden. Wir nennen ihn ›Ratte‹.

Einmal im Monat fahren wir mit einem klapprigen Bus ins Stadtbad zum Schwimmen. Bevor Ratte nach Königs Wusterhausen kam, haben wir uns immer darauf gefreut. Jetzt darf keiner mehr umhertoben. Wir müssen uns kalt abduschen und vorbestimmte Strecken durch das Becken schwimmen. Ratte steht mit einer Stoppuhr am Rand und schreit den prustenden Schwimmern ihre Zeiten zu. Er fordert auch, daß jeder vom Beckenrand ins Wasser springt. Dietrich ist jedoch ein wenig ängstlich. Ich nehme ihn deshalb an die Hand. Ratte pfeift zwar und schreit: »Zurück!«, aber das ist mir egal. Wir springen zusammen.

Ich hasse Pfaff. Und da ich kein Lächler von der Pfaffschen Sorte bin, hat Ratte das bald gemerkt. Wenn mir die Lust vergeht, nach seiner Pfeife zu hopsen, schiebe ich mein Augenleiden vor und trete aus der Reihe. Pfaff nennt mich einen Simulanten und versucht, mich vor den anderen lächerlich zu machen. Damit hat er aber kein Glück. Ich entdecke einen Wesenszug an mir, der mir schließlich einmal über viele Probleme hinweghelfen wird - ich kann dickfellig sein oder, besser gesagt, ich bin es geworden.

An einem Märztag, auf der Wiese vor der Schwimmhalle blühen schon Krokusse, verspäten wir Kinder uns nach dem Schwimmen mit dem Abtrocknen und Ankleiden. Ratte drängelt verärgert mit der Trillerpfeife. Ich eile mit nassem Schopf zum Bus. Es ist ein kühler Tag, und der Busfahrer hat ein Fenster spaltbreit geöffnet, weil er während der Fahrt raucht.

Am nächsten Tag bekomme ich Schüttelfrost und fühle mich elend. Vor der Russischstunde, die ich sowieso nicht mag, melde ich mich mit wackligen Beinen bei Schwester Karin in der Krankenbaracke. Nach dem Fiebermessen richtet die Schwester sofort ein Bett im Krankenzimmer und eilt ins Internat, um mein Waschzeug und den Schlafanzug zu holen. Ich hocke indes reichlich apathisch auf der Bettkante, bin aber doch noch so fit, daß ich die Situation als äußerst angenehm empfinde.

Die Schwester ist jung, ein wenig drall und ein Plappermaul. Unter den Jungen hat sich, woher auch immer, herumgesprochen, daß sie unter ihrem engen weißen Kittel nur sehr wenig Wäsche trägt. Als sie mir beim Ausziehen helfen will, geniert es mich.

»Das geht schon«, murmle ich.

Aber Schwester Karin nestelt resolut an meiner Hose. »Nun hab dich nicht so. Jakob ist 'n schöner Name, gefällt mir.«

Sie steht dicht vor mir und ich sehe, daß sie große blaue Augen hat und ihre vollen Lippen feucht glänzen. Ich bin nun schon ein recht kräftiges Bürschl. Ob ich will oder nicht, zwischen meinen Beinen regt sich etwas, und nicht nur mein Schamgefühl wächst.

Die Schwester hilft mir lächelnd in die Schlafanzughose und meint: »Na, so schlimm scheint's mit dir doch nicht zu stehen.«

Dann gibt sie mir einen Klaps, und ich schlüpfe unter die Bettdecke.

Zufällig bin ich ihr einziger Patient, und so werden wir recht vertraut miteinander. Schwester Karin setzt sich oft zu mir aufs Bett und wir hören Musik aus meinem Transistorradio. Ich erzähle von zu Hause und beklage mich über Pfaff, sie schwätzt über ihre meist traurigen Erfahrungen mit Männern. Damit weckt sie meine Neugier und ich spüre, wenn sie dicht vor mir auf dem Bettrand sitzt, so etwas wie eifersüchtigen Neid. Meine hungrigen Augen interessieren sich sehr für ihre runden Knie.

Das Fieber und der gräßliche Schnupfen legen sich nach einigen Tagen. Dafür bekomme ich in großen Schüben wieder Kopfweh. Die Schwester versucht, meine Schmerzen mit den üblichen Augentropfen zu lindern. Und manchmal, wenn ich besonders tapfer bin, gibt sie mir danach einen feuchten Kuß auf die Wange.

In solch einer Situation überrascht uns einmal Pfaff. Er kommt, wie gewohnt, auf leisen Sohlen, steht plötzlich im Krankenzimmer und meint honigsüß: »Naaa, ich seh' schon, dem Herrn geht's besser.«

Es hilft nichts, daß Schwester Karin meinen Zustand schildert, Ratte winkt ab: »Dem trau ich nicht über'n Weg. Ein Schauspieler!«

Schwester Karin verteidigt ihren Patienten. »Ich muß Sie leider bitten, das Zimmer zu verlassen. Vermutlich leidet Jakob an einer ansteckenden Krankheit!«

Pfaff huscht hinaus, und wir kichern hinter ihm her.

Meine zunehmende Augenschwäche war gewiß nicht aufzuhalten, aber ich will heute noch glauben, daß Ratte sie beschleunigt hat. Im Laufe meiner Jahre habe ich erfahren müssen, daß nicht wenige von der Blindheit und Ohnmacht anderer Menschen leben.

Leider kann mich Schwester Karin nicht bis in den Sommer hinein behüten. Ich scheine ja auch wieder gesund zu sein, habe nur noch ein wenig Kopfweh. Ich rolle mein Waschzeug in den Schlafanzug, die Schwester drückt mir ein Päckchen Schmerztabletten in die Hand und sagt: »Gib acht auf dich, Jakob!«

Dann bin ich entlassen und kehre, sehr zu Dietrichs Freude, ins Internat zurück. Schule, Spiel und Zirkelarbeit werden wieder Alltag.

Man kann sich sogar an Schmerz gewöhnen. Ich habe ihn schon so oft und lange ertragen, daß ich jetzt versuche, einfach über ihn hinweg zu leben. Aber des Nachts werde ich vom Klopfen und Pochen hinter der Stirn geweckt und kann nicht wieder einschlafen. Ich nicke im Unterricht ein und die ahnungslosen Lehrer rügen mich. Pfaff regt sich auf, weil ich nicht nach seiner Pfeife tanze, ich meide auch die Spiele mit den anderen, gehe der schmerzhaft blendenden Sonne aus dem Weg, suche schattige Stellen im Park und verliere in einem solchen Maße an Gewicht, daß Schwester Karin mich nicht gleich erkennt, als sie mir im Park begegnet. Sie stutzt und fragt: »Jakob? Bist du das?«

Meine Nerven sind derart strapaziert, daß ich nur mit Mühe die Tränen verbeißen kann. Die Schwester nimmt mich wortlos an die Hand und bringt mich ins Krankenzimmer zurück.

Einmal in der Woche kommt der Augenarzt zu einem Routinebesuch. Der Zufall will, daß es dieser Nachmittag ist. Er untersucht mich so gründlich, wie es die bescheidene Ausstattung der Krankenbaracke erlaubt. Aber eine andere als die bekannte Anomalie an den Augen kann er nicht feststellen. Vorsichtshalber überweist er mich deshalb zu einem Hals-, Nasen- und Ohrenarzt.

Schwester Karin begleitet mich zur Sprechstunde. Es stellt sich heraus, daß ich, als Folge des grippalen Infekts, eine vereiterte Stirnhöhlenentzündung mit mir herumschleppe. Die Behandlung ist außerordentlich unangenehm. Mit einem Metallstab durchstößt der Arzt irgend etwas tief in meiner Nase, dann schiebt er einen Schlauch hinein. Schwester Karin hält meinen Kopf und drückt ihn während der gesamten Prozedur fest gegen ihre warme und weiche Brust. Das hilft mir, den schmerzhaften Eingriff einigermaßen gut zu überstehen.

Danach endlich erhole ich mich. Der Appetit und die Neugier auf das Leben kehren zurück. Und in diese Tage fällt auch, nach einem albernen Erlebnis, der Beginn meiner lange währenden Freundschaft mit Richard Metzke.

Die kameradschaftliche Bindung zwischen uns Jungen, etwa mein Verhältnis zu Dietrich, ist ja nur eine vorübergehende, vom Zufall diktierte Nähe. Richtige Freundschaft ist anders.

Ich entdecke Metzke auf der Rückseite der Krankenbaracke. Er linst angespannt in eines der Fenster. Ich trete neben ihn, und er zischt sofort: »Hau ab, Arschloch!«

Ich lasse mich aber, einmal neugierig geworden, nicht verjagen, schirme das Sonnenlicht mit den Händen ab und blicke gleichfalls ins Fenster. Was ich, unscharf genug, hinter der Scheibe entdecke, ist wie die Erfüllung aller Phantasien, die mich seit der Bekanntschaft mit Schwester Karin beschäftigen. Sie hat ihren weißen Kittel abgelegt und läuft nahezu nackt und offenbar ahnungslos durchs Zimmer. Am Spülbecken beginnt sie sich zu waschen. Mit einemmal stellt sie sich auf die Zehenspitzen, hebt ein Bein, zieht ihren Schlüpfer zur Seite und puscht hingebungsvoll ins Waschbecken.

Neben mir höre ich Richard unterdrückt keuchen und sehe, daß er an seinem Schwanz fummelt. Da ich selbst bis zum Äußersten erregt bin, mache ich es ihm nach.

Hinterher schämen wir uns voreinander und laufen wie auf Kommando davon. Mitten im Laufen aber packt mich Metzke, reißt mich herum und stößt heraus: »Wenn du das Maul aufmachst, stech' ich dich ab!« Er schlägt, wie um der Bemerkung Nachdruck zu verleihen, plötzlich hart zu. Ich boxe sofort zurück. Gewiß im Versuch, unsere Verlegenheit zu überwinden, prügeln wir aufeinander ein, bis wir schwer atmend und erschöpft unter den Kiefern liegen. Bei mir ist ein Zahn locker und Metzke blutet am Ohr. Von da ab sind wir Freunde.

Anfangs ist es, als trieben uns Neugier und schlechtes Gewissen einander zu. Richard sucht mich, ich suche ihn. Dabei hat uns die Natur recht unterschiedlich bedacht. Ich bin ziemlich kräftig, ein bißchen langsam vielleicht und stur. Ritchi, so nenne ich ihn nach kurzer Zeit, ist ein gutes Jahr älter, ein schlanker, impulsiver Lockenkopf, voller ansteckender Einfälle. Er leidet an einer unheilbaren Augenkrankheit, die mit der Netzhaut zusammenhängt. Und er ahnt, daß er einmal gänzlich erblinden wird. Zur Zeit aber kann er noch besser sehen als ich. Trotz unseres Altersunterschiedes besuchen wir die gleiche Schulklasse. Ritchi hatte viel Zeit in Krankenhäusern verplempert und muß ein Schuljahr wiederholen.

Im Internat und in der Schule genießt er eine bevorzugte

Stellung. Sein Vater ist nämlich ein recht bekannter Schauspieler in Berlin, und jedermann überträgt diese Ehre, wie das blödsinnigerweise oft geschieht, ungerechtfertigt auf den Sohn. Dabei mag Ritchi seinen Vater nicht, nutzt aber dessen Berühmtheit zum eigenen und schließlich auch zu meinem Vorteil unbedenklich aus.

Obwohl der Ausgang in die nahe Umgebung oder gar in die Stadt erst den Sechzehnjährigen ohne Begleitung gestattet ist, muß Ritchi sich nicht unbedingt daran halten. Er drückt dem Pförtner eine Schachtel Zigaretten in die Hand und der Pförtner drückt seinerseits beide Augen zu, wenn wir an ihm vorbeimarschieren. Die Zigaretten bringt Ritchis Mutter mit.

Sie besucht den Sohn regelmäßig am Sonntag in einem schicken Auto. Manchmal fährt sie mit ihm zum Mittagessen nach Berlin in das stinkfeine Restaurant ›Ermelerhaus‹. Seit wir Jungen miteinander Freundschaft geschlossen haben, besteht Ritchi darauf, daß ich mitkomme, wenn mich meine Eltern übers Wochenende nicht nach Hause holen. Ich fahre gern mit in dem flotten Auto, aber das Restaurant finde ich blöd. Dort muß man die Garderobe abgeben, eine Treppe hochsteigen und sitzt dann meist allein in einem kühlen Gastraum. Ritchis Mutter bittet uns, nicht so laut zu albern, und sie selbst flüstert auf einmal und flötet vornehm, wenn sie die Bestellung aufgibt.

Ritchis Vater läßt sich nur alle paar Wochen blicken, wenn der Spielplan es zuläßt. Er läuft dann mit wichtigem Gesicht durchs Gelände, erkundigt sich nach unseren schulischen Leistungen und fragt mich aus. Studienhalber, wie er sagt.

Zwischen seinen Zähnen klemmt fast immer eine Tabakspfeife, obwohl er gar nicht raucht. Ritchi erzählt, daß er sie nur deshalb im Munde hält, weil sie so schick zu seinem Profil paßt. Irgendwie ist alles an ihm ein bißchen verlogen. Ich merke bald, daß selbst die freundlichen Fragen nach meiner Frau Mutter und dem Herrn Vater, so drückt er sich wirklich aus, nur oberflächliches Geschwätz sind, und daß er meine Antworten im Nu wieder vergißt. Da spinne ich oft mächtig etwas zusammen. Das einzige echte an Metzkes ist Ritchi.

Er gilt als sehr guter Schüler, hat viel gelesen und bringt die Lehrer, sehr zum Vergnügen der Schüler, oft zur Verzweiflung, weil er ihnen nichts glaubt, ständig widerspricht oder respektlos nach dem Warum fragt. Einmal zielt Deutschlehrer Eibstock mit Friedrich Schiller auf Gesellschaftliches, auf das Leben hier im Lande. Er zitiert: »Immer strebe zum Ganzen, und kannst du selber kein Ganzes werden, als dienendes Glied schließ an ein Ganzes dich an!«

Ritchi steht auf und fragt: »Wie kann ich denn extra ein Ganzes werden, wenn alles schon ein Ganzes ist?« Für Herrn Eibstock ist Schiller so selbstverständlich, daß er keine rechte Antwort geben kann, herumstottert und am Ende entnervt das Klassenzimmer verläßt. Der Direktor will die Angelegenheit politisch ausschlachten. Aber Ritchis Vater hat gerade einen Nationalpreis im Kollektiv bekommen. Da verläuft die Sache im Sand.

Dietrich meint, Ritchi sei komisch. Und ein bißchen verrückt ist er wirklich. Er beherrscht all die Dinge, die ich selbst gern gekonnt hätte – zeichnen, modellieren, Gitarre spielen und rauchen. Am leichtesten ist noch das Rauchen zu erlernen. Ritchi bringt es mir bei. Wir klettern heimlich auf den Dachboden des Internats, und inmitten des Gerümpels huste ich mir die Seele aus dem Leib, bis ich paffen kann wie Ritchi.

Einmal haben wir nur ein einziges Streichholz und zünden deshalb eine Kerze an. Auf einmal glauben wir, Geräusche zu hören. Ritchi stößt die Kerze eilig mit dem Fuß unter eine Kiste. Es ist aber nichts, vielleicht nur eine Krähe, die über uns auf dem Ziegeldach gelandet ist. Plötzlich beißt uns Rauch in die Augen. Unter der Kiste züngeln blaue Flämmchen hervor. Ich will sie rasch austreten. Ritchi hält mich jedoch einen Augenblick fest. »Jetzt brennt die Bude ab«, flüstert er fasziniert, »alles – die Häuser, der Wald. 'n Höllenfeuer! Und meinem Alten wird der Arsch heiß.«

Bei der Sucherei nach neuen, besseren Verstecken ist die Raucherei eigentlich nur ein Vorwand. Das Suchen gilt viel mehr unserer unausgelebten Abenteuerlust, der Neugier und dem Hang, irgendwann den anderen, der ewigen Gruppennähe zu entkommen. Wir durchstöbern mit Hilfe von Ritchis Taschenlampe die dunklen, verwinkelten Gänge im Keller. An den Wänden hängen vergilbte Schilder ›Vorsicht Rattengift!‹.

Von den eisernen Rohren an der Decke tropft Wasser.

Ritchi flüstert: »Hier spukt noch der Kaiser!« Und er hat recht.

Hinter einer der vielen Türen entdecken wir etwas Absonderliches: Da lehnt, verstaubt, das große Bild von Stalin aus der Aula. In den dunklen Ecken stehen und liegen, neben Bergen alter Zeitungen und Karteikarten, ungeordnet, teils hinter Glas und vor Schmutz kaum erkennbar, ein weiteres Dutzend Bildnisse. Auf den unteren Rändern sind die Namen zu lesen, nur bei Stalin nicht. Aber den kennen wir ja. Da gibt es die Kaiserin Auguste Viktoria, den Kaiser Wilhelm, einen Kronprinz Wilhelm in SA-Uniform und ein verschimmeltes Foto von einem Reichsinnenminister Wilhelm Frick mit steifen Krageneck-ken. Wir finden noch andere Porträts, aber diese vielen Wilhelms sind mir in Erinnerung geblieben.

Ritchi springt in einem plötzlichen Anfall von Wut auf die Bilder ein. Die Rahmen krachen, Glas splittert. Ich erschrecke mächtig und will Ritchi zur Vernunft bringen. Er aber schreit mich an: »Bekotzte Scheißer, alle!«

Ich begreife das nicht, finde die Bilder lustig – der Kaiser hat einen aufgezwirbelten Schnurrbart, blickt finster wie ein beleidigter Schuldirektor und sieht unter seinem Helm aus weißen Hühnerfedern ganz besonders dämlich aus. In das Stalinbild bohren wir dann aus purer Zerstörungslust Löcher und das ratschende Zerreißen der Leinwand erzeugt in mir ein seltsames Lustgefühl.

Im Keramikzirkel erregen Ritchis Arbeiten großes Staunen. Es sind oft ausgefallene oder gar freche Gebilde. Mit Hilfe kleiner Tonkugeln und Wurstspieße bastelt er einen Galgen, an den er Perlen aus der Taststunde hängt und nennt das Ganze ›Blindenspiel‹. Einmal versucht er, die eigene Hand nachzumodellieren und sagt dazu: »Das sind meine Äuglein!«

Manchmal, vor allem in der ersten Zeit, hatte ich den Eindruck, daß Ritchi mich nur benutzt, um seine Langeweile loszuwerden. Ich bewundere ihn dennoch und folge ihm wie ein Hündchen, wenn er neue Streiche ausheckt. Sogar Dietrich wird von mir vernachlässigt. Das ist deshalb besonders nervend, weil Dietrich sich nie beklagt. Er sitzt auf seinem Bettrand, fiedelt auf der Leihgeige und fragt mich kleinlaut: »Gehst du wieder?«

Eines Tages entdeckt Ritchi im hinteren Teil des Internatsgeländes eine Eiche, an deren weit ausladenden Ästen man bis in die Krone klettern kann. Hier ist es sehr still. Wir lehnen beide unerreichbar, sozusagen erdenfern, in den Ästen. Wenn ein Wind geht, wiegt er uns, und die Blätter rascheln leise. Zu solch einer friedlichen Stunde passiert es dann mit meinen Augen.

Ritchi hat die Angewohnheit, nach langem Schweigen irgendeine wunderliche Frage zu stellen. »Was ist eigentlich der Sinn?« will er plötzlich wissen.

Ich bin verblüfft: »Was denn für'n Sinn?«

»Na alles, Schwachkopp! Was hat die Sonne für einen Sinn oder der Baum hier oder Weiber?«

»Oder du!« scherze ich.

»Stimmt! Die quatschen uns im Unterricht irgendeinen Sinn ein. In Wirklichkeit fragt kein Schwein danach, ob es dich gibt oder nicht.«

Von der Schule her drängt die Klingel zum Abendbrot. Wir wollen soeben vom Baum steigen, da spüre ich plötzlich einen feinen, scharfen Stich im Kopf. Und von einem Augenblick auf den anderen wird um mich her alles irgendwie grün. Ich reib meine Augen, kneif sie zusammen, reiß sie wieder auf. Aber nichts hilft. Das ferne Internat, der Himmel, selbst Ritchi – alles bleibt grün. Ritchi lacht darüber. Wie er mich anblickt, verstummt er aber und hilft mir beim Herunterklettern.

Auch Schwester Karin weiß keinen Rat, sie vertröstet mich bis zur nächsten Sprechstunde des Augenarztes. Als der kommt, untersucht er mich nur flüchtig und nickt. »Tja!« Dann wäscht er sich die Hände und sagt in den Spiegel hinein: »Das ist die Wende.« Er trocknet sich die Hände ab und erklärt Schwester Karin: »Da ist nichts mehr zu machen. Der Junge muß jetzt ordentlich tapfer sein.«

Langsam begreife ich, was der Arzt meint: Ich bin an der Reihe, meine Augen wollen aufgeben!

Schwester Karin setzt sich zu mir und hält mich im Arm. Mir fallen meine kindischen Versuche im Schloßpark ein, als ich mit geschlossenen Augen im Entenpfuhl landete. Jetzt ist es kein Blinde-Kuh-Spiel mehr, jetzt hilft kein Trost, und tapfer bin ich auch nicht. Ich stoße die Schwester zur Seite und laufe davon. Draußen stolpere ich durch das Gelände und bin so verstört, daß ich nicht einmal heulen kann. Ich verkrieche mich im Unterholz am Zaun, schlage mit dem Kopf gegen den Boden, reibe meine Augen bis sie brennen. Ich falte die Hände und versuche zu beten. »Lieber Gott, laß es nicht zu, bitte, lieber Gott, laß mich noch ein bißchen sehen. Es kann ja ruhig grün sein.«

Ritchi und Schwester Karin finden mich unter den Sträuchern und bringen mich ins Internat zurück. Ritchi nimmt mich mit auf sein Doppelbett-Zimmer. Er haust alleine darin. Überall an den Wänden hängen Kartons mit Zeichnungen. Ich war noch nie hier. Die Internatsleitung sieht es nicht gern, wenn die Jungen sich gegenseitig und außerhalb der Aufenthaltsräume besuchen.

Ritchi versucht mich abzulenken und deutet auf die Bilder. »Findst'n die?«

Aber ich bin viel zu sehr mit mir beschäftigt und zucke mit den Schultern. Ritchi stößt mich: »Na los, sag was!«

Es sind Bleistiftzeichnungen, Federzeichnungen und Aquarelle. Farben erkenne ich aber keine, alles bleibt grün und wie hinter einer Milchglasscheibe.

Über dem Bett hängt Ritchis Gitarre und ich frage: »Spielste was?«

Wir lümmeln uns auf das Bett, Ritchi klimpert auf der Gitarre und gesteht, daß er gern Maler geworden wäre. »In Weißensee gibt's 'ne Schule. In Halle auch. Die Burg Giebichenstein. Aber was soll's, in einem Jahr bin ich blind. Damit muß ich eben fertig werden. Wie du!«

Ich schüttle energisch den Kopf. »Wenn ich gar nichts mehr sehen kann, steig ich auf den Dachboden und springe runter. Kannste glauben…«

Ritchi nickt. »Klar! Hab ich mir auch schon überlegt. Aber was bringt's? Du verpaßt 'ne Menge, das ist alles. Und irgendwann bist du sowieso tot.«

Dieser Satz, so wunderlich er klingt, hilft mir über die ersten schweren Stunden hinweg. Irgendwann, dachte ich dann, irgendwann sowieso!

Nach zwei oder drei Wochen verblaßt die Grünsichtigkeit. Ich nehme nur noch graue Schatten ohne alle Konturen wahr. Allein das linke Auge gehorcht noch ein wenig, wenn ich dicht vor meine Nase halte, was ich erkennen will.

Eines Abends betritt Lehrer Weimann von der Internatsleitung das Zimmer. Dietrich schläft schon. Ich habe mir die Bettdecke über den Kopf gezogen und höre leise Jazzmusik. Ich fürchte schon, Weimann will mir das Transistorradio wegnehmen. Aber er schaltet es nur aus und fordert mich auf, mit nach draußen zu kommen. Ich muß mich wieder anziehen, dann gehen wir gemeinsam im nachtkühlen Park spazieren.

Olle Weimann ist ein junger, sportlicher Typ. Die Mädchen schwärmen von ihm. Auch wir Jungen mögen ihn. Er stellt keine blöden Lehrerfragen, sondern hört auch zu, hat immer einen guten Spruch auf Lager und schwafelt nicht herum. Aber diesmal spielt er den tröstenden Onkel, der mir in einer langen Rede verständlich machen will, daß alles nicht so schlimm sei. »Du hast viele Augen«, sagt er mir, »deine Hände, dein Gehör, alle deine Sinne. Du mußt sie schärfen. Sie werden dir einmal alles ersetzen, was du jetzt vermißt. Und fang nicht an herumzugrübeln, versuche, vernünftig zu denken – die Dinge sind so und so, und damit mußt du fertig werden...«

Mir geht die Predigt auf die Nerven. Und als Weimann mich fragt, ob ich mir schon Gedanken über einen künftigen Beruf gemacht habe, provoziere ich ihn. Mir schwant zwar, daß ein Blinder an der Drehbank genauso wenig ausrichten kann wie Ritchi mit seiner Malerei, aber ich antworte prompt: »Ich werde Zerspaner.«

Weimann reagiert auch reichlich mißmutig. »Na ja«, brummt er, »wer weiß, das hat ja auch noch Zeit«. Dann schickt er mich zurück ins Bett.

Wettfahrt

Übers Wochenende werden die meisten Internatsschüler von ihren Eltern besucht oder nach Hause geholt. Mich holt Vater ab. Mutter bereitet indes das Mittagessen vor, besorgt Wäsche oder ist mit der großen Hausordnung dran. Meist rührt sie auch noch einen Begrüßungskuchen an. Obwohl die Eltern nie klagen, ahne ich, wie beschwerlich mein Zustand für beide ist. Ich verderbe ihnen ständig das Wochenende.

Sehr beschäftigt mich, wie ich ihnen die Angelegenheit mit meinen Augen beibringen soll. Es ist schon verrückt, ihretwegen habe ich ein schlechtes Gewissen, als wäre das Unglück meine Schuld.

Im Aufenthaltsraum des Internats setze ich mich an den Tisch, halte den Kopf schief, weil mein linkes Auge noch einigermaßen, wenn auch kläglich und nur verschwommen, die Buchstaben erkennen kann, und schreibe einen Brief an die Eltern. Viel schaffe ich nicht. Und am Ende kommt etwas ganz anderes heraus als ich eigentlich wollte. Zuerst prahle ich, daß es mir gut geht. Und weil ich einmal beim Verdrehen bin, schreibe ich, daß mich niemand mehr abholen muß, ich würde den Weg nach Hause auch alleine finden. Über die Augen verliere ich kein Wort. Das merke ich allerdings erst, als der Brief längst fort ist.

Ritchi beruhigt mich. »Die schnallen das früh genug! Oder denkst du, der Arzt macht keine Meldung?«

Irgendwie schafft es die Bürokratie jedoch, daß meine Eltern nichts erfahren. Sie teilen der Internatsleitung ahnungslos mit, ihr Sohn dürfe die Heimfahrt ohne Begleitung antreten. Sicher sind sie stolz auf meine Selbständigkeit. Gleich am nächsten Wochenende probiere ich es aus.

Zwischen Königs Wusterhausen und Babelsberg gibt es eine regelmäßige Busverbindung. Sie führt sogar am Internat vorbei. Aber bis zur einzigen Haltestelle am Bahnhof brauchen wir

Blinden, und jetzt rechne ich mich schon beinahe dazu, fast eine Stunde. Ohne Angst geht das nie ab. Auf der Straße ist zwar noch nicht so viel los, aber zum Überfahren reicht ja ein Auto.

In Babelsberg werde ich von Ingeborg abgeholt, obwohl es von der Haltestelle bis zur Wohnung nur wenige Schritte sind. Leider bemerke ich meine Schwester nicht gleich. Jemand sagt zwar: »Grüß dich!« Ich glaube aber nicht, daß es mir gilt und laufe weiter. Ingeborg ruft: »He, spinnst du?« Da erkenne ich sie an der Stimme.

Bis auf ein paar Kleinigkeiten geht an diesem ersten Wochenende alles gut. Ich kenne ja jeden Handgriff und jeden Schritt, dafür ist es schließlich mein zuhause. Auf dem Küchentisch steht Mamas ›Backwunder‹, und in der Wohnung duftet es nach Kuchen. Nur einmal renne ich gegen die geschlossene Tür zur Küche, weil sie für gewöhnlich offen steht. Und am Sonntag, Ingeborg strickt an einem Pullover, verheddere ich mich in dem Wollfaden und drösle Masche für Masche den halben Pullover wieder auf. Natürlich reagiert sie fuchsteufelswild und fährt mich an: »Paß doch auf, Mensch!« Das stimmt mich aber nur fröhlich, weil sie meinen wirklichen Zustand nicht entdeckt. Ich tu so, als sei ich nur ein wenig schußlig. Schließlich möchte ich auf keinen Fall meine gewonnene Unabhängigkeit wieder aufgeben. Ich steige in den Keller, putze mein Fahrrad und drehe bis zum Kaffeetrinken ein paar Runden in der Nebenstraße.

Nach dieser ersten geglückten Heimfahrt stiefle ich an den Wochenenden regelmäßig allein zum Busbahnhof und fahre nach Babelsberg. Das heißt, im Bus bin ich nie allein. Da die Pendelbusse nur dreimal am Tage verkehren, kennen mich die Busfahrer bald.

In der Stadt weiß man wenig vom Leben in der Blindenschule. Das macht die Fahrer neugierig, sie unterhalten sich gern mit mir. Nach einigen Fahrten stoppen sie auf der Rücktour extra für mich vor dem Internat, obwohl das gegen die Vorschrift ist. Einer der Fahrer, so ein kleiner dicker, den sie Erbse nennen, rät mir: »Schreib mal an die Verkehrsbetriebe, vielleicht können wir offiziell vor eurer Hütte halten.«

Es ist aber bekannt, daß sich die Internatsleitung schon einige Male erfolglos um eine Haltestelle bemüht hat. Die Verkehrsbetriebe fürchten wegen der Sehschwachen Unfälle. Das ist überhaupt so ein Problem. Die lieben Mitmenschen begreifen oft nicht, daß auch Blinde ganz normale Menschen sind. Entweder halten sie Blinde für dumm oder, wenn einer von ihnen etwas Besonderes leistet, etwa einen Doktorgrad erreicht, für die reinen Wundertiere. Busfahrer Erbse ist eine rühmliche Ausnahme.

Ich spreche mit Ritchi über die Haltestelle. Der Freund reagiert zuerst skeptisch. Aber dann entwirft er im Kopf einen Brief: »Sehr geehrte Idioten, wir dachten immer, die Blinden sitzen in unserer Schule, langsam glauben wir, sie sitzen im Verkehrsbetrieb. Wie wäre es, wenn wir einmal die Plätze tauschten. Vielleicht hätten Sie dann auch gern eine Haltestelle vor der Türe.« Uns fallen immer bessere Wendungen und härtere Schimpfwörter ein, es macht mächtigen Spaß. Am Ende verliert Ritchi jedoch die Lust und winkt ab. »Ist sowieso sinnlos«, meint er, »du veränderst die Welt nicht.«

Das stimmt. Ich bin aber nun einmal dickköpfig. Am nächsten Tag schreibe ich, ohne Ritchi zu fragen, in der Freistunde einen freundlichen Brief an die bekannteste Zeitung. Dabei überlege ich, daß eine Redaktion sich bestimmt über Blindenschrift wundert und der Angelegenheit eher nachgeht. So ist es denn auch. Allerdings erkundigen sich die Zeitungsmenschen vorsichtshalber bei der Internatsleitung nach dem Sachverhalt, und ich muß bei Lehrer Weimann antanzen.

»Mein lieber Scholli!« sagt Weimann und fuchtelt mit dem Brief herum. »Sieben Fehler auf zwei Seiten! Trotzdem! Wenn das klappt, hast du was gut bei mir!«

Kurz vor den Sommerferien wird vor dem Internatstor tatsächlich eine Bushaltestelle eingerichtet. Am letzten Schultag erhalte ich in der Aula vor allen Mitschülern ein Lob. Und wie ich am ersten Ferientag nach Hause fahre, hat mir Erbse, der dicke Busfahrer, gratuliert.

Der kleine Erfolg kräftigt mein Selbstvertrauen. Die Welt habe ich zwar nicht verändert – aber mich.

Allerdings mißlingen mir die Ferien dann gründlich.

Vater hat für zehn Tage einen Zeltplatz an der Ostsee ergattert. Ich war noch nie an der See und bin ungeheuer gespannt. Wir wollen unbedingt die Räder mitnehmen und ausgedehnte Fahrten an der Küste unternehmen. Darauf freue ich mich ganz besonders. Obwohl ich die Welt nur noch schattenhaft wahrnehme, bleibt das Radfahren meine Leidenschaft. In einer Woche soll es losgehen. Hinter der Glastür am Küchenschrank klemmen schon die Zeltscheine und die Platzkarten für den D-Zug.

Die wenigen Tage bis dahin verlaufen ziemlich hektisch. Meine Schwester ist selten zu Hause. Sie hat Probleme mit Karl-Heinz Schmalfuß, ihrem Freund, weil er nicht mitkommen kann. Vaters Urlaub beginnt erst am Tag der Abfahrt. Ein Zelturlaub will aber gründlich vorbereitet sein. Das muß Mutter so gut wie allein bewältigen. Sie besorgt Gummiband, weil Vaters Trainingshose ausgeleiert ist. Der Petroleumkocher ist defekt. Da es wieder einmal keinen zu kaufen gibt, muß der alte in kurzer Zeit repariert werden. Mutter ist dünner geworden, der Badeanzug paßt ihr nicht mehr. Sie braucht einen neuen, gleichzeitig bemüht sie sich, Fisch- und Gemüsekonserven aufzutreiben. Zelt, Schlafsäcke, Luftmatratzen und der Koffer mit Konserven werden per Expressgut vorausgeschickt.

Abends kocht Mutter Wäsche auf dem Herd. Es ist heiß in der Küche und die Fenster stehen weit auf. Am Morgen rubbelt sie auf dem Waschbrett, wringt aus und hängt die gespülte Wäsche auf den Hof. Hinterher bügelt sie auf dem Küchentisch, hat reichlich schlechte Laune und raunzt mich an: »Lauf mir nicht dauernd vor die Füße!«

Da steige ich beleidigt in den Keller, um nach den Rädern zu sehen. Den Auftrag dazu hat mir Papa sowieso gegeben. Es ist aber eine sinnlose Mühe, an den Rädern ist nichts auszusetzen und wenn doch, hätte ich es nicht gesehen. Vater ist mit seinem Rad zur Arbeit gefahren, ich trage also Mutters, Ingeborgs und mein eigenes auf den Hof und putze ein Weilchen lustlos daran herum.

Es ist Nachmittag und Ferienzeit. Die Jungen und Mädchen aus der Umgebung langweilen sich vor der geschlossenen Kneipe ›Zum Heinrich‹. Da ich die Putzerei satt habe, geselle ich mich zu ihnen und stehe sogleich im Mittelpunkt. Als Internatsschüler bin ich für sie einer der Glücklichen, die der elterlichen Fuchtel entrinnen konnten. Der Preis interessiert sie nicht. Mit meiner gelben Armbinde kommen sie besser zurecht als viele Erwachsene. Wie ich mir gar noch lässig eine Zigarette anzünde, sind sie hellauf begeistert, und die Zigarette geht reihum. Nur Heini, der Sohn vom Gastwirt ›Zum Heinrich‹, stänkert und fragt scheinheilig, wozu Blinde ein Fahrrad brauchen.

Da mein Selbstvertrauen bedeutend größer ist als die Vernunft, fordere ich Heini unter dem Hallo der anderen zur Wettfahrt auf. Im Prinzip ist das kein Problem. Ich kenne die Straße genau. Mein Plan ist sehr einfach: So lange ich dicht an Heini dranbleibe und höre, wo er entlang fährt, kann gar nichts schief gehen. Erst kurz vor dem Ziel werde ich ihm davonspurten.

Auf ein Kommando strampeln wir los. Heini schlägt sofort ein hohes Tempo an. Ich kann jedoch mühelos folgen, höre ihn schniefen und alles scheint in Ordnung. Plötzlich aber taucht vor mir ein dunkler Schatten auf, Heini schreit, ich will ausweichen, der Schatten leider ebenfalls. Im gleichen Augenblick kracht es. Ich stürze kopfüber und falle auf etwas Weiches, nämlich auf einen Radfahrer, der mir entgegengekommen ist. Wütend schreie ich ihn an, nenne ihn ein Rindvieh, das nicht aufpassen kann, schwinge mich erneut in den Sattel und hetze hinter Heini her. Das rechte Pedal ist verbogen und klickt bei jeder Umdrehung gegen den Rahmen. Am kühlen Luftzug merke ich, daß mein Hemd zerrissen ist. Schmerzen verspüre ich keine. Die Wettfahrt freilich gewinnt Heini, der Stänker.

Mama schimpft wegen des Hemdes. Das ist aber kein Vergleich zu jenem Donnerwetter, das gleich darauf folgt. Vater kommt wenige Minuten nach mir zur Tür herein, grüßt jedoch nicht wie gewöhnlich mit »Hallo!«, sondern verpaßt mir wortlos eine solche Ohrfeige, daß ich beinahe vom Stuhl kippe.

Ich hatte keinen Fremden umgefahren, sondern meinen zufällig um diese Zeit von der Arbeit heimradelnden Vater. Passiert ist ihm nichts, nur sein Vorderrad ist so verbogen, daß der Schaden nicht mehr behoben werden kann. Und ›Rindvieh‹ hatte auch noch keiner zu ihm gesagt, nur ich.

Wegen der Ohrfeige schreit meine ahnungslose Mutter den Vater an, Papa brüllt zurück. Ingeborg beginnt zu heulen. Mama will sich wegen der Aufregung einen Wodka genehmigen. Vater knallt die Tür vom Kühlschrank wieder zu und fährt sie an: »Laß die verdammte Sauferei!«

»Laß du die Finger von dem Jungen!« schreit Mama zurück.

Ich schleiche mit brennender Wange in mein Zimmer und werfe mich aufs Bett. Ich fühle mich schuldig und kann doch nichts dafür. Das Leben ist manchmal ganz schön kompliziert, ein ewiges Auf und Ab.

Wegen Mama habe ich ein schlechtes Gewissen. Sie muß immer alles ausbaden. Ich weiß auch, daß sie viel zu oft Schnaps trinkt. Zum Aufmöbeln, wie sie sagt. Dabei ahne ich längst, daß es der Kummer wegen meiner Augen ist.

Vom Flur her und von der Küche höre ich noch ein Weilchen die lauten Stimmen der Eltern. Dann ist es still. Ich frage mich eben, ob es heute wohl noch etwas mit dem Abendbrot wird, da tritt Papa ins Zimmer, bleibt an der Tür stehen und meint barsch: »Ich höre!«

Papa erwartet eine Entschuldigung oder wenigstens eine Erklärung. Und heimlich gebe ich ihm auch recht. Aber ich bin bockig und drehe den Kopf zur Wand.

»Na gut, wie der Herr meint!« Vater will das Zimmer schon wieder verlassen, da rufe ich ihm nach: »Wenn ich dich doch nicht gesehen habe!«

»Wo gibt's denn das«, schnauzt Vater, »fällt mir aufs Fressblatt und erkennt mich nicht! Jetzt hör mal zu…« Aber auf einmal verstummt er. »Moment mal«, murmelt er, tritt vollends ins Zimmer und beugt sich über mich. »He, was ist los?« fragt er leise und ahnungsvoll.

Ich drehe jedoch den Kopf wieder stur zur Wand, und wir schweigen beide. Vater setzt sich auf den Bettrand und knurrt: »Zieh wenigstens die Schuhe aus!«

Da ist es um meine Dickköpfigkeit geschehen. Ich richte mich auf, umarme ihn und schluchze: »Papa, Papa!«

Nun sind solche Gefühlsausbrüche bei uns eigentlich nicht üblich. Vater klopft mir, sich selbst beruhigend, auf den Rücken und drückt mich ins Kissen zurück.

»Na ja«, murmelt er, »na ja…« Er steht auf und ruft von der Tür aus nach Mutter. »Kommst du mal?«

Mama hat sich offenbar doch einen Schnaps eingegossen, sie hat das Glas noch in der Hand. Vater verlangt: »Gib her!«

Mit dem linken Auge nehme ich undeutlich wahr, daß Papas Hand prüfend vor meinem Gesicht hin und her wischt. Mutter flüstert: »Du lieber Gott…«

»Den laß aus dem Spiel!« brummt Vater. Er führt meine Hand zum Glas. »Trink!« befiehlt er und räuspert sich heftig.

Schnaps hatte ich noch nie getrunken. Das Zeug schüttelt mich ordentlich durch und ich schnappe nach Luft. »Mann«, sage ich, »das brennt vielleicht!«

»Macht nichts!« erwidert Vater. »Der Mensch gewöhnt sich an fast alles.«

Spät in der Nacht muß ich noch einmal raus. Die Eltern sitzen in der Küche. Mama hat ihren Kopf wie schlafend in die Arme gelegt.

»He«, brummt Vater mich an, »es ist Nachtzeit!«

Mama hebt den Kopf und zieht mich wortlos an sich. Ihr Gesicht ist tränennass und sie riecht nach Schnaps. Neben dem Tischbein steht eine ausgepichelte Wodkaflasche. Im Hinausgehen stolpere ich darüber.

Noch vier helle Tage

An die Ostsee fahren wir trotzdem. Doch Vater lehnt rigoros ab, die Fahrräder mitzunehmen. Und nicht nur, weil seines kaputt ist. Er möchte, wie er sagt, mit dem Jungen kein Risiko eingehen.

In Wismar holen wir unser Expressgut vom Bahnhof ab, dann fahren wir in einem Lastkraftwagen mit so einem Kasten, der hinten ein Türchen und eine Leiter zum Einsteigen hat, mitten hinein in die späte Nachmittagssonne. Ingeborg steckt mich mit ihrer Aufregung an. Sie plappert unentwegt. »Ich glaube, ich sehe das Meer oder es ist der Himmel oder beides zusammen, ich weiß nicht. Guck doch mal, Mama, ist das die Ostsee?«

Der Zeltplatz liegt unmittelbar unter windgeduckten Kiefern. In stillen Momenten höre ich, wie hinter den Dünen das Meer atmet.

Während die Eltern das Zelt richten und die Luftmatratzen aufpumpen, streifen Ingeborg und ich hastig alle Klamotten ab, schließlich sind wir am FKK-Strand. Der samtweiche Sand ist noch warm von der Sonne. Weil ziemlich viele Menschen da sind, packt mich die nackte Ingeborg fürsorglich am Arm. Aber ich mag das nicht und reiße mich los. Und dann stehen wir endlich bis zu den Knien im Wasser. Es ist kälter als ich erwartet habe, es schmeckt salzig und irgendwie bitter.

Nach dem Abendessen spülen wir gemeinsam das Plastegeschirr und bummeln danach zu viert noch am Strand entlang. Es wird aber schon empfindlich kühl. Mama will mir alle Augenblicke irgend etwas erklären. »Hier sind lauter kleine Muscheln. Fühl' mal!« Und wenig später ruft sie: »Also, die Möwen kommen ganz nahe wie die Hühner, bloß daß sie fliegen. Und so 'ne anderen Vögel mit langem Schnabel. Was die herumpicken, ich glaube, die fressen den Sand.«

»Strandläufer«, antworte ich, »das sind Strandläufer! Und wenn wir leise sind, fliegen sie auch nicht weg.«

»So?« meint Mama und schweigt beleidigt. Aber nur für kurze Zeit.

Am ersten Abend kriechen wir sehr früh in die Schlafsäcke. Im Zelt riecht es ganz wundersam warm nach Erde und Kiefernzapfen und ein wenig nach Gummi. Papa brummt im Halbschlaf: »Nacht, Fritz, Nacht, Rotznasen!«

Gleich am nächsten Morgen zieht es uns alle ins Wasser. Wozu sonst wären wir am Meer? Vater verbietet mir strikt, ohne Aufsicht zu schwimmen. Ich habe jedoch vorgesorgt und von zu Hause eine Rolle Bindfaden mitgenommen. Das eine Ende binde ich mir um den Bauch, das andere Ende an den Pfahl einer Buhne. So kann ich allein hinausschwimmen, an dem Faden finde ich leicht zurück.

Glücklicherweise achten Ingeborg und die Eltern aber doch auf mich. Ich habe nämlich Papierstrick erwischt, einen anderen gab es damals nicht.

Nach der zweiten oder dritten Schwimmtour reißt mein Ariadnefaden, und ich paddle mutterseelenallein weit draußen im Kreis. Vor meiner Nase ist alles gleißend hell und unter meinen Füßen abgrundtief dunkel. Ich horche nach irgendwelchen Stimmen, nach Rufen am Strand, um mich orientieren zu können, höre aber nur das gleichmütige Murmeln der See. Ich bin viel zu weit hinausgeschwommen. Für einen Moment packt mich Panik, ich strample wild, will rufen und schlucke eine gehörige Portion Wasser. Auf einmal aber, ganz aus meinem Inneren heraus, verliere ich alle Furcht. Ich drehe mich auf den Rücken, breite die Arme aus und lasse mich vom Auf und Ab der Wellen wiegen. Dicht an der Oberfläche ist das Wasser wärmer. Die Sonne scheint kräftig. Und über mir ist eine himmelhohe, uferlose Unendlichkeit. In meinen Ohren rauscht es wie in einer Muschel. Mit dem ganzen Körper fühle ich, bis in die Hände und Füße, ein stilles Einverständnis, ja sogar eine gewisse Neugier, auf das, was da kommen mag, was mit mir geschehen wird.

Es kommt aber nichts Besonderes. Papa taucht neben mir auf und ruft: »Hallo, Großer!« Da tue auch ich so, als sei alles in Ordnung. Wir drehen noch eine Runde und schwimmen zurück zum Strand.

Einmal falle ich in eine Strandburg und auf zwei nackte Frauen. Ingeborg bittet sie um Verzeihung: »Mein Bruder ist nämlich blind.«

»Bloß ein bißchen«, korrigiere ich.

Aber die eine Nackte meckert: »Blind! Das kennt man! Schert euch fort!«

So vergehen vier heiße, schöne Sommertage. Mutter trinkt keinen Tropfen Schnaps. Papa nennt mich »Großer«, und zu Mama sagt er »Fritz«. Niemand verliert in dieser Zeit ein böses Wort, auch Ingeborg nicht.

Spät abends sitzen wir mit den anderen Zeltbewohnern am Lagerfeuer. Jemand spielt Gitarre. Die Erwachsenen trinken Bier und lachen viel. Ich muß an olle Weimann denken. »Du hast viele Augen, Jakob, deine Hände, dein Gehör, alle deine Sinne...« Ich setze mich ein wenig abseits und vernehme wirklich, daß die Nacht Stimmen hat. Das Lagerfeuer knistert, vom nahen Wald fliegen sirrend Insekten her. Ich höre, wie sich die matten Wellenschläge der See am Strand erschöpfen. Und wenn es einmal ganz still ist, glaube ich sogar zu hören, wie der Sand im Abendwind zu singen beginnt. Ich bin sehr glücklich.

Es gibt aber Dinge, von denen man nicht glaubt, daß sie passieren können. Im Internat lebt ein vollblindes Mädchen, der hat man mit einem Luftgewehr ein Auge ausgeschossen. Als es genesen war und wieder zur Schule gehen konnte, spielten die Jungen mit Pfeil und Bogen. Die hatten sie aus den Spanndrähten alter Regenschirme gebastelt. Ein Junge schrie laut: »Vorsicht!« Und nur deshalb drehte sich das Mädchen erschreckt um. Der Pfeil traf das andere, das heile Auge. Und Kalle – das ist so ein Zwerg aus der ersten Schulklasse; seine Eltern bauten an einem Häuschen. Kalle spielte mit seinem Zwillingsbruder neben der ungesicherten Kalkgrube und beide fielen hinein. Die Mutter hat sie herausgezogen und bei dem ersten, der an ihrer Hand war, sofort die Lauge aus den Augen gespült. Das aber ging nicht so schnell. Als sie Kalle, dem zweiten, helfen wollte, waren dessen Augen bereits unheilbar verätzt. Er ist blind geworden.

»Warum ich?« fragt er immer wieder. »Warum gerade ich?«

Am Morgen des fünften Tages strolche ich allein zum Wasser. Dort spielen Urlauber am Strand Volleyball. Ich komme den Spielern in die Quere, und ihr Ball trifft mich so heftig am linken Auge, mit dem ich doch noch eine Spur sehen kann, dass ich hinstürze und mit dem Kopf gegen einen Stein falle, dem einzigen, der weit und breit am Strand liegt. Ich werde ohnmächtig, und man bringt mich in das nächstgelegene Krankenhaus.

Die Eltern und Ingeborg bleiben auf dem Zeltplatz zurück, sie besuchen mich jeden Tag. Den Urlaub aber habe ich ihnen vermasselt. Am zehnten Tag reisen sie ab, Vater und Mutter müssen zur Arbeit.

Damals ließen nicht wenige Ärzte ihre Patienten im Stich. Sie suchten sich in Westdeutschland lukrativere Posten. Geld stinkt nicht, sagt man. Die hiergebliebenen Ärzte und Schwestern geben sich große Mühe, damit wir Kranken gut versorgt werden und die Ausfälle nicht so spüren. Jedenfalls fühle ich mich, nachdem die Schmerzen nachgelassen haben, einigermaßen wohl.

Schon am dritten Tag kommt ein erster Brief von Mama. Und dann erhalte ich oft einen Gruß von zu Hause. Sogar Ingeborg schickt eine Karte. Die diensthabende Krankenschwester hockt sich auf mein Bett und liest die Post leise in mein Ohr hinein, damit die anderen Patienten das nicht so mitkriegen.

Ingeborg schreibt: ›Hei, Brüderchen, ich hoffe Dir geht's gut. Ich bin wieder mit KH zusammen‹. KH soll Karl-Heinz heißen. ›Er ist manchmal ziemlich doof, aber ich l. ihn. Wir freuen uns, daß Du bald nach Hause kommst...‹. Die Krankenschwester schweigt und ich drängle: »Weiter!« Da liest sie schnell zu Ende: ›Was macht Dein verdammtes Auge, wird es wieder? Liebe Grüße Ingeborg. ‹

»Dumme Nuß!« sage ich und feixe. Ich weiß längst, daß ich nun für immer erblindet bin. Nach dem unglücklichen Schuß hat auch das verdammte linke Auge aufgegeben. Aber das Wissen, einmal stockblind zu werden, begleitet mich nun schon eine lange Zeit, es ist mir so vertraut, daß ich es erstaunlich gelassen nehme. Ich wehre mich nicht mehr gegen mein Schicksal, spiele nicht mehr verrückt. Nur über die Krankenschwester ärgere ich mich manchmal, wenn sie mich früh begrüßt: »Na, mein Hemdenmatz!« Schließlich bin ich beinahe vierzehn Jahre alt.

Da ich dies schreibe, frage ich mich, ob es wirklich so war oder mir nur wünsche, daß es so gewesen sein möge. Wir schönen uns die harte Wirklichkeit ja gern in der Erinnerung. Heute möchte ich schon glauben, daß ich für mein damaliges Alter recht vernünftig war.

Ich liege im Bett und horche in mich hinein, horche auf das Klopfen des Blutes in den Ohren, auf meinen Atem. In Gedanken sehe ich Schwester Karin in Königs Wusterhausen. Ritchi fällt mir ein: Irgendwann bist du sowieso tot. Und olle Weimann hat gesagt: »Grüble nicht – denke!« Ich will von keinem Dach mehr springen, will auch von den Ostseewellen nicht mehr an einen Niemandsort getragen werden.

Wenn ich mich langweile, ziehe ich mir die Decke über die Ohren, schalte das Transistorradio ein und höre Rock 'n' Roll oder eine Fußballreportage. Mitunter erhasche ich auch Nachrichten. Sie interessieren mich eigentlich nicht. Aber es ist doch ein Gefühl, als würde die ganze Welt unter meine Bettdecke kriechen. Irgendein Johannes ist Papst geworden, und in Rostock entsteht ein Hochseehafen. In Brüssel haben sie ein Atommodell gebaut, so riesig, daß man darin spazieren gehen kann. Gleichzeitig lehnen Gelehrte in Göttingen die Atomaufrüstung ab, und in Leuna reden sie über ein großes Chemieprogramm für die gesamte Republik.

Das Essen im Krankenhaus schmeckt. Mittags gibt es immer einen Nachtisch und nie Kartoffeln und Quark.

Mein Bettnachbar ist diesmal ein junger Schlosser mit einem komplizierten Oberschenkelbruch. Keiner kann ihn so richtig leiden, weil er ständig laut furzt und dazu »Prost!« kräht. Aber ein Schlosser arbeitet mit Eisen und das interessiert mich. Mit den Fingern möchte ich sein Gesicht ansehen. »Darf ich Sie mal anfassen?« frage ich.

Zuerst reagiert der Schlosser grimmig. »Biste verrückt?«

»Habt dich nicht so«, beschwichtigt ein Mitpatient, »du siehst doch, daß er keene Augen im Kopp hat!«

Da hält der Schlosser seinen Atem an und liegt still. Er hat eine große Nase, dicke Augenbrauen und stinkt ein bißchen.

Wegen seines dichten Bartes denke ich, es ist ein alter Mann. Die Mitpatienten lachen und der Schlosser ruft beleidigt: »Werde bloß nicht frech!«

Meine Finger haben das Hinschauen noch nicht richtig gelernt.

Als der Schlosser an zwei Krücken durch den Klinikpark humpeln kann, schließe ich mich ihm an. Ich laufe vor dem Humpelmann her, und er stupst mich mit seiner Krücke nach links oder rechts. Nach einer Weile verliert er aber die Lust, dirigiert mich zu einer Bank und verspricht, gleich wiederzukommen. Er kommt aber nicht. Ich verliere bald die Geduld, stehe auf und suche den Weg allein zurück.

Jetzt hilft mir, was ich in Königs Wusterhausen gelernt habe. Ich horche auf das leise Knirschen des Kiesweges unter meinen Füßen. Die Arme möchte ich wie damals am Entenpfuhl schützend vors Gesicht halten, aber mit dem Blinde-Kuh-Spiel ist es vorbei. Ich überwinde meine Angst und schiebe die Hände tief in die Taschen. Gleich darauf kommt mir jemand entgegen. Am Schritt höre ich, daß es nicht der Schlosser mit den Krücken sein kann. Ich grüße und eine Frau antwortet freundlich: »Tag, junger Mann!« Sie merkt nichts. Ich weiß noch von den drei Stufen, die zur Glastür und in den Flur der Klinik führen. Hier suche ich das Treppengeländer und muß dafür nun doch die Hände gebrauchen. Im ersten Stock frage ich eine Schwester nach Zimmer 17. Die Schwester sagt: »Sechste Tür links«. Sie will mich begleiten, ich aber lehne, nun schon ein bißchen großkotzig, ab: »Kann ich alleine!« Ich taste die Zimmerflucht entlang die Türen ab und falle, endlich angelangt, reichlich erschöpft aber stolz auf das Bett. Im gleichen Augenblick erhalte ich einen so derben Stoß, daß ich von der Matratze kullere. Ein Mann brüllt mich aufgeregt an: »Was soll das? Scher dich zum Teufel, du Mistkerl!«

In dem Bett liegt schon einer. Ich hab die falsche Tür erwischt. Da rapple ich mich entgeistert auf und stolpere auf den Flur zurück. Schließlich aber finde ich das Zimmer 17 und mein eigenes Bett.

Trotz des Mißgeschicks ist es mein erster kleiner Erfolg als Vollblinder. Leider sieht das der Schlosser anders. Er stößt wenig später die Tür mit seiner Krücke auf und zetert, weil er im Park vergebens nach mir gesucht hat.

Von der Krankenkasse wird mir eine dunkle Brille verordnet. Nach vierzehn Tagen darf mich Vater heimholen. Ehe wir uns in den Zug setzen, besorgen wir bei einem Optiker noch die augenverbergenden Gläser.

Schon im Flur zu Hause duftet es nach Kuchen. Mama verliert kein Wort über die Brille. Sie mahnt nur, nicht gegen den Tisch zu stoßen, weil sonst der Kuchen zusammenfällt. Da steht nämlich das elektrische ›Backwunder‹.

Ich mag aber das trockene Zeug nicht sonderlich und remple doch wie aus Versehen kräftig gegen den Tisch. Am Nachmittag gibt es köstlichen Klitschkuchen. Mutter wagt nicht zu schimpfen, obwohl sie es früher sicher getan hätte. Sie beschwichtigt sogar: »Ach, das kann jedem mal passieren.«

Sie hat es überhaupt oft schwer mit dem Sohn. Wenn sie mit mir spricht, flüstert sie unwillkürlich wie mit einem Kranken. Ich bin aber gesund. Da flüstere ich, um sie zu ärgern, ebenfalls, bis sie es merkt und mir eine Kopfnuß verpaßt.

An einem Freitag kommt sie sehr früh von der Arbeit heim. Sie wäscht übers Wochenende meine Hemden, bügelt, näht Knöpfe an und packt meine Reisetasche. Dabei will sie mich immerfort drücken und ich rieche ihre Schnapsfahne.

Die Ferien sind zu Ende. Ich muß zurück nach Königs Wusterhausen.

Freund Ritchi holt mich vor dem Internat an der neuen Bushaltestelle ab. Er war schon einige Tage zuvor zurückgekehrt, weil sein Vater beim Fernsehen zu tun hat und deshalb den Urlaub vorzeitig abbrechen mußte.

Ritchi weiß aufregende Neuigkeiten. Die schönste ist, daß ich zu ihm ins Zimmer ziehen darf. Eine andere Neuigkeit aber kann ich einfach nicht fassen: Pfaff, Ratte, ist über Nacht nach Hamburg abgehauen. Das allein hätte mich froh gestimmt, aber mit ihm ist auch Karin verschwunden, Schwester Karin aus der Krankenbaracke. Sie hat Pfaff doch gehaßt wie ich, wir haben sogar gemeinsam über ihn gelacht. Und jetzt sind ihre runden Knie, die feuchten Wangenküsse und die Wärme ihrer Hände auf einmal mit Ratte verschwunden. Ich begreife es nicht, bin noch zu jung. Ich werde erst noch erfahren müssen, daß Menschen anders sind, als wir sie uns wünschen, und daß jeder neue Tag ein kleiner Verrat am vergangenen ist.

Im Grunde benehme ich mich ja nicht besser, räume mit Ritchis Hilfe heimlich meine Sachen aus dem Zimmer, das ich bisher mit Dietrich teilte – ein bißchen feige, um Dietrichs Fragen oder gar Vorwürfen zu entgehen. Ich wechsle auch meinen Platz am Tisch, sitze neben Ritchi und schmecke lange Zeit selbst nicht heraus, ob ich den Käse jetzt als Leberwurst esse.

Dietrich zahlt es mir auf seine sanfte Weise heim. Eines Abends, ich komme erhitzt vom Rollballspiel, höre ich ihn geigen. Seine Überei ist mir oft mächtig auf die Nerven gegangen, zumal ich die falschen von den richtigen Strichen, wie Dietrich sagt, recht gut unterscheiden kann.

An diesem Abend berühren mich die dünnen, zittrigen Töne auf ungewohnte Weise. Ich gehe zögernd dem Klang nach. Dietrich sitzt auf den breiten Außenstufen zur neuen Turnhalle. Ich steige zu ihm hinauf, vorsichtig, denn ich bin nicht oft hier. Dietrich muß mich jedoch am Schritt erkannt haben, die Geige verstummt. Nach einem Moment des Schweigens meint er zurückhaltend: »Da bist du ja.«

Ich setze mich neben ihn, taste nach dem Instrument und lobe: »Klingt schon ganz gut.« Weil Dietrich nicht antwortet, gebe ich mich forsch: »Mach doch, spiel' noch was!«

Aber Dietrich zieht mir die Geige weg und steht auf. Ich höre, wie er mit festen Schritten die Stufen hinabsteigt. Unten verhält er einen Moment. »Ich krieg' einen Neuen aufs Zimmer, kann noch ganz gut sehen.«

»Dann hau doch ab!« schreie ich gekränkt und spucke nach ihm. »Hau ab, du Scheißer!« Dann schnürt es mir die Kehle zu. Ich bin sauer auf Dietrich, noch mehr aber auf mich.

Romeo und Julia

Dieses erste gänzlich dunkle Jahr ist zugleich mein letztes in Königs Wusterhausen. Es ist auch das letzte relativ unbeschwerte Jahr meiner beginnenden Reife.

Mit Ritchi ist das Zusammenleben nicht leicht. Gewiß, wir sind Freunde, bedingungslos, aber in der engen Zimmergemeinschaft stören wir oft einander, sind uns im Wege. Ich habe den Sprung in die Dunkelheit hinter mir, Ritchi noch nicht. Das macht mich, so merkwürdig es klingen mag, in gewisser Hinsicht überlegen. Allerdings glaubt Ritchi, sich Blindheit vorstellen zu können, das habe ich schließlich früher auch getan. Dazu reicht jedoch alle Phantasie der Welt nicht. Du spürst die wärmende Sonne auf der Haut, aber du siehst sie nicht. Du flüsterst mit einem Mädchen, aber du siehst es nicht. Man fragt dich: Ist die Katze nicht niedlich? Aber du siehst sie nicht. Du siehst nicht die vom Wind bewegte Birke im Garten, nicht die Lichtreflexe auf dem See und nicht die verdammte Klamotte vor deinen Füßen. Du siehst weder die liebende Bewegung einer Hand noch jene Hand, die zum derben Schlag ausholt. Es gibt keinen Spiegel, der dir etwas sagt. Du kannst keine Speisekarte lesen, findest im Wirtshaus den Weg nicht zum Klo und weißt nicht, ob es sauber ist oder mistig. Du bist auf die Hilfe, auf die dürftige Beschreibung anderer angewiesen, das macht dich mißtrauisch oder krank und manchmal auch hart.

Ritchi ist regelrecht süchtig nach Licht, er schraubt eine Hundert-Watt-Birne in seine Nachttischlampe und will alles noch Sichtbare intensiv erleben. Beim Malen beugt er sich mit seiner dickglasigen Brille tief über die Zeichnung. Jeder Tag, an dem er Licht noch wahrnimmt, ist wie ein Geschenk, wie ein Hoffnungsschimmer, den meine ständige Nähe verdüstert.

Ich brauche eine gewiße Ordnung um mich her. Ritchi aber stellt die Stühle nicht zurück, belegt sie mit Büchern und Kleidungsstücken oder öffnet das Fenster sperrangelweit, ohne mich zu warnen. Prompt laufe ich dagegen und hole mir eine Beule. Ich stolpere über Ritchis Schuhe, und einmal renne ich ihn mitsamt seiner Staffelei um. Mit Dietrich, früher, war das Zusammenleben leichter – ich war der Sehende. Jetzt aber hat sich alles verkehrt, nur daß ich nicht so duldsam bin wie Dietrich.

Ich raunze Ritchi an, boxe ihn, wenn er in meine Reichweite kommt und gerate in Rage, wenn er lachend ausweicht.

Die Ausdauer aber, mit der Ritchi beinahe jeden Nachmittag vor dem Zeichenblock am Tisch sitzt, beeindruckt mich. Selbst die Lehrer schweigen erstaunt oder loben seine Malerei zurückhaltend. Es scheint ein sonderbares Geheimnis zu sein, daß man besser Malen kann, wenn man schwache Augen hat. Man sieht nur das Wesentliche.

An einem Wochenende, wir warten auf Ritchis Mutter, um mit ihr ins ›Ermelerhaus‹ zu fahren, sitzt Ritchi stumm am Tisch und pinselt mit Wasserfarben einen Strauß Feldblumen. Er warnt mich vorsorglich, vergißt aber zu erwähnen, daß auf dem Tisch und ausgerechnet an meinem Platz die Vase mit den Blumen steht. Eine heftige Bewegung von mir genügt. Das stinkende Blumenwasser schwappt über Ritchis Bild und über seine gute Hose. Jetzt ist es Ritchi, der brüllt: »Paß doch auf, du verdammtes blindes Arschloch!«

Ich springe zornig auf und reiße dabei den Tisch um. Die Vase zerknallt auf dem Boden und Ritchis Malutensilien fliegen durchs Zimmer.

Ritchi stottert vor Wut: »Ich... ich könnte dich...« Er stürmt aus dem Zimmer und wirft die Tür so heftig zu, daß die Milchglasscheibe herausfällt und in Scherben geht.

Vorsichtig taste ich mich mit den Füßen durch das Tohuwabohu. Auf dem Flur gerate ich Lehrer Weimann in die Hände.

»Was ist denn das für ein Lärm bei euch?« Er schiebt mich, trotz meines Sträubens, ins Zimmer zurück. Es muß wüst aussehen, denn Weimann bleibt an der Tür stehen und macht ein Geräusch wie die Reifen an meinem Fahrrad, wenn ich die Luft rauslasse.

In diesem Moment höre ich Ritchi mit seiner Mutter kommen. Die Begrüßung fällt sehr kurz aus. Weimann knurrt nur:

»Ich bitte sehr, Frau Metzke, das sollen die Bengel gefälligst selbst in Ordnung bringen.«

»Wie Sie meinen«, flüstert sie.

Mir kommt es vor, als würde sie sogar einen Knicks machen, ihre Stimme klingt so.

»Richard«, befiehlt Weimann, »sag dem Hausmeister Bescheid! Er soll sich um die Tür kümmern!«

Er stampft davon, und Ritchi sucht Hausmeister Pagel auf. Einfach ist das nicht. Pagel ist ewig mürrisch und hat große Hände. Wenn er betrunken ist, gehen ihm alle aus dem Weg.

Ritchis Mutter seufzt und schiebt mich an den Scherben vorbei zum Bett. »Setz dich, ich mach das schon.«

Pagel ist nüchtern und nagelt eine Pappe an die Tür. »Provisorisch, gnädige Frau«, sagt er. Ritchis Mutter hat ihm vermutlich ein Trinkgeld gegeben, denn er pfeift fröhlich und nennt Ritchi und mich ›Na-meine-Jungs‹.

Ins ›Ermelerhaus‹ fahren wir aber an diesem Tag nicht mehr. Wir setzen uns zu dritt in den Speisesaal und löffeln mit den anderen Nudelsuppe.

Ehe Frau Metzke wieder heimfährt, packt sie Ritchis schmutzige Wäsche ein und bezieht sein Bett frisch. Dabei klagt sie wie üblich über die Flecken im Laken. »Wie soll das bloß enden mit dir, wirklich, du bringst dich noch um den Verstand!«

Ritchi mault: »Was hat denn der damit zu tun?«

Am Abend, wir liegen in unseren Betten und qualmen die verbotenen Zigaretten, ist längst wieder Frieden zwischen uns. Ritchi fummelt unter der Decke noch ein Weilchen an seinem Schwanz, dann dreht er sich auf die Seite, murmelt »Nacht, Alter!« und schläft ein.

Es dauert lange, ehe wir uns einigermaßen an Regeln gewöhnen, die unser gemeinsames Leben erleichtern. Auf die Eiche klettern wir nicht mehr.

Im Laufe des langen und heißen Spätsommers organisiert die Schulleitung zwei ausgedehnte Bildungsfahrten für die Teilnehmer an der Jugendweihe. Die Konfirmanden will man davon ausschließen. Uns Jungen und Mädchen interessiert der Religionsstreit herzlich wenig, aber einige Eltern protestieren energisch. Am Ende nimmt, um allem Knatsch aus dem Weg zu gehen, einfach die gesamte Klasse an den Fahrten teil. Begleitet werden wir von olle Weimann, von dessen Frau, auch eine Lehrerin, und von Deutschlehrer Eibstock.

Im Spreewald erzählt uns Frau Weimann viele interessante Dinge vom kargen Leben der Menschen in dieser Gegend. Am Nachmittag unternehmen wir eine Kahnfahrt. Das Aus- und Einsteigen in die wackligen Boote ist ziemlich problematisch. Während der Fahrt rezitiert Eibstock laut und begeistert den Osterspaziergang: »Vom Eise befreit sind Strom und Bäche durch des Frühlings holden belebenden Blick...«. Dabei schwitzen wir allesamt in der Sommerhitze und werden von Mücken und Pferdebremsen gepiesackt, es ist ziemlich lächerlich.

Die Bootsbänke sind bequem, jeder sitzt auf einem Kissen. Es geht jedoch ein bißchen eng zu. Der Zufall will, daß ich zwischen zwei Mädchen zu hocken komme. Das macht mir zu schaffen. Ich fühle ihre warmen Schenkel an den meinen, ihr Haar kitzelt mich am Hals und ihr aufregender Duft in der Nase. Hin und wieder berühren ihre Hände auch meine Beine, und wir schweigen alle drei sehr intensiv.

Im Oktober unternimmt die Klasse eine Drei-Tage-Fahrt nach Weimar. Ich sitze neben Ritchi im Bus, hätte aber viel lieber wieder bei den Mädchen gesessen, auch wenn ich sie nicht sehen kann. In meiner Phantasie male ich sie mir alle schön.

Am ersten Tag fahren wir bergan in das ehemalige Konzentrationslager Buchenwald. Unser Bus hält vor einer großen Baustelle. Frau Weimann erzählt uns, daß hier ein Denkmal für die Opfer des Faschismus errichtet wird. Dann schreiten wir durch das Lagertor und über einen windigen Platz, auf dem früher die Baracken der Häftlinge standen. Hier begegnen wir zufällig einem Mann, der selbst in diesem KZ gelitten hat. Er nimmt sich die Zeit und führt uns überall umher. Und es macht ihm nichts aus, daß viele von uns gänzlich blind sind. Da er sehr bildhaft erzählt, kann ich mir alles genau vorstellen. Herr Apitz, so heißt der Mann, führt uns auch zu dem Krematorium, in dem die SS viele Tausend ermordete Kriegsgefangene, Kommunisten, Juden und andere Menschen verbrennen ließ. »An dieser Stelle«, sagt Herr Apitz, »haben die SS-Männer Ernst Thälmann erschossen. Und sie haben ihn selbst verbrannt. Heimlich, weil die weite Welt und wir Häftlinge nichts davon erfahren sollten.«

Auf dem Rückweg über den windigen Platz geht Herr Apitz neben mir her. »Hier gab es einen Jungen«, erzählt er, »den haben wir versteckt, bis die ganze Schweinerei vorbei war. Die SS hätte ihn sonst umgebracht. Er war noch sehr jung.«

»Ich werde vierzehn. In zwei Monaten«, sage ich.

»Na ja«, antwortet Herr Apitz, »der Kleine war jünger. Aber ihr hättet hier auch keine Chance gehabt.«

Frau Weimann fragt ihn, ob sich die Klasse vielleicht ein bißchen mit ihm unterhalten dürfe. Wir setzen uns alle vor dem Lagertor auf die Steine für das Denkmal, und Herr Apitz erzählt uns, daß er schon 1934 von den Nazis verhaftet wurde und danach bis zur Befreiung acht Jahre hier im KZ Buchenwald verbracht hat.

Ritchi will wissen: »Aber warum sind Sie heute hier? Wo Sie doch hier so ein Scheißleben hatten?«

»Eine gescheite Frage«, entgegnet Herr Apitz. »Manchmal zieht es einen eben an den Ort, an dem man die schwersten Jahre seines Lebens verbringen mußte. Vor allem, wenn man Probleme hat. Und die habe ich… « Er schweigt einen Moment und alle warten gespannt. Dann fügt er hinzu: »Ich schreibe nämlich an einem Roman über diese Zeit. Und jetzt krame ich hier nach Erinnerungen.«

Am nächsten Tag besuchen wir zuerst das Haus von Friedrich Schiller und danach das Wohnhaus von Goethe am Frauenplan. Herr Eibstock, der in Buchenwald die ganze Zeit sehr schweigsam war, lebt ordentlich auf. Gleich auf der Treppe in die obere Etage ruft er: »Wir bleiben hübsch beisammen! Nichts anfassen! Wenn jeder alles anfassen wollte, also ich bitte euch…!«

Aber dreizehn Blinde und Beinahblinde im Goethehaus, das ist wie eine kleine Sensation. Eine Frau mit heller, fröhlicher Stimme führt uns extra und wir dürfen doch einiges anfassen.

Ritchi nimmt mich beim Arm und wir gehen den anderen voraus. »Ist 'n ganz langer Gang«, flüstert er, »und immer Zim-

mer. Ich glaube, man kann durchgucken bis ans Ende. Da steht
'n Riesenkopp, ganz weiß.«

»Was 'n für'n Kopp?«

»Soll 'ne Frau sein…« erklärt Ritchi. Er liest: »Juno…«

Aus einem der Räume hinter uns dringen die Schritte, das
Tuscheln und Kichern der Gruppe und wir hören die helle,
fröhliche Stimme der Museumsführerin. Unter unseren Füßen
knacken leise die Dielenbretter. Es riecht irgendwie staubig
und ein bißchen muffig. Mir ist ganz seltsam zumute.

Im Arbeitszimmer dürfen wir um den Tisch laufen, der mitten im Zimmer steht. Auf der Tischplatte liegt eine Art Kissen.
Darauf hat sich Goethe mit den Ellbogen gestützt. Und am Fenster fasse ich das Stehpult an. Daran soll Goethe geschrieben
haben, vielleicht den ›Faust‹ aber bestimmt Briefe.

Ausnahmsweise öffnet die Museumsführerin für uns sogar
das Gitter vor dem Bibliothekszimmer. Und die helle Stimme
erklärt: »Hier stehen über sechstausendfünfhundert Bücher in
den hohen Regalen. Ihr dürft sie berühren, aber ganz vorsichtig! Außerdem gibt es nur einen Tisch und einen Stuhl. Goethe
hat gesagt: ›Alle Art von Bequemlichkeit ist gegen meine Natur. Prächtige Zimmer sind etwas für Leute, die keine Gedanken haben.‹«

An der Tür vor Goethes Sterbezimmer fragt sie, ob wir auch
im Lager Buchenwald gewesen sind. Als wir vielstimmig mit Ja
antworten, wird ihre helle Stimme dunkel und leise: »Seht ihr,
und zwischen Buchenwald und Goethes Frauenplan – da liegt
Deutschland.«

Damals verstand ich diesen merkwürdigen Satz nicht und
vergaß ihn bald. Erst in unserer gegenwärtigen Zeit, beim Ge-
brüll der neuen Nazis, den Glatzköpfen, und den gerichtlich er-
laubten Zusammenrottungen der Typen, fällt er mir wieder ein
und erschreckt mich.

Unsere Weimarfahrt endet mit einem Besuch von Shakespea-
res ›Romeo und Julia‹ im Deutschen Nationaltheater. Ritchi
war schon oft im Theater. Ich noch nie. Deshalb bin ich sehr
aufgeregt. Die Vorfreude kühlt jedoch rasch ab, weil uns Lehrer
Eibstock das Stück erläutert und eine Menge über Feudalfeh-
den und Haß und natürliche Liebesansprüche quasselt.

Glücklicherweise erweist sich Ritchi als Kenner und erzählt mir auf dem Weg ins Theater den Inhalt des Stückes, damit ich der Vorstellung besser folgen kann. »Die Julia«, sagt er, »und der Romeo, die lieben sich. Aber die Eltern sind dagegen, weil sie Krach miteinander haben. Sogar ihre Diener bekämpfen sich. Deshalb müssen die beiden heimlich heiraten. In der Hochzeitsnacht steigt Romeo über'n Balkon in Julias Bude. Was sie da treiben, wird aber nicht gezeigt...«

»Schade«, werfe ich ein.

»Mann, das kannste dir doch denken!«

»Und ob!« antworte ich, denke aber gar nichts. Ich stell mir nur vor, daß es wahnsinnig aufregend sein müsse, die Nacht ganz nah mit einem Mädchen, vielleicht mit so einem wie Schwester Karin, zu verbringen.

»Aber die Sache geht übel aus«, fährt Ritchi fort. »Die beiden müssen abhauen...«

Ich grinse. »Nach Hamburg!«

»Blödmann, hör doch mal zu! Also, die Julia nimmt 'n harmloses Mittel, damit ihre Eltern denken, sie ist tot, sie ist aber bloß betäubt. Romeo denkt allerdings auch, sie ist tot und bringt sich um. Wie die Julia munter wird, ist Romeo hin und da nimmt sie sich das Leben. Die Eltern sind sauer und vertragen sich wieder.«

»Ganz schön komisch!«

»Is' aber 'ne Tragödie, Mensch! Mein Alter hat den Romeo gespielt. Früher. Jetzt nicht mehr – mit seinem Bauch!«

Ritchis Erzählung heizt meine Neugier wieder an. Wir betreten das Theater, und ich fühle mich sogleich wie in einer anderen Welt. Die Füße schlurfen über weiche Teppiche im Foyer, es riecht überall wie Ingeborgs Schminke, und ich horche ergriffen auf das vielstimmige Gemurmel der Leute, ohne etwas Bestimmtes zu verstehen. Nach dem Ertönen einer Klingel drängen wir uns mit den anderen in den Zuschauerraum und nehmen in weichen Sesseln Platz.

Das Publikum hüstelt und raschelt mit den Programmheften. Auf einmal aber werden alle still. Am kühlen Luftzug spüre ich, daß sich der Vorhang öffnet. Ich höre hastige Schritte. Ritchi flüstert mir ins Ohr: »Die Kulisse soll 'n Platz in 'ner Stadt sein. Jetzt kloppen sie sich.« Und plötzlich ruft ein Schauspieler erregt: »Zieh nur gleich vom Leder: da kommen zwei aus dem Hause der Montagues!«

Die Vorstellung hat begonnen. Ich kann die Stimmen recht gut unterscheiden und wundere mich selbst, wie schnell ich in das Spiel finde. Wie dann die Amme nach Julia ruft: »He, Lämmchen, zartes Täubchen!« und Julia auftritt, frage ich Ritchi, ob sie schön sei.

»Bestimmt!« raunt er.

Ich kichere. »Du guckst ja selbst bloß so weit wie'n Schwein scheißt!«

Ehe Ritchi antworten kann, zischt jemand in der hinteren Reihe: »Haltet endlich den Schnabel!« Da schweigen wir bis Romeo und Julia tot sind und das Publikum heftig Beifall klatscht. Ich bin sehr ergriffen und verstehe nicht, wie man danach klatschen kann.

In diesem Herbst wird Romeos Leidenschaft zu Ritchis Lebensinhalt. Er spricht von nichts anderem als von Julia, ist auf der Suche nach ihr und quatscht so gut wie jedes Mädchen an. Mir gefällt das. Ich bin ja ständig in seiner Nähe und hoffe insgeheim, daß sich eines der Mädchen auch für mich interessiert.

Mein Geburtstag fällt in diesem Jahr auf ein Wochenende. Ich darf Ritchi nach Hause einladen und nach Babelsberg mitbringen. Von den Eltern bekomme ich eine ziemlich teure chromatische Mundharmonika geschenkt und gehe den anderen damit das ganze Wochenende auf den Wecker.

Ritchi verknallt sich sofort in Ingeborg. Ich hätte nichts dagegen, wenn sich die beiden näher kämen, zumal K.H., ihr Karl-Heinz, ein eingebildeter Pinsel ist, der auf alle Probleme eine dämliche Antwort weiß. »Also, Blindheit ist doch zuerst mal eine soziale Frage!« So etwa. »Also, das siehst du falsch!« ist seine ständige Redensart. Einmal verlor ich die Geduld und gab zur Antwort: »Ich sehe nicht mal, ob du 'n breites oder 'n großes Maul hast!« Seitdem ist Funkstille zwischen uns. Zum Geburtstag ist er auch nicht gekommen.

Leider stößt Ritchi bei Ingeborg nicht auf die erforderliche Gegenliebe. Vielleicht ist er zu jung für sie oder dieses eine Wochenende auch zu kurz. Weil er ihr aber unentwegt nachsteigt, klaut sie ihm die Brille. Er sucht das halbe Wochenende nach ihr und findet sie erst am Sonntag, kurz vor unserer Rückfahrt, in seiner Manteltasche wieder.

In der zweiten Januarhälfte fällt Schnee. Die leisen Geräusche, die ich gewöhnlich als Orientierungshilfe brauche, klingen anders, gedämpfter. Das Laufen im Internatsgelände und auf der Straße wird schwieriger.

Und beinahe bekommt uns der erste Schnee sehr übel. Eines späten Abends nämlich verlangt Ritchi, daß ich regungslos im Bett bleibe und mich schlafend stelle, ganz egal, was passiert.

Unser Zimmer liegt zu ebener Erde, und etwas trommelt sacht gegen die Scheibe. Ritchi öffnet das Fenster und hilft jemandem beim Einsteigen. Die beiden tuscheln miteinander, und ich merke schnell, daß es ein Mädchen ist. Sie kichert leise, dann knarrt Ritchis Bett und ich höre ihn zufrieden grunzen. Das Mädchen flüstert hastig: »Nein, nicht so, bitte! Nimm die Hand, bitte, nur mit der Hand…«

Die Phantasie spielt mir einen Streich, ich seufze unwillkürlich auf. Danach ist es einen Moment totenstill im Zimmer. Nur die Heizung knackt.

Wie sich das Mädchen von ihrem Schreck erholt hat, fragt sie leise: »Was war das?« Und dringender dann: »Hier ist doch jemand! Laß mich los, verdammt, laß los!«

Ich begreife, daß die nächtliche Besucherin ebenfalls blind ist und aus dem benachbarten ›Jungfernnest‹ kommt. Ihre Kleider rascheln wie die Programmhefte im Theater. Es klingt, als würden die beiden miteinander ringen. Ritchi keucht wütend: »Bleib doch! Wer soll denn hier sein?«

Ich sage schnell: »Außerdem sehe ich sowieso nichts!«

Ritchi fährt auf: »Du Rindvieh!« Dann stottert er: »Das – das ist bloß Jakob.«

»Warum hast'n das nicht gesagt, Mensch?« Die Mädchenstimme klingt vorwurfsvoll, aber nicht unbedingt zornig.

»Jakob?« fragt sie und tapst auf mein Bett zu. Sie sucht mich mit der Hand. Und da ich mich nicht zugedeckt habe, berührt sie mich unmittelbar dort, wo ich sonst nur allein hinfasse.

»Mann«, sagt sie, »was ist denn mit euch los?« Ihre Hand läßt sie aber liegen. Ritchi kommt nun ebenfalls herüber.

Schließlich liegen wir zu dritt in meinem Bett und das Mädchen greift mit beiden Händen zu. Ich taste mich an ihren nackten Schenkeln hoch, aber da ist schon Ritchi am Werke. Deshalb lasse ich es sein, verhalte mich nur grad so reglos wie ich eben kann und habe wenige Atemzüge lang das wundersame Gefühl, neben mir läge eine Julia.

Erst viel später, sie ist auf dem gleichen Wege, den sie herzu genommen hat, auch wieder verschwunden, frage ich Ritchi, wer das gewesen sei.

»Elvira«, sagt er und fügt hinzu, »ich krieg' fünf Mark von dir. Sie will nämlich zehn haben.«

Am nächsten Morgen läßt Weimann uns aus dem Unterricht holen. Frau Domscheit hat im Schnee die Fußspuren des nächtlichen Besuches entdeckt und Hausmeister Pagel hat sie bis zum Mädcheninternat verfolgt.

Damals lebte man hierzulande sittenstreng. Die moralischen Prämissen waren ziemlich verlogen und hatten mit dem wirklichen Leben wenig zu tun. Niemand fragte nach Ursachen oder Zusammenhängen, am allerwenigsten die Internatsleitung. Der bloße Vorgang hätte Ritchi und mir mindestens eine strenge Rüge eingebracht, der Direktor hätte sich mächtig aufgeblasen, möglichst in der Aula und vor aller Ohren. Den Eltern wären entrüstete Briefe ins Haus geflattert, und diese Elvira wäre vielleicht sogar aus dem Internat geflogen.

Im Beisein der Frau Domscheit und des Hausmeisters klingt Weimanns Stimme denn auch ungewohnt streng. Er will unbedingt ein Geständnis hören. Aber die Wahrheit ist ein Kind Gottes, hoch über den Wolken. Wir beide leugnen wie die Teufel. Nachdem sich die Petzmäuler getrollt haben, wird olle Weimann friedlicher. Er kommt hinter seinem Schreibtisch hervor und stöhnt: »Ihr seid mir schon Früchtchen!«

Dann, nach einem langen Schweigen, meint er salomonisch: »Ich glaub euch kein Wort, aber ich geh davon aus, daß an der Sache nichts dran ist. Ich hoffe, wir verstehen uns.«

Ich nicke heftig. Ritchi nuschelt störrisch: »Verzeihung, wir haben in zehn Minuten Mathe!«

Weimann spottet: »Und das könnt ihr kaum erwarten, wie? Na, macht euch fort!«

Auf dem Weg zum Unterricht eilt Ritchi voraus, bleibt aber so plötzlich stehen, daß ich gegen ihn pralle. »Ich sag dir was«, faucht er, »ich mach mich wirklich fort, aber anders als Weimann denkt! Irgendwann türme ich!«

»Große Fresse!« Ich bin froh, daß alles so glimpflich abgelaufen ist und schubse ihn weiter. Ich nehme ihn nicht ernst. Noch nicht.

Auf die Jugendweihe freue ich mich. Dieser erste erkennbare Schritt ins Erwachsenenleben bedeutet mir viel. Geschenke sind noch rar, und ich erwarte auch keine. Leider sind die Vorbereitungen auf den Festakt ziemlich anstrengend und stumpfsinnig – der Drill etwa, mit dem wir sehschwachen und blinden Weihlinge Tage zuvor wieder und wieder üben müssen, in der Aula ohne zu stolpern im Gänsemarsch das Podest zu ersteigen. Und das vorweggenommene Einpauken des sogenannten Gelöbnisses, dieses nachgeplapperte »Ja, das geloben wir!« wirkt auf mich nur albern. Wir Internatszöglinge sollen uns auf etwas festlegen, das wir nicht oder fast nicht kennen: »Feierlich nehmen wir euch auf in die große Gemeinschaft des werktätigen Volkes, das unter Führung der Arbeiterklasse und ihrer revolutionären Partei, einig im Willen und im Handeln, die entwickelte sozialistische Gesellschaft in der Deutschen Demokratischen Republik errichtet!« Solche dickmäuligen Begriffe berühren mich nicht, sind mir gleichgültig und herzlich fremd. Meine Welt ist schließlich reduziert auf Mutter und Vater, auf die Schwester, auf das Internat. Mit Lehrer Eibstock, mit der umhergeisternden Frau Domscheit und dem Schulleiter bin ich durchaus nicht einig, weder im Willen noch im Handeln. Ich bin es ja nicht einmal mit mir selbst.

Der eigentliche Festakt jedoch, das bewegende Gefühl, von dieser Stunde an wirklich einer der ›Großen‹ zu sein, die vielen Menschen in der Aula, die Anwesenheit der Eltern, die Musik, das alles versetzt mich in eine solche Hochstimmung, daß die dröhnende Festrede des hiesigen Direktors der Wasserwerke wie Klospülung an mir vorüberrauscht. Ich begreife nur, daß wir Mädchen und Jungen dankbar sein sollen, weil wir eine fröhliche Jugend haben. Weimann sitzt während der Rede hinter mir und ich höre ihn flüstern: »Aufsatz fünf minus.«

Nach der Weihestunde treffen wir uns mit Ritchis und meinen Eltern im nahen Restaurant. Wir sitzen bei Kaffee und Kuchen unter großen Sonnenschirmen im Garten. Und danach, bei einer Flasche Rotwein Marke ›Mavrut‹, mokiert sich Ritchis Vater über die Festrede. Der Schauspieler macht sich einen Spaß daraus, den Redner zu parodieren. Wie wir alle die Gläser erheben, wiederholt er mit dicker Zunge: »Nur immer vorwärts geschaut, liebe junge Freunde! Im Einklang mit dem Weltgewissen stehen wir für den Völkerfrieden und richten unsere Blicke in eine lichte Zukunft!«

Wir lachen und ich verschlucke mich. Herr Metzke klopft mir auf den Rücken und ergänzt grimmig: »Das unseren blinden Küken! Eigentlich ist es ein Skandal.«

Mama, die vor Aufregung vermutlich schon am Vormittag ein oder zwei Wodka gekippt hat, meint: »Bitte, ich möchte nicht, daß Sie so etwas sagen! Es war doch auch mehr symbolisch gemeint, nicht wahr.«

»Gewiß«, entgegnet Metzke, »wo der Sinn fürs Wirkliche fehlt, muß ein Symbol her. Davon haben wir übergenug!«

Ritchi fragt: »Was ist das eigentlich – Weltgewissen?«

»Da sehn'se, gute Frau«, eifert Metzke, »man weiß es nicht! Dieser Wasserwerkmensch hat sich mit Hegel angelegt. Weltgewissen! Soll das der liebe Gott sein oder der Marx? Also, uns hat er gewiß nicht gemeint. Mal abgesehen von der miserablen Sprache – der Mann hat einfach Stuß geredet.«

»Unser Direktor ist das Weltgewissen!« werfe ich ein und räuspere mich.

»Das könnte hinkommen«, meint Herr Metzke und lacht verärgert, »sozusagen ein gewisses Nichts, mit großem Anspruch.«

Metzkes Ärger ist verständlich. Die Schulleitung ringt seit langem heftig um die Einführung der zehnklassigen Polytechnischen Oberschule. Jegliches Bildungsprivileg, heißt es, sei gebrochen. Aber dieser Bruch ergibt eine närrische Umkehrung – Bildung wird auf einmal zum Privileg von Arbeiter- und Bauernkindern. Begabung und Talent spielen keine große Rolle mehr. Ritchi, Metzkes Sohn, hat demnach schlechte Karten. Sein Vater zählt zu den sogenannten bürgerlichen Elementen. Da hilft nicht einmal der kollektive Nationalpreis. Ritchi kann das Abitur ablegen, aber an ein Studium, gar an einer Kunsthochschule und als nahezu Blinder, ist nicht zu denken.

Gewiß, im Laufe der Jahre relativieren sich die Verhältnisse, aber zu jener Zeit handelt die Internatsschule noch stur nach den entsprechenden Vorgaben. Ich hingegen soll, das liegt für die Schulleitung auf der Hand, die Oberschule absolvieren, mein Abitur ablegen und dann, je nach Eignung oder Lust, ein entsprechendes Studium aufnehmen. Die gelobte Einigkeit im Willen und Handeln besteht darin, daß ich gar nicht erst gefragt werde. Für die Obrigkeit ist es sozusagen naturhaft, daß ich als Kind eines Arbeiters selbst solche Wünsche habe. Aber ich sträube mich. Meine Natur paßt nicht ins Reglement. Ich will aus der achten Klasse fort in die Lehre, möglichst in der Eisenbranche, möglichst Dreher oder Zerspaner werden.

Die Schulleitung reagiert sichtlich empört, daß ich den Segen eines zukünftigen Hochschulstudiums nicht wahrnehmen will. Der Direktor korrespondiert mit meinen Eltern, es gibt Gespräche und am Ende auch Vorwürfe von Papa. Aber ich bleibe stur.

Es gibt nämlich noch einen weiteren Grund: meine Freundschaft zu Ritchi. Er soll nach Karl-Marx-Stadt in das Rehabilitationszentrum übersiedeln und dort das Handwerk eines Korbmachers erlernen. Vielleicht, tröstet der Direktor, wenn Ritchi ein guter Handwerker geworden sei, könne er, vorausgesetzt Gesundheit und Talent reichen aus, doch eine Kunsthochschule besuchen. Vorerst aber muß er in die Stadt mit dem langen Namen. Und deshalb will auch ich dahin, zumal dort Lehrstellen als Dreher und Zerspaner ausgeschrieben sind.

Nach langen nächtlichen Gesprächen respektiert Vater meine Entscheidung. Nur Mutter ist unglücklich, weil der Weg nach Hause so unendlich weit wird – nahezu sechs Stunden Bahnfahrt, das beschwerliche Umsteigen in Berlin und Leipzig gar nicht mitgerechnet.

Frau Metzke bietet sich an, uns beide mit dem Auto nach ›Chemnitz‹ zu fahren. Sie sagt in alter Gewohnheit, wie die meisten Leute, noch immer Chemnitz.

Aber wir kommen uns flügge vor und selbständig genug. Ja, die mit der Reise verbundenen Mühen reizen sogar. Vater versteht das sehr gut. »Laß mal«, beruhigt er Mutter, »da muß der

Junge alleine durch!« Er begleitet mich aber bis zum Ostbahnhof in Berlin, erkämpft im Schwerbeschädigtenabteil des überfüllten Zuges einen Sitzplatz für mich und reicht den Rucksack durch das Zugfenster.

Ritchis Vater hat seinem Sohn selbstverständlich ein Erster-Klasse-Billett für die Bahnfahrt spendiert. Und da Ritchi nicht gewillt ist, auf die Bequemlichkeit der Polsterklasse zu verzichten, schnappe ich, kaum daß der Zug die Stadtgrenze von Berlin passiert hat, meinen Rucksack und ziehe nibelungentreu zu ihm ins Abteil. Bei einer Fahrkartenkontrolle, das weiß ich, muß ein großer Teil meines kärglichen Taschengeldes dran glauben.

Wir sitzen ganz allein in dem Abteil und paffen eine Zigarette nach der anderen. Meine widerstreitenden Gefühle, die Beine bequem hochfläzen zu können, während sich in der dritten Klasse die Fahrgäste drängen und in den Gängen auf ihren Koffern sitzen, überspiele ich auf der Mundharmonika. Noch vor Leipzig reißt jedoch der Bahnschaffner die Abteitüre auf und schimpft sogleich energisch und in schönstem sächsisch auf uns ein. »Ihr gönnt wohl ni lesen? Nichtroocher! Hier wird ni geroocht, Bürschl! Und musiziern is sowieso verboden! Sonst schmeißch euch standebeede in Dreuenbrietzen naus!«

Wie er jedoch unsere gelben Armbinden entdeckt, die uns als Behinderte ausweisen, wird er auf der Stelle freundlicher. »Nee, nee, Sachen gibt's, da haut's een um!« Er läßt sich neben Ritchi in die Polster fallen und kommt mit uns auf seine gemütlich-sächsische Weise ins Schwätzen. »Also, wie du mit der Mundharmoniga schbielst, wie heeßte, ach so, Jakob, glar«, er wendet sich an Ritchi, »also jetzt du noch mit deiner Gidarre, das is doch deine Gidarre im Gebäcknetz über dein Gobb, da gönnter in Gemnitz in den Gneiben dingeln und 'n Batzen dazu verdien'!«

Tingeln! Die Idee begeistert uns. Ritchi bietet seine Zigaretten an.

»Na, so 'ne Saubande!« knurrt der Schaffner, greift aber zu. Wir qualmen zu dritt im Nichtraucherabteil und er vergißt, unsere Fahrkarten zu kontrollieren. Wir fühlen uns sehr erwachsen, freuen uns auf die kommende Zeit und auf die endlich gewonnene Freiheit. Es kommt aber alles ganz anders.

Lehr- und Liebeszeit

Am Nachmittag treffen wir, recht beschwingt noch von diesem Freiheitsgefühl, in Karl-Marx-Stadt ein und stehen vor dem Hauptbahnhof erst einmal verloren herum. Ritchi fragt Passanten nach dem Weg ins Rehabilitationszentrum. So richtig kann niemand Auskunft geben. Glücklicherweise entdecken wir ein einsames Taxi. Ritchi erkundigt sich nach dem Fahrpreis. Er ist, selbst für unsere Verhältnisse, lächerlich gering. Und so lassen wir uns wie die Fürsten bis vor das Tor unseres Ziels oder eigentlich bis vor eine kleine Brücke kutschieren, die über einen Bach führt. Jenseits des Baches liegt unsere neue Heimat.

»Aha, die Herren aus Berlin!« Die Stimme des Verwaltungsleiters klingt unwillig, als hätten wir ihn bei einer wichtigen Sache gestört. Ich kann mir aber gar nicht vorstellen, was wichtiger ist, als der Empfang von Neuankömmlingen. Nachdem er uns die Überweisungspapiere abgenommen hat, bekommen wir Zimmerschlüssel, und ein Herr Welker, den der Verwaltungsleiter Jugendfreund nennt, führt uns bergauf durch das Gelände bis zu jenem Haus, in dem wir wohnen werden.

Unterwegs stellt sich der Jugendfreund Welker als unser zukünftiger Betreuer vor und erklärt, welche Häuser links und rechts des Weges liegen, welche Nummern und welche Bedeutung sie haben. »Ihr wohnt im Haus 5, Zimmer 03. Das müßt ihr euch merken!«

Aber ich bin viel zu aufgeregt und merke mir in dieser ersten Stunde gar nichts.

Welker läßt sich Ritchis Schlüssel geben und schließt ein Zimmer auf. Es ist ein großer Raum, ich spüre es am Hall. Welker führt mich zu meinem Schrank und zeigt mir mein Bett. Dabei erklärt er unentwegt irgend etwas: »Wecken ist sechs Uhr, Frühstück halb sieben und um sieben geht's pünktlich zur Arbeit! Metzke Richard ins Haus 8b, und du, Berger«, er klopft mir freundschaftlich auf die Schulter, »pünktlich ins Haus 8c.«

Ritchi fragt reichlich patzig: »Also Haus 5, Zimmer 03, Arbeit im Haus 8b und 8c – welche Nummer habe ich?«

Welker schweigt einen Moment verblüfft, dann lacht er. »'Ne Nummer biste wirklich, glaub ich.« Er wird aber schnell wieder ernst: »Eure FDJ-Ausweise könnt ihr mir geben, wegen der Ummeldung.«

»Nicht nötig«, entgegnet Ritchi, »wir sind da nicht drin!«

Einen Moment ist es ganz still. Der Jugendfreund muß die Antwort offenbar erst verdauen. »Nicht?«, murmelt er, »wo kommt ihr denn her?«

Wir schweigen, Welker weiß ja, wo wir herkommen.

»Na gut«, murmelt er verstimmt, »das wird sich ändern. Hier sind alle in der FDJ.« Ehe er geht, ergänzt er: »Morgen habt ihr noch frei. Schaut euch im Gelände um, lernt die Freunde kennen. Aber denkt daran, hier herrscht Disziplin! Na dann – bis zum Abendbrot!«

Ritchi hält ihn auf. »Noch 'n Problem: Wir haben Hunger.«

»Die Kantine hat schon geschlossen. Aber den Berg hoch gibt es eine HO – wenn ihr flüssig seid.«

Danach trollt er sich. Wir verstauen unsere Habseligkeiten in den Schränken. Ritchi knurrt: »Acht Furzfallen, wir hausen hier mit sechs anderen.« Er wirft sich auf sein Bett und mault: »Sieht nicht so aus, als würde ich das lange aushalten.«

Vorerst durchstöbern wir das Haus. Die vielen Türen sind aber alle verschlossen. Nur der Gemeinschaftsraum und der feucht und nach Klo riechende Duschraum sind offen. Im Gemeinschaftsraum stehen lange Tische und davor die Stühle.

Ritchi kramt in einem Schrank. »Eh!«, ruft er, »hier sind Braillebücher, kannste lesen!«

In der Etage über unserem Zimmer riecht es besser. Wir ahnen gleich, daß hier die Mädchen wohnen. Gleich darauf keift auch eine Frau: »Was habt ihr hier zu suchen?« Es ist eine Putzfrau, die den Fußboden wischt.

Wir kehren also um, hocken uns auf einen Treppenabsatz und ziehen erst einmal eine Zigarette durch. Schon nach drei oder vier Zügen hören wir erneut die Keifstimme von oben: »He, qualmt ihr etwa? Das ist verboten, Saubande! Raus mit euch!«

Da ziehen wir ab ins Freie.

Die HO ist so ein Geschäft, wo man alles haben kann, Brot und Schreibpapier, Wurst und Unterwäsche und Seife. Wir kaufen eine Tüte Brötchen und Ritchi verlangt zwei Flaschen Bier. Die Verkäuferin fragt: »Wie alt bist'n?« Dann lacht sie und sagt: »Kommt mal in drei Jahren wieder.«

Die Brötchen sind vermutlich zwei Tage alt, aber wir haben Hunger. An den zähen Dingern kauend und Limo trinkend durchstreifen wir das Gelände.

Bergab, über den breiten Kiesweg, stiefeln wir zurück zum Verwaltungsgebäude. Unterwegs beschreibt mir Ritchi, was er so einigermaßen erkennen kann. Das Rehabilitationszentrum liegt an einem Hang. Es ist ein riesiges baumbestandenes Areal, zu dessen Füßen, eingezwängt zwischen Straßenbahn und Vorortfabriken der Kappelsbach fließt. Als wir das Gelände, am Pförtnerhäuschen vorbei, verlassen wollen, läßt uns der Pförtner, zu unserem Erstaunen, wortlos passieren. Ein Weilchen stehen wir auf der Brücke, lehnen uns über das Geländer, spukken in den Bach und malen ziemlich düstere Bilder von unserer Zukunft.

Danach steigen wir wieder hangauf. Ritchi führt mich den Weg hoch zum Haus 8c, in dem ich meine Lehre antreten soll.

Wir wundern uns, daß vor der Tür ein Berg Weidenruten liegt und können uns gar nicht denken, wozu die bei der Eisenverarbeitung gebraucht werden. Ritchi schweigt maulfaul. Er hat es schwerer als ich, weil er noch sehen kann, was ringsum los ist.

Wir wollen uns schon trollen, zurück in das Internat, da kommen uns aus dem Haus lärmende Stimmen entgegen. Es ist Feierabendzeit.

Ein Mann tritt auf uns zu und fragt mit dunkler Brummstimme: »Wer seid ihr denn?«

»Neue! Wir sind grade angekommen«, antworte ich.

»Na, dann könnter gleich euer zukünftiges Reich beschnarchen. So viel Zeit muß sein.« Der Mann packt mich sanft am Arm und wir betreten das Haus, genauer gesagt, die Werkstatt. Es ist die Korbmacherei.

Ich will den Irrtum korrigieren: »Aber das ist doch Haus 8c? Und ich werde Dreher oder Zerspaner. Mit Eisen und so.«

»Das haben wir gleich. Die Metallverarbeitung ist in der 8d.« Die Brummstimme holt aus einem kleinen Verschlag, dem Büro, eine Liste und fragt: »Wer von euch ist Jakob?«

»Na, ich doch!« entgegne ich, weise dann auf Ritchi: »Das ist Metzke Richard. Er wird Korbmacher!«

Das nun stellt sich als Irrtum heraus. Auf der Liste steht nämlich mein Name, ich soll in die Korbmacherei und Ritchi zu den Drehern.

Natürlich protestiere ich sofort und zwar heftig. Irgendein Idiot, meine ich, habe in der Verwaltung unsere Namen verwechselt. Aber da ist nichts zu machen.

»Was auf der Liste steht«, entgegnet der Mann, »das stimmt erst mal!«

Erst viel später werden wir erfahren, daß man mit uns absichtsvoll und ganz willkürlich verfahren ist: Weil Ritchi noch ein bißchen sehen kann, hat man ihn in die Dreherei gesteckt und ich muß zu den Korbmachern.

Die Brummstimme versucht, mich zu trösten und stellt sich als mein zukünftiger Ausbilder vor. Ich spüre sehr wohl, daß die warme und herzliche Stimme zu einem guten Kerl gehören muß. Aber das hilft mir nicht über die Wut und Enttäuschung hinweg.

Der Ausbilder durchschreitet mit uns die Werkstatträume. Es riecht überall bitter nach Rinde und es ist feucht wie unter Bäumen, wenn es geregnet hat. »Das hier ist der Weichraum«, erklärt er, »hier werden die Ruten gewässert, sozusagen eingeweicht. Das muß sein, damit sie geschmeidig werden. Danach kann man sie schmälern, das heißt, sie werden entrindet und auf die passende Größe gespalten. Drüben in dem großen Raum ist dein Platz, Jakob. Da wirst du das Flechten erlernen. Es macht Spaß, wenn unter deinen Händen ein kleines Kunstwerk entsteht…« Er unterbricht sich. »Hui, jetzt wird's aber Zeit für euch, sonst verpaßt ihr das Abendbrot!«

Wir laufen also zurück in das Internat, ins Haus 5. Aus dem Gemeinschaftsraum schlägt uns heftiges Stimmengewirr entgegen. Wir werden in eine Reihe geschubst, die nach dem Abendessen ansteht. Jeder bekommt einen Teller, auf dem Brotscheiben, Wurst und ein Stückchen Butter liegen. Welker, der Betreuer, führt uns zu einem der Tische, weist uns Plätze zu und zeigt, in welcher Reihe wir uns nach Tee anstellen müssen.

Mein Magen knurrt gebieterisch. Ich greife schon nach einer Stulle, suche die Wurstscheiben auf meinem Teller und beschmiere mir aus Versehen die Finger mit der Butter, die daneben liegt. In diesem Moment klatscht hinter mir Welker plötzlich kräftig in die Hände. Das Stimmengewirr verebbt, irgendwer lacht noch, aber dann wird es still im Raum.

Welker verkündet mit lauter Stimme: »Ich möchte euch zwei neue Jugendfreunde vorstellen!« Er beugt sich zu uns herunter, berührt mich an der Schulter und flüstert: »Erhebt euch!«

Ich lecke rasch meine Finger ab und stehe auf.

Welker erklärt: »Das sind Richard und Jakob. Wir wollen sie als Freunde in unser Kollektiv aufnehmen. Das gilt besonders für die Stube 03! Und jetzt: Guten Appetit!«

Alle rufen wie aus einem Munde: »Danke!« Nur ich und Ritchi schweigen verblüfft.

Nach dem Abendbrot ist Freizeit angesagt. Das ist aber, wie wir bald erfahren sollten, nicht oft der Fall. Häufig wird irgend ein Gruppenabend angesetzt oder es gibt ein gemeinsames Spiel, an dem alle teilnehmen müssen. Selbst für das Briefschreiben, an die Eltern oder an sonstwen, sind bestimmte Stunden vorgesehen. Pünktlich 21 Uhr wird die Haustür abgeschlossen und 22 Uhr ist, wie Welker sich ausdrückt, ›Zapfenstreich‹. Es herrscht eben Disziplin.

In den freien Stunden erkunde ich mit Ritchis Hilfe den großen Park. Hier sollen Wildschweine hausen, hat man gewarnt. Aber das stört uns nicht, im Gegenteil, das macht unsere Streifzüge erst richtig spannend. Das Gras ist kürzlich gemäht worden, es liegt zum Trocknen in großen Schwaden auf der Wiese und riecht betäubend süß nach Heu. Unterhalb der Korbmacherei befindet sich Ritchis Metallverarbeitung und schräg gegenüber, hinter hohen Bäumen, ein anderes Haus. Wir entdecken ein richtiges kleines Bauerngehöft und eine Gärtnerei.

All das erinnert uns irgendwie an Königs Wusterhausen und ist doch ganz anders. Pünktlich sechs Uhr früh reißt uns eine gehässige Trillerpfeife aus dem Schlaf. In den ersten Tagen schrecke ich jedesmal hoch und denke, die Pfaff-Ratte ist in der

Nähe. Ich bin oft unausgeschlafen, weil ich am späten Abend im dunklen Schlafraum noch in einem Buch mit Brailleschrift geschmökert habe.

Zum Waschen und Anziehen bleibt wenig Zeit, halb sieben kauen wir hastig an unserem Frühstück, dann schließen wir uns den anderen an und laufen zur Arbeitsstätte, ich ins Haus 8 c und Ritchi nach 8 b.

Mit der Zeit gewöhne ich mich, wenn auch widerwillig, an den täglichen Weg vom Internat in die Korbmacherwerkstatt.

Anfangs drückt mir Herr Anton Seidel, mein Lehrmeister mit der Brummstimme, die nassen und gespaltenen Ruten vorsortiert in die Hände. Ich muß sie, im Sinne des Wortes, begreifen lernen. Und nur ganz allmählich verstehe ich es, mit den Werkzeugen, dem Pfriemen, Biegeeisen, all dem anderen Kram umzugehen und den ungehorsamen Ruten ein wenig meinen Willen aufzuzwingen.

Ritchi hat mir erzählt, daß Herr Seidel ein kleiner, dicker Glatzkopf ist. Und grad so benimmt er sich auch – klein, dick und immer freundlich. Wenn er sich zu mir gesellt, hält er geduldig meine Hände, führt mir die Finger und brummt einen alten Korbmacherspruch: »Nicht brech' was gebogen, geflochten ich mache. Das ist eine rechte Korbmachersache.«

Nie kommt ihm ein scharfes Wort über die Lippen. Wir sind sieben Lehrlinge in dem Werkraum und alle nennen ihn Onkel Anton. Er spart auch nicht mit Lob, wenn mir ein erstes kleines Sieb- oder Eckgeflecht auf dem Werkbrett gelingt.

Aber die Fingerspitzen quellen von der ständigen Feuchtigkeit auf und schmerzen vom Versuch, mit dem störrischen Weidenzeug umzugehen. Manchmal verliere ich die Geduld, werfe einfach alles hin, schiebe die Hände unter meine Achseln und rühre mich nicht mehr. Onkel Anton sieht darüber hinweg.

Die Wochen und Monate schleichen träge dahin. Anfangs nervt auch die ungewohnte, ständige und regelmäßige Arbeit. In Königs Wusterhausen gab es für uns Schüler immer irgendeine Abwechslung, das Leben war spannend. Jetzt gehöre ich zur lernenden und zugleich arbeitenden Bevölkerung. Und, bis auf Sonnabend, Sonntag und den wöchentlichen Unterricht in der Berufsschule, gleicht ein Tag dem anderen.

Am meisten stört mich, daß wir nie mehr alleine sein können. Ständig geistern irgendwelche Jungen oder Mädchen in unserer Nähe herum. »Vermutlich sind das die Wildschweine!« lästert Ritchi. Wenn wir Gitarre und Mundharmonika spielen oder wenn Ritchi zeichnet, hängt immer gleich eine Traube Jungen und Mädchen an uns. Sie wollen bestimmte Schlager hören oder bekritteln, wenn sie noch sehen können, Ritchis Bilder.

An einem späten Nachmittag sitzen wir frierend im Park und nuckeln an unserer letzten Zigarette. In der HO haben wir keine bekommen. Die Verkäuferin beruft sich auf das Jugendschutzgesetz und weigert sich, Glimmstengel, wie schon das Bier am ersten Tag, an Minderjährige zu verkaufen.

Nachdem wir die Kippe ausgedrückt haben, spiele ich ein wenig auf der Mundharmonika. Wir langweilen uns und Ritchi fragt, ob ich mit ihm einen Abstecher nach draußen riskiere. Da schiebe ich die Mundharmonika wortlos in meine Hosentasche, und wir ziehen los.

Der Pförtner läßt uns auch diesmal anstandslos passieren und ich frage mich, wozu er überhaupt in seiner tristen Bude hockt.

Ritchi dirigiert mich die Straße entlang, biegt zweimal mit mir um die Ecke und entdeckt eine Kneipe. Er will nur Zigaretten holen und befiehlt mir, draußen zu warten, aber ich will mit hinein, will einmal etwas anderes erleben als den ermüdenden Trott in der Reha, wie wir das Rehabilitationszentrum nennen. Außerdem ist mir kalt.

Das Lokal heißt ›Zum wilden Mann‹ und ist ziemlich leer. »Bloß paar Kerle mit Weibern«, flüstert mir Ritchi zu. In der Luft liegt Raucherqualm und es stinkt nach Bier. Wir finden Platz an einem Tisch direkt am Kachelofen und setzen uns brav. Es ist angenehm warm am Rücken.

Ritchi verlangt, als sei es das Normalste von der Welt: »Zwei Helle!«

Der Wirt fragt: »Seit ihr alt genug?« Ritchi lacht: »Zusammen sind wir über dreißig!« Er packt seine Geldbörse auf den Tisch und fragt, ob viele von uns hierher kämen, er wüßte schon, solche mit den gelben Armbinden.

Der Wirt stellt die Gläser vor uns hin und meint: »Selten, mein Junge! Und jetzt halt den Schnabel, ehe ich dahinter komme, wie alt ihr wirklich seid.«

Wir trinken schweigend unser Bier. Ritchi bestellt noch ein zweites. Dann steht er auf, kommt nach kurzer Zeit zurück und bietet mir aus einer neuen Schachtel eine Zigarette an. Die hat er vom Wirt an der Theke bekommen. Wir rauchen schweigend und fühlen uns eigenartig wohl. Niemand kümmert sich um uns. Irgendwie steigt mir die Wärme vom Kachelofen und das ungewohnte Bier zu Kopf. Jedenfalls ziehe ich meine Mundharmonika hervor und spiele leise vor mich hin. Und in meinem Dusel merke ich nicht, daß es still wird im Lokal.

Ritchi raunt mir zu: »Hör auf, Mensch, die gaffen schon alle her.«

Ich klopfe die Mundharmonika aus und will sie wieder verschwinden lassen, da ruft eine Frau in die Stille hinein: »Spiel doch weiter, Jungchen! Kennste das?« Und ich höre sie das ›Rennsteiglied‹ summen. Da setze ich das Instrument wieder an und begleite die Summerin. Hinterher klatschen die Gäste Beifall.

Beim nächsten Lied summen und trällern mehrere mit.

Als wir zahlen wollen, spendiert uns der Wirt das Bier und verlangt nur das Geld für die Zigaretten. Ritchi meint wie nebenher: »Ich kann Gitarre spielen.«

»Dann kommt mal sonnabends, wenn die Bude voll ist«, entgegnet der Wirt.

An einem der sogenannten Gemeinschaftsabende, alle Jungen und Mädchen sitzen beieinander, bedrängt uns Welker wegen des Eintritts in die FDJ. Vor dem Fenster stürmt ein heftiger und kalter Winterwind, im Saal jedoch ist es anheimelnd warm. Welker hält eine richtige kleine Ansprache. Zuerst redet er einen ungeheuren Stuß, von FDJ als Avantgarde der Partei, von Pflicht und Schuldigkeit dem Staat gegenüber. Aber dann erzählt er von der Fürsorge, mit der in diesem doch noch relativ armen Land Behinderte betreut werden. »Hier in der DDR«, sagt er, »hat jeder das Recht auf ein menschenwürdiges Leben. Auch Behinderte. Wenn ihr sechzehn seid, bekommt ihr Blindengeld und mit achtzehn eine ordentliche Invalidenrente. Ihr könnt essen, wohnen, sorglos lernen und arbeiten.«

Ich spüre, daß er es redlich meint. Mein Sinn für Gerechtigkeit gewinnt Oberhand. Ich platze heraus: »Also das mit der Fürsorge stimmt!« und erschrecke beinahe vor der eigenen Stimme, zumal mich Ritchi sofort derb in die Seite knufft.

Vielleicht ist es die pure Wurstigkeit, vielleicht aber auch die Sache mit der Fürsorge, daß wir beide am Ende zustimmten. Welker tritt von hinten an uns heran, murmelt: »Na also, ich wußte doch, daß ihr vernünftige Burschen seid«, und wuschelt mit der Rechten durch mein Haar. Er ist überhaupt einer, der im Gespräch ständig eine Berührung sucht, mit Jungen wie mit Mädchen. Vielleicht ist das dem dauernden Umgang mit Blinden und Sehschwachen geschuldet. Er legt die Aufnahmeanträge vor uns auf den Tisch, kleine unscheinbare Zettel. Für mich liest er den Text leise vor. Dann führt er meine Hand, damit ich an der richtigen Stelle unterschreibe. Ich zögere noch einmal, aber nicht wegen des Aufnahmeantrags, sondern wegen der Unterschrift. Auch als ich sehr viel älter war, wurde der eigene Namenszug für irgendwelche Papiere oder Urkunden zum Problem, mußte ich doch blind jedem Schriftstück und jeder führenden Hand vertrauen.

Ich höre Welker neben mir ungeduldig schniefen und reihe die Buchstaben meines Familiennamens aneinander, ohne einmal abzusetzen. Glücklicherweise geht das bei ›Berger‹ recht gut.

Danach sind wir einstimmig, wie Welker versichert, in die Freie Deutsche Jugend aufgenommen. Die anderen Jungen und Mädchen klatschen Beifall, als hätten wir einen Preis gewonnen. In unserem Leben aber ändert sich gar nichts.

Oder vielleicht doch. In meinem Leben nämlich gerät einiges durcheinander. Und das hängt mit einer FDJ-Bluse zusammen.

Eines Tages meint Ritchi, eine Susanne habe sich nach mir erkundigt. »Sieht richtig edel aus«, meint er, »Lockenkopp und so…«

Ich bin sofort ganz Ohr. »Was heißt'n – und so?«

»Na, eben so! Geht mir grad bis ans Kinn. Sie ist auch blind, aber Busen hat sie!«

Bald darauf, an einem Abend, werde ich im Flur von einem Mädchen angesprochen. »Eh, bist du Jakob?«

Ich bleibe stehen und nicke.

Nach einem Moment des Schweigens fordert die Stimme ungeduldig: »Nu' sag schon!«

Da denke ich mir, daß es die blinde Lütte ist. »Klar, bin ich Jakob! Bist du Susanne?«

»Süsann«, verbessert sie auf der Stelle, »du mußt Süsann sagen.«

Das finde ich zwar affig, aber es gefällt mir auch. Süsann klingt zärtlich und irgendwie weich. »Süsann«, wiederhole ich flüsternd.

Einen Moment stehen wir uns unschlüssig gegenüber. Wie einige Mädchen lärmend die Treppe herunter hasten, sucht sie meine Hand und zieht mich nach draußen vor die Tür. Es muß schon stockdunkel sein und empfindlich kühl ist es auch. Wir bummeln einen Parkweg entlang, und Süsann schmiegt sich fröstelnd an mich. Da sie ein wenig kleiner ist, finde ich nach langem Zögern den Mut, meinen Arm über ihre Schulter zu legen und ich spüre, daß sie eine Strickjacke trägt. Allerdings bin ich so aufgeregt und zugleich eingeschüchtert, daß ich kein Wort hervorbringe.

In meinem Kopf sausen tausend Gedanken umher. An Romeo und Julia denke ich, an Schwester Karin und an das Abenteuer mit dieser Elvira, für die ich Ritchi noch immer fünf Mark schulde. Süsann aber plaudert unentwegt, vielleicht, um ihre eigene Verlegenheit zu verbergen. Anfangs lausche ich mehr auf den Klang ihrer Stimme als auf deren Sinn. Ich begreife aber doch, daß sie als Klavierstimmerin ausgebildet wird und im nächsten Jahr ihre Lehre abschließt. Sie gesteht auch, daß sie sich nach mir erkundigt hat. »Welker sagt, daß ihr 'ne große Klappe habt, du und der Richard«, ergänzt sie kichernd.

Ich will schon protestieren, aber dann finde ich die große Klappe eigentlich ganz in Ordnung. Süsann erzählt, daß sie in Dessau zu Hause ist und schon seit zwei Jahren hier im Reha-Zentrum lebt. »Ich fahre immer nur in den Ferien zu Muttern. Meine Eltern sind nämlich geschieden...« Plötzlich bleibt sie stehen und fragt unvermittelt: »Wie alt bist du eigentlich?«

Das ist eine heikle Frage. »Erst du!«, fordere ich zögernd.

»Siebzehn.«

»Ich auch«, schwindle ich ohne zu überlegen.

Da führt sie mich mit vorsichtigen Schritten vom Weg herunter und lehnt sich gegen einen dicken Baumstamm. Sie zieht mich so dicht an sich heran, daß ich ihren Atem spüre. Ihre Hände tasten mein Gesicht ab und ich halte still. Danach flüstert sie: »Und jetzt du!«

Mit den Fingerspitzen fahre ich über ihr Haar, über die geschwungenen Brauen, über die schmale Nase und ihr rundes Kinn. Dann berühre ich sacht ihre Lippen und sie kichert wieder. »Das kitzelt…«

Ritchi hat die Wahrheit gesagt, Süsann ist schön, sie sieht gerade so aus, wie ich meine, daß ein Mädchen aussehen müsse. Und wieder ergreift sie die Initiative. Sie packt mit beiden Händen meinen Kopf und küßt mich, das heißt, ein richtiger Kuß ist es nicht, eher ein Schmatz auf meine überraschten Lippen. Ich habe noch nie richtig geküßt und Süsann drängt, ohne von mir zu lassen: »Mach auf, mach den Mund auf!«

Es wird ein langer Kuß.

Als wir schnaufend voneinander lassen, raunt Süsann: »Ich hab die FDJ-Bluse an, die hat vorn Knöpfe, fühl mal…« Meine kalten Hände gehorchen sofort, sie fummeln, bis ihnen Süsann ungeduldig hilft. Mit der Rechten fahre ich tief in ihren Ausschnitt, und da sie unter der Bluse nur ein Hemdchen trägt, greife ich zum ersten Mal in meinem Leben nach einer runden, festen und doch weichen, warmen Mädchenbrust. Auf diese Weise lerne ich die angenehme Seite der FDJ kennen.

Vermutlich aber stelle ich mich reichlich ungeschickt an. Es ist nun einmal kalt und meine eisige Hand ernüchtert Süsann. Sie schiebt mich von sich, nicht etwa böse oder unwillig, aber doch recht rigoros. »Laß mich jetzt«, flüstert sie und atmet heftig. Sie knöpft ihre Bluse zu und dann gehen wir schweigend nebeneinanderher den Weg zurück ins Internat. Ehe wir uns trennen, und da wir im warmen Flur allein sind, gibt mir Süsann noch einen flüchtigen Kuß auf die Wange und flüstert: »Bis morgen.«

Eigentlich möchte ich das Erlebnis ganz für mich behalten. Niemand soll davon erfahren. Und bis zur Schlafenszeit halte ich auch durch, bin aber auf eine ganz ungewohnte Weise zur Alberei aufgelegt. Am Abendbrottisch warten alle wie hungrige Wölfe auf Welkers obligatorisches Signal »Guten Appetit!« Nachdem im Chor das »Danke!« ertönte, füge ich übermütig laut hinzu: »Gleichfalls, Kumpel!«.

Ritchi fragt verblüfft, was mit mir los ist. Ich aber grinse ihn nur an. Des Nachts dann im Bett werde ich von den wunderlichsten Bildern geplagt, die alle mit Süsann zusammenhängen. Ich husche zu Ritchi hinüber und klopfe sacht gegen sein Kopfkissen, wie es damals Dietrich bei mir gemacht hat. Ritchi wird munter, ich lache leise, um die anderen nicht zu wecken und frage übermütig: „He, wie sieht ein Pferd aus?"

Ritchi knurrt schlaftrunken: »Rindvieh!«

Ich entgegne unbeeindruckt: »Ich weiß aber wie Süsann aussieht…«

»Süsann! Was 'n das?«

»Oh, Mann, Susanne doch!«

Aus einem der Betten klingt es unwirsch: »Schnauze! Hier wird gepennt!«

Ritchi ist indes hellwach. Er schwingt sich aus dem Bett, wir schleichen auf den Flur hinaus und kauern uns gegen eine der warmen Heizröhren. Hier ist es still. Die Nachtaufsicht sitzt gewiß in der oberen Etage und pennt.

Jetzt kann ich alles haarklein erzählen. Zugegeben, ich übertreibe und stelle mich als Romeo dar, der Süsann erobert hat. Aber Ritchi glaubt mir und ist neidisch.

Glücklich grinsend lehne ich mich zurück und flüstere seit langem wieder einmal: »Mantje, Mantje, timpe te, Buttje, Buttje in der See…«

Am nächsten Tag will die Zeit gar nicht vergehen. In der Korbmacherei sitze ich vor meinem Werkbrett, auf dem ich einen Sternboden, den Anfang eines kleinen Korbes, flechten soll, aber die Hände spielen wieder einmal verrückt. Ich mache alles falsch und Onkel Anton kommt aus dem Seufzen nicht heraus.

Am Abend ist Briefeschreiben angesagt. Meine Post an die Eltern fällt immer reichlich kurz aus. Ritchi beugt für mich die Nase tief über eine Postkarte und verfaßt kurze Mitteilungen. ›Mir geht es gut, viele Grüße, Jakob!‹ mehr nicht. Heute freilich ist noch hinzuzufügen, daß ich über Weihnachten nach Hause komme.

Kaum sind die wenigen Zeilen geschrieben, verdrücke ich mich auf den Flur und warte auf Süsann. Die Zeit vergeht, aber Süsann kommt nicht. Und während ich noch ungeduldig auf und ab laufe, begreife ich plötzlich, daß es für meinen Zustand nur eine Erklärung gibt: Ich bin nicht irgendwie in ein zufälliges Mädchen verknallt – ich bin richtig verliebt, ich liebe Süsann. Das gibt mir auf einmal so viel Mumm, daß ich kurzerhand die Treppen hoch steige.

Die Tür zum Aufenthaltsraum der Mädchen steht weit offen. Ich muß nur dem Geplapper nachgehen. Im Türrahmen bleibe ich stehen. Man beachtet mich nicht. Da rufe ich, erst leise und dann nachdrücklicher: »Süsann!«

Die Antwort kommt auf der Stelle: »Jakob!«

Ich höre, daß sie auf mich zueilt. Sie schiebt mich sacht in den Flur zurück und flüstert: »Die anderen tuscheln schon. Ich hab von dir erzählt.«

»Ich hab gewartet!«

»Ich bin doch da«, entgegnet sie. »Wir hatten eine Besprechung. Hat'n bißchen länger gedauert.«

Für einen Spaziergang ist es zu spät, in ein paar Minuten wird die Haustür abgeschlossen. Außerdem ist das Thermometer empfindlich gefallen. So bleibt uns nur die Treppe. Wir lehnen dicht beieinander, küssen uns in der Stille des Flurs wieder und wieder, und unsere Hände suchen die Nähe des anderen.

»Du riechst«, haucht Süsann, »wie ich möchte, daß du riechst...«

Da sie einen Rock trägt, ist es für mich leicht, wie aus Versehen mit der Linken darunter zu fahren. Einen Moment hält Süsann auch still. Aber dann preßt sie ihre Beine zusammen und schiebt meine Hand fort.

»Sei vernünftig«, haucht sie an meinem Ohr, »kann doch immer jemand kommen, die Mädels oder die Aufsicht...« Sie legt ihren Kopf gegen meine Schulter. »Ich – ich will's doch auch, wirklich.«

Ich lehne mich im Widerstreit der Gefühle und Wünsche zurück. Und beinahe bin ich sogar ein bißchen froh, daß Süsann meiner neugierigen Hand Einhalt gebietet. Wir sitzen also, auf Abstand bedacht, brav nebeneinander und wissen nichts zu sagen, bis ich mich räuspere und ohne zu überlegen frage: »Ich geh mit Ritchi am Sonnabend in 'ne Kneipe. Kommst du mit?« Ich erzähle ihr, daß uns der Wirt zum Musizieren eingeladen hat. Süsann ist sofort einverstanden.

»Vielleicht«, meint sie, »haben die auch ein Klavier...«

In den nächsten Tagen schneit es ununterbrochen. Die Wege werden zwar freigeschippt und mit Sand bestreut, aber glatt bleibt es trotzdem. Ritchi und ich nehmen Süsann in die Mitte. Auf Ritchis Rücken baumelt die Gitarre in ihrem Futteral. So ziehen wir am Pförtner vorbei, die Straße entlang und biegen zweimal um die Ecke bis zum ›Wilden Mann‹.

Der Wirt hat seine Einladung längst vergessen, begrüßt uns ein bißchen erstaunt, aber freundlich. Es sind auch jetzt nur wenig Gäste da. So können wir uns wieder an den alten Platz setzen und unsere Rücken am Kachelofen wärmen.

Noch ehe wir die Mäntel ausgezogen haben, stehen zwei Bier auf dem Tisch. Und der Wirt fragt Süsann: »Die Dame?«

»'N Saft, bitte!«

Der Wirt korrigiert kurz angebunden: »'Ne Selters, die Dame!« Was anderes hat er vermutlich nicht. Wie der Wirt die Flasche bringt, fragt Süsann nach einem Klavier.

»Die Treppe hoch«, erklärt er, »ist aber 'n alter Kasten.«

Ritchi führt Süsann die steilen Stufen nach oben, da ist also noch ein Gastraum. Ich höre sie klimpern. Es klingt schrecklich, das Klavier ist total verstimmt. Nach einer Weile poltern beide wieder herunter.

Süsann sagt: »Ich krieg das vielleicht wieder hin.«

Aber davon will der Wirt nichts wissen. »Nee, nee, das laßt mal! Von mir aus könnt ihr das Ding abholen. Da hätte ich noch Platz für'n Tisch und drei Stühle.«

»Ehrlich?« Süsann ist hell begeistert. »Ich rede mal mit meinen Leuten in der Reha.« Sie setzt sich und rückt ganz nah an mich heran. Ritchi hat inzwischen seine Gitarre ausgepackt und gestimmt.

Der Wirt ruft: »Na los, ihr Banditen!« Er lacht gut gelaunt.

Ich ziehe meine Mundharmonika hervor, überlege kurz und spiele leise, ein bißchen zaghaft »Ännchen von Tharau ist's, die mir gefällt...«

Ritchi fällt sogleich mit seiner Gitarre ein. Die Gespräche im Lokal verstummen. Man hört uns zu. Und ich spiele, Süsann neben mir fühlend, kräftiger und mit Hingabe. Am Ende wird wieder geklatscht, wie bei unserem ersten Besuch. Nach dem zweiten und dritten Lied verebbt der Beifall aber, die Gäste haben sich an uns Musikanten gewöhnt.

Langsam füllt sich das Lokal auch. Ich höre sehr wohl an den Gesprächen, daß es einfache Leute sind, Männer und Frauen aus der Vorstadt. Sie reden von ihrer Arbeit, nörgeln am Leben herum, lachen und trinken.

Wir spielen, was uns in den Sinn kommt und gerade Mode ist – ›Mandolinen im Mondschein‹, ›Die Liebe ist ein seltsames Spiel‹, Lieder von Freddy Quinn und alle Volkslieder, die wir kennen.

Nicht nur den Gästen, auch dem Wirt scheint es zu gefallen. In einer Pause serviert er uns unaufgefordert Bratkartoffeln und Sülze, stellt frisches Bier dazu und für Süsann sogar ein kleines Glas Wein.

Nach acht Uhr am Abend müssen wir aufbrechen, weil um neun im Internat die Türen verschlossen werden. Der Wirt drückt dem überraschten Ritchi zum Abschied einen Zehnmarkschein in die Hand. »Euer Honorar!« sagt er.

Auf dem Heimweg stiebt uns Schnee ins Gesicht, aber Ritchi bringt uns wohlbehalten zurück. Im Flur boxt er mich freundschaftlich. »Dann mach's mal gut, Alter!« und läßt mich mit Süsann allein.

Ich frage sie befangen: »Hat's dir gefallen?«

Süsann zögert. Aber dann gesteht sie: »Na ja, mächtig viel Schnulzen. Aber sonst – war schön mit dir...« Sie streichelt meine Wange, dann dreht sie sich um und steigt nach oben. Ich lehne mich gegen das Geländer und horche auf ihre Schritte. »Süsann!« rufe ich ihr leise nach. Da kommt sie noch einmal zurück. Wir küssen uns und Süsann lädt mich ein, mit nach oben in den Aufenthaltsraum der Mädchen zu kommen. Pärchen dürfen dort bis zum Zapfenstreich zusammensitzen. Aber ich schüttle den Kopf, will nicht inmitten der anderen Mädchen neben Süsann hocken, ohne ihr wirklich nahe zu sein. Vielleicht ist es mir auch peinlich.

Später, längst im Bett, steigt Bitterkeit in mir auf. Jeder andere hätte mit seiner Liebsten irgendeinen Unterschlupf gefunden, ein Loch, ein Versteck, die Scheune vielleicht im Gutshof, sie hätten sich vor der Kälte verkriechen können und vor den Augen Fremder. Ich nicht und Süsann auch nicht – wir sind beide blind.

Meinen Geburtstag, kurz vor Weihnachten, verschweige ich. Zu gut erinnere ich mich an den geheuchelten Frohsinn in Königs Wusterhausen. Und Süsann darf ich schon gar nichts sagen. Schließlich habe ich mich älter geschwindelt. Nur Ritchi erfährt davon, weil ich ein Geburtstagspäckchen von zu Hause bekomme – einen von Ingeborg gestrickten Pullover, eine Schachtel Konfekt und einen Brief. Ritchi liest ihn mir vor. Mama schreibt, daß es zu Weihnachten eine besondere Überraschung gibt. Zum Schluß läßt sie Ritchi grüßen. Darüber freut er sich.

Ich nasche für mein Leben gern süße Sachen. Aber Mamas Pralinen rühre ich nicht an. Vielmehr punkte ich auf meiner Schreibmaschine ›Schönen Gruß von mir zu Hause und i.l.D.‹. Den Zettel lege ich mit den Pralinen noch vor dem Abendessen auf Süsanns Platz.

Süsann gibt mir gerührt, im Beisein der anderen, einen Schmatz auf die Wange. Während der Schlafenszeit, also nach dem Zapfenstreich, schleichen wir uns an der Aufsicht vorbei, treffen uns heimlich auf der Treppe und schieben uns gegenseitig Konfekt in den Mund. Wir sind aber beide ein wenig bedrückt, weil wir uns zwischen Weihnachten und Neujahr trennen müssen. Fast alle Heiminsassen fahren in dieser Zeit nach Hause – Süsann nach Dessau und ich zu Mama, Papa und Ingeborg nach Babelsberg.

Flüsternd, damit die Aufsicht uns nicht hört, eröffnet mir Süsann einen verrückten Gedanken: »Du mußt mit deinen Eltern reden«, sagt sie, »wenn wir achtzehn sind, könnten wir heiraten. Ich rede mit meiner Mutter. Die ist bestimmt froh, wenn sie mich los ist.«

Ich schniefe aufgeregt und schweige. Mein Gott, heiraten! Wir dürften dann immer zusammensein, auch in der Nacht und in einem Bett. Wir würden dann all die Sachen machen, von denen ich bisher nur träumte. Gleichzeitig aber fällt mir meine Schwindelei ein, fällt mir ein, daß ich grad an diesem Tag erst sechzehnten werde. Ich muß weiter schwindeln und druckse herum: »Erst mal sehen. Mein Vater ist vielleicht dagegen. Der – also der hat mir immer auf die Finger geschaut. Mit Rauchen und so...«

»Du mußt sagen, daß wir uns lieben!«, flüstert Süsann und sucht meinen Mund.

Eine andere Hochzeit

Am Tag vor Heiligabend packe ich meine sieben Sachen in eine Tasche und verabschiede mich von Ritchi. Mein Freund bleibt diesmal zurück, seine Eltern wollen wissen, wie er so lebt und haben sich über Weihnachten ein Hotelzimmer in Karl-Marx-Stadt genommen.

Den weißen Blindenstock nehme ich ausgesprochen ungern mit. Wir Jungen und Mädchen sind so eitel wie die meisten jungen Leute. Es ist Dummheit, aber wir meiden unsere Krücke, wie wir sagen, wenn es nur eben geht, weil wir uns mit ihnen wie alte Opas oder Omas vorkommen. Im Reha-Gelände kennen wir uns ohnehin gut aus. Draußen, auf fremden Straßen ist das freilich anders. Aber unsere gelben Armbinden und die verdammten Krücken wecken oft ganz blödes Mitleid. Da stolpern wir lieber einmal, stoßen uns irgendwo oder stürzen gar der Länge nach hin.

Süsann wartet in dem kleinen Bus, der die Weihnachtsurlauber zum Bahnhof bringt. Sie hält den Platz neben dem ihren für mich frei. Auch im D-Zug sitzen wir gemeinsam in einem Schwerbeschädigtenabteil. In Leipzig freilich müssen wir uns schneller trennen als wir wollen. Noch auf dem Bahnsteig entdeckt eine hilfsbereite Rot-Kreuz-Schwester unsere Armbinden. Wir werden von ihr zudringlich bemuttert und in die jeweiligen Züge verfrachtet, ohne uns richtig voneinander verabschieden zu können.

Es ist langweilig ohne Süsann, und der Zug ist überheizt. Ich klemme meinen weißen Stock zwischen die Knie, schlafe ein und hätte in Berlin beinahe das Umsteigen in die S-Bahn verpaßt, wenn mir nicht zufällig die Krücke klappernd umgefallen wäre.

Papa holt mich, wie ausgemacht, in Potsdam vom Bahnhof Pirschheide ab. Er klopft mir auf die Schulter, nimmt mir die Tasche ab und knurrt: »Na, Großer! Alles in Ordnung?«

Wir streben aber nicht dem Ausgang und der Straßenbahnhaltestelle zu. Vater lenkt meine Schritte zum Wartesaal und meint: »Wir haben was zu bereden.«

Es klingt geheimnisvoll und irgendwie beunruhigend.

An einem der Holztische nehmen wir Platz. Es ist ungemütlich hier. Ständig weht ein kalter Luftzug durch den Saal, und es ist ein dauerndes Kommen und Gehen. Vater bestellt beim Kellner ein Helles und fragt, was ich trinken möchte. Ich sage: »Ich auch!«

Papa seufzt leise: »Sitten sind das...«, verlangt aber zwei Bier. Wir trinken wortlos, stellen die Gläser zurück und dann platzt Vater mit einer Neuigkeit heraus: »Ingeborg und Karl-Heinz heiraten morgen vormittag.«

Das also ist die Überraschung, von der Mama geschrieben hat. Ich will mich gern freuen, aber es gelingt nicht so richtig, weil ich sofort wieder an Süsann und ihren Heiratsvorschlag denke. Mich ergreift eine heiße Welle Sehnsucht, die mich fortzieht, zurück auf die Treppe im Internat und auch nach Dessau, wo Süsann jetzt vielleicht gerade der Mutter von uns erzählt. Aus dem Lautsprecher quäkt eine Stimme irgend etwas von einer Zugverspätung. Endlich entgegne ich dem Vater zögernd, ein bißchen hilflos: »Na, fröhliche Weihnachten!«

Papa meint kurz angebunden: »Sie muß!«

Das nun begreife ich nicht sogleich. Und Vater hilft nach: »Ich werde Großvater, du wirst Onkel! Kapiert?«

Die Schwester bekommt ein Baby! Ich bin fassungslos. Tief verborgene Erinnerungen werden wach, Bilder tauchen vor mir auf – Ingeborg, noch mit abstehenden Zöpfen, wie sie mir bei den Schularbeiten hilft, mir die Augentropfen gibt, Ingeborg am Ostseestrand und wie wütend sie war, als ich sie bei der Anprobe ihres ersten BHs ertappte. Ich muß unwillkürlich grinsen, werde aber sogleich wieder ernst, weil mir auch Süsann einfällt und meine Hand, die unter ihren Rock gekrochen ist.

Das alles ist jedoch kein Grund, die Zeit noch länger in dem Wartesaal zu vertrödeln. Ich will raus hier und nach Hause. Aber Papa druckst herum und dann läßt er endlich die Katze aus dem Sack: Dieser Karl-Heinz wohnt bei uns! Die Eltern haben beschlossen, daß er mit Ingeborg in unser Zimmer ziehen darf. Darauf will Vater mich vorbereiten, damit ich nicht erst zu Hause vor vollendeter Tatsache stehe.

Da sitze ich, als hätte man mir eins vor den Kopf geknallt. Wie von weit her höre ich Vater erklären, daß Karl-Heinz bisher bei irgendwelchen Leuten in einer kleinen Kammer zur Untermiete gewohnt hat, daß die Wohnungsnot noch so groß sei und Verheiratete irgendwie unterkommen müßten. Wir haben aber selbst nur vier Räume – die Küche, die Stube, das elterliche Schlafzimmer und mein Zimmer, das ich bisher mit Ingeborg teilte. Es hat uns beide nie allzusehr belastet, da ich ja seit Jahren nicht mehr zu Hause lebe.

Papa tröstet schließlich: »Du schläfst auf der Couch im Wohnzimmer. Ist ja nur für die paar Tage, bis du wieder nach Chemnitz fährst.«

Ich gönne meiner Schwester wahrhaftig alles Gute. Aber fragen, denke ich, fragen hätte man mich doch vorher können.

Die Dinge sind aber noch viel komplizierter, als ich mir das hier im Wartesaal und in meiner Naivität vorstellen kann. Ingeborgs ›Macker‹, wie wir so einen damals nannten, hat irgendeine höhere Funktion in der Gesellschaft für Sport und Technik. Seine Tätigkeit fordert nach außen hin einen tadellosen Lebenswandel.

Aber leider haben die Begriffe ›Sport und Technik‹ wenig mit der leiblichen Liebe zu tun. So kam es zur Schwangerschaft und so kommt es nun zur Heirat.

Ich erinnere mich auch, daß es die Verhütungspille erst Jahre danach in den Apotheken gab. Und eine Unterbrechung wurde hierzulande, wie damals überall, noch schwer bestraft. Breitmaul Karl-Heinz mußte Ingeborg heiraten, wenn er in den Augen seiner Vorgesetzten nicht als Schweinehund dastehen und vielleicht sogar seine Stellung verlieren wollte.

Was soll ich alldem entgegenhalten? Ich schweige, und für Vater ist die Angelegenheit geklärt. Wir trinken unser Bier aus, Vater zahlt die kleine Zeche und wir fahren mit der Straßenbahn nach Hause.

Mutter kommt mir über den kühlen Korridor entgegen. Im vorbeigehen klopft sie an die Tür meines Zimmers und ruft: »Inge! Der Junge!«

Dann umarmt sie mich, lange und irgendwie heftig. Ich fühle Mamas Schulterblätter wie zwei harte, gestutzte Flügel, fühle auch, daß sie sehr dünn geworden ist und nehme zum ersten Mal wahr, daß sie kleiner ist als ich. Ihre Lockenwickler kratzen an meiner Wange, ich rieche auch gleich wieder eine leichte Schnapsfahne und an ihrem Hals das herb-liebliche Lavendel.

Jetzt wäre ich gern, wie früher, in mein Zimmer gegangen, aber das ist mir verschlossen. Mutter schiebt mich ins Wohnzimmer. Hier duftet es nach frischem Tannengrün. Auf der versenkbaren Nähmaschine steht die weihnachtlich geschmückte Fichte. Ich muß mich hinter dem Tisch auf die Couch setzen und fühle mich in der elterlichen Wohnung wie ein Fremder – ich bin nicht zu Hause, ich bin zu Besuch.

Ingeborg kommt aus unserem Zimmer und begrüßt mich stürmisch. Nach der Umarmung schiebt sie mich von sich und meint anerkennend: »Eh, du bist ja 'n richtiger Mann geworden!«

»Na, und du – und du...«, stottere ich verlegen.

Ingeborg lacht und gibt mir einen leichten Klaps. »Hör schon auf!« Sie ruft mit abgewandtem Gesicht: »Karl-Heinz, kommst du?«

Ich halte dem zukünftigen Schwager zum Gruß die Hand hin. Aber Karl-Heinz klopft mir burschikos auf die Schulter. »Grüß dich!« Der unerwartete Schlag erschreckt mich. Ingeborg drückt mich rasch noch einmal und sagt: »Schönen Dank, daß du uns das Zimmer überläßt.«

Karl-Heinz ergänzt großspurig: »Klar wie Kloßbrühe! Ist doch alles nur eine Frage der Organisation. Stimmt's?«

Mamas Ruf erlöst mich, sie bittet zum Abendbrot in die Küche.

Nach der langen Fahrt bin ich reichlich müde und überhaupt nicht hungrig. Am liebsten wäre ich bald schlafen gegangen. Aber nach dem Abendessen sitzen alle noch im Wohnzimmer beisammen und besprechen lang und breit den morgigen Tag. Es wird reichlich spät, ehe Mutter und Ingeborg endlich den Tisch beiseite rücken, die Couch ausziehen und für mich aufbetten.

Ich nehme mir fest vor, von Süsann zu träumen und denke noch im wegdämmern an sie, aber dann schlafe ich doch tief und traumlos – bis ich mitten in der Nacht geweckt werde.

Ingeborg hat sich von ihrem Karl-Heinz weggeschlichen und zu mir auf den Couchrand gesetzt. Ich nörgle schlaftrunken: »Was 'n los?«

Die Schwester legt mir einen Finger auf die Lippen und bittet, leise zu sein. Sie beugt sich über mich und flüstert dicht an meinem Ohr: »Schön, daß du da bist.«

»Logisch«, flüstere ich, »ist doch Weihnachten…«

»Ja, das auch…«, entgegnet sie zögernd.

Wir schweigen beide, schweigen lange. Ich spüre, daß die Schwester irgend etwas bedrückt, horche auf ihren schweren Atem und richte mich ein wenig auf: »Habt ihr euch sehr lieb?«

Da vergräbt sie ihr Gesicht an meinem Hals, schluchzt auf und schnieft: »Ich weiß es nicht, ich weiß gar nichts, Jakob. Ich hab so schlimme Angst vor morgen…« Ihre Schultern zucken wie ein kleines Erdbeben.

Ich streichle ihren Rücken und komme mir mit einem Mal viel älter vor als die ältere Schwester. Hellfühlig, über alle Erfahrung hinaus, glaube ich zu ahnen, was Liebe wirklich ist – das herzklopfende Glück, die Nähe des andern zu spüren, ihn neben sich zu wissen, seinen Geruch zu atmen, seine geflüsterten Beteuerungen zu hören, die schmerzhafte Sehnsucht schon in den Minuten vor einer Trennung. Ich ahne etwas von diesem geheimnisvollen Quell, der dem Leben Dauer und Kraft gibt. »Möchte wissen«, murmle ich, »wer von uns beiden blind ist.«

Da richtet sich Ingeborg auf. »Ach, Quatsch!« flüstert sie und hat schon wieder eine heitere Stimme. »Is' bloß so 'ne Laune plötzlich. Aber wenn's ein Junge wird, soll er Jakob heißen, das schwör ich!« Sie steht auf, haucht: »Schlaf gut!« und huscht davon.

Die Hochzeitszeremonie am anderen Tag erlebe ich wie einen langweiligen Film und dennoch so, als sei ich selbst daran beteiligt. Ich sitze bei den Eltern, und meine Gedanken weilen bei Süsann. Mutter drückt unentwegt meinen Arm und weint ein bißchen vor Rührung. Es sind ziemlich viele Gäste anwesend, vor allem aus der Dienststelle von Karl-Heinz. Der Standesbeamte vorn am Tisch hält eine Art Jugendweiherede und fragt danach überflüssigerweise, ob Ingeborg und Karl-Heinz die Ehe eingehen wollen.

Karl-Heinz antwortet mit einem entschiedenen »Jawohl!«. Die Schwester hingegen haucht ein »Ja« und heißt von diesem Moment an Ingeborg Schmalfuß. Mich amüsiert ihr neuer Name. Aber dann stelle ich mir vor, daß Süsann und ich da stehen, blind und hilflos. Ganz schwummrig wird mir davon.

Mittags nehmen wir im wiedereröffneten Restaurant ›Zum Heinrich‹ mitsamt den Gästen an einer reservierten Tafel Platz. Heinis Vater leitet das Lokal noch immer, es ist aber eine staatliche HO-Gaststätte geworden. Und Heini, der Stänker, gegen den ich einmal die Wettfahrt mit dem Fahrrad verloren habe, muß uns bedienen. Alle reden durcheinander und reißen Witze. Ingeborgs Stimme klingt unangenehm laut, sie kichert und lacht unentwegt.

Am Weihnachtsabend diskutiert Karl-Heinz mit Vater über die Raucherei. Der Schwiegersohn säuft zwar wie ein Seeräuber, aber rauchen, meint er, sei das reine Gift. In seiner Gesellschaft für Sport und Technik ist es verpönt. Am Ende verspricht Vater seufzend, daß er im neuen Jahr das Rauchen aufgeben wird.

Nach den Feiertagen fährt das junge Paar auf Hochzeitsreise nach Prag. Mein Zimmer haben sie abgeschlossen. Ich muß also auch weiterhin auf der Couch nächtigen.

Am Silvesternachmittag tuscheln die Eltern heftig, es klingt ganz nach einem Streit.

»Was'n los?« will ich wissen. Es stellt sich heraus, daß Frau Wollmann, die Mutter vom verunglückten Wolli, einen Fernsehapparat hat. Und da sie sich einsam fühlt, hat sie uns eingeladen, gemeinsam mit ihr das Silvesterprogramm anzuschauen. Vater sagte leichtsinnig zu, aber Mama will meinetwegen zu Hause bleiben. Sie schimpft mit Vater: »Was hat der Junge denn von diesem Fernsehding, möchte ich wissen? Du hast auch gar nix im Kopf!«

Aber mich interessiert es. Ich kann mir beim Zuhören manchmal mehr vorstellen, als Nichtblinde sehen.

Es wird dann auch eine recht lustige Nacht.

Frau Wollmann hat Stühle vor das Fernsehgerät gestellt. Das Bild, meint sie, sei nämlich ein bißchen klein.

Ich muß feixen. »Also, mich stört's nicht.« Sie serviert für alle, auch für mich, Wein in fein klingenden Gläsern. Zuerst erleben wir eine Sendung von einem gewissen Kuhlendampf oder so ähnlich, dann gibt es viel Musik und zwischendurch werden unentwegt Witze gerissen. Manche sind so schlüpfrig, daß ich mich im Beisein der Eltern kaum zu lachen traue. Mutter trinkt wieder viel, obwohl es diesmal nur Wein ist. Auch ich bin ziemlich angeduselt und muß mich sehr beherrschen, nicht von Süsann zu erzählen. Um Mitternacht dröhnen im Fernseher die Glocken. Wir stoßen mit Sekt an, wünschen uns gegenseitig ein gutes Jahr und Vater zündet eine Zigarette an. Ich schnuppere, grinse und zische: »Hier riecht's nach Gift!«

Papa raunt mir zu: »Halt den Schnabel!«

Niemand in der kleinen Wohnstube von Frau Wollmann ahnt, daß da mit dem Fernsehgeläut für meine Familie eine harte Zeit beginnt.

Zwei Tage später reise ich zurück nach Karl-Marx-Stadt.

Ritchi freut sich. Er ist die vergangenen Tage allein im Internat gewesen, weil seine Eltern gleich nach Weihnachten wieder nach Berlin gefahren sind.

Auch Süsann wird schon morgen kommen, so haben wir es vereinbart, obwohl die Ferienzeit noch nicht zu Ende ist. Die Arbeit in der Korbmacherei und all den anderen Einrichtungen soll erst in einer Woche wieder beginnen.

Ich weiß, wann Süsanns Zug eintrifft, und will sie unbedingt wenigstens beim Pförtner unten an der Brücke erwarten. Ritchi begleitet mich.

Über Nacht hat der Frost den Hauptweg spiegelglatt gemacht. Ritchi reißt es die Beine weg. Er rappelt sich jedoch schnell wieder auf und reibt sich den schmerzenden Steiß. Dabei meint er wie nebenher: »In München soll's 'nen Arzt für meine Augen geben.«

Ich finde es saukomisch, wie man vom Arsch auf die Augen kommen kann und falle vor Lachen beinahe selbst hin. Bald aber wird Ritchis leicht dahingesprochener Satz unser beider Leben sehr beeinflussen.

Das Pförtnerhäuschen ist geschlossen. Wir müssen jedoch nicht lange in der Kälte stehen. Ich höre das leise Tack, Tack, Tack eines Stockes, der gegen das Brückengeländer schlägt. Gleich darauf ruft Ritchi: »Hallo! Susanne!«

Sie ist jetzt ganz nah und fragt: »Ist Jakob nicht da?«

Ich nuschle, ein wenig gehemmt: »Hallo, Süsann...«

Da läßt sie Stock und Tasche fahren und fällt mir um den Hals.

Ritchi meckert eifersüchtig: »He, he!«

Wir nehmen Süsann in die Mitte und schlittern vorsichtig über den vereisten Weg zurück ins wohlig warme Internat.

»Is' schön still hier«, meint Süsann und ergänzt sogleich, »die sind alle noch bei Muttern, wie?« Sie drückt meinen Arm und fragt schelmisch: »Hilfst du mir beim Auspacken?«

Ritchi klopft mir auf den Rücken und meint großzügig: »Na, geht mal!«

Wir steigen beide die Treppe hoch, und ich betrete zum ersten Mal den Mädchenschlafsaal. Es riecht sehr eigentümlich hier, irgendwie nach Kosmetikkram und nach Ingeborg. Wir sind ganz allein. Die Betten stehen auf Abstand nebeneinander wie bei uns Jungen. Ich taste mich an den hohen Fußteilen entlang, während Süsann sicher durch den Raum schreitet. »Warte«, sagt sie, »hier ist mein Bett. Setz dich!«

Ich folge gehorsam und frage ein wenig töricht, ob ihre Feiertage schön waren und ob sie viele Geschenke bekommen hat. Süsann schweigt aber. Ich höre, wie sie den Mantel abstreift und ihre Tasche im Schrank verstaut. Mit einem Mal tritt sie so dicht an mich heran, daß sich unsere Knie berühren. Sie flüstert: »Ich hab mich auf dich gefreut. Und du?«

Ich nicke so heftig, daß sie es spürt.

Süsann tritt einen Schritt zurück und setzt sich auf das danebenstehende Bett. Ihre Kleider rascheln, dann ist es einen Augenblick mucksmäuschen still. Ich höre sie nicht einmal atmen. Auf einmal steht sie wieder vor mir und haucht: »Deine Hände!«

Ich strecke die Hände aus und – fühle Süsanns nackte Hüfte. Sie trägt nur noch ihren Schlüpfer.

Dann geht alles sehr rasch. Süsann zerrt ihre Bettdecke auf

den Fußboden. »Die Kiste knarrt so...«, flüstert sie, kniet vor mir und nestelt an meiner Gürtelschnalle. Wie wir beide nackt und heftig atmend zwischen den Betten liegen, hilft mir Süsann und führt mich mit kundiger Hand auf den richtigen Weg.

Ach, dieses erste wirkliche Liebeserlebnis! Ich bin wie von Sinnen, wie aus allen Lebensbahnen geworfen. Tage- und nächtelang tickt danach in meinem Kopf, in meinem Bauch nichts als die Sehnsucht nach Süsann und nach Wiederholung. Gleichzeitig aber sitzt mir wie ein Stachel der Gedanke an ihren Heiratswunsch im Schädel. Vaters Warnung fällt mir ein: ›Sowie du eine anfaßt, will sie mehr als du ahnst!‹

Eines nachts, wir liegen in unseren Betten, vertraue ich mich in meiner Not Ritchi an. Der Freund reagiert heftig und es klingt beinahe eifersüchtig: »Heiraten! Bist du verrückt?« Und dann zählt er auf: »Zwei Blinde, stell dir das bloß vor! Wer wird euch Essen kochen, wer eure Bude saubermachen, eure Wäsche waschen, he? Wer sagt dir, wie du aussiehst, wenn du auf die Straße gehst?« Ritchi findet immer neue Punkte, bis ich genervt stöhne: »Hör auf! Das sage ich mir doch selbst. Meine Schwester hat es schon schwer mit ihrem Heini. Und die können beide gucken.«

Nein, mein Problem liegt tiefer: Ich habe Angst, daß Süsann gekränkt sein könnte, daß sie sich von mir abwendet, wenn ich kneife.

Während der nächsten Tage trudeln alle Heimbewohner ein. Im Internat beginnt der übliche Lärm, und eine Woche nach Neujahr die Arbeit in den Werkstätten.

Onkel Anton hat wie stets gute Laune. Wenn wir Burschen und Mädchen vor unseren Werkbrettern und Weichwannen sitzen, erzählt er uns Schnurren aus der Korbmacherzunft. Weidenholz, erzählt er, sei eine Gottesgabe und ein schlechter Wärmeleiter. Wer sich Weidenblätter ins Kopfkissen stopft, friere nicht. Und Korbmacher, behauptet er, bekommen keine Glatze. Wir lachen, weil Onkel Antons Platte sprichwörtlich ist. Onkel Anton lacht mit.

»Ja«, sagt er, »über meine Rübe ist der Düwel geritten. Im Uckermärkischen erzählt man sich, daß auch über verkrüppelte Weiden der Teufel geritten sei.«

Und dann singt er wieder: »Trudelkorb stei, geflochten nun sei. Mariken, de Dralle, de nimmt se denn alle för Nudeln und Ei...«

Einmal, nach Feierabend, fragt er mich beiläufig, ob es mir über Weihnachten zu Hause gefallen habe. Ich erzähle ihm, daß meine Schwester Ingeborg geheiratet hat und ein Kind erwartet.

»Na«, erwidert Onkel Anton, »dann wollen wir uns mal ransetzen und dem Säugling ein hübsches Kinderkörbchen bauen!«

Das ist tatsächlich eine lustige Idee. Leider hapert es mit der Umsetzung, obwohl ich doch inzwischen einige Fertigkeiten erworben habe. Die große und ovale Form ist für mich gänzlich neu, schon der Anfang will nicht gelingen, obwohl Onkel Anton geduldig hilft.

Allmählich steigt die Sonne höher. Im Park beginnt es nach Erde und Frühling zu duften. Es ist die Zeit, da ich mit Süsann des Abends wieder über die Kieswege bummeln kann. Die Bänke sind allerdings noch feucht und kühl. Wir lehnen uns deshalb oft an einen der Bäume und liebkosen einander mit den Händen. Von Heiraten aber ist keine Rede mehr, dafür, das ahne ich, haben wir uns viel zu lieb.

Trip ins Unbekannte

Nur wenige Wochen danach überstürzen sich die Ereignisse und alles verändert sich auf üble Art.

Es beginnt wohl damit, daß Freund Ritchi in der Eisenbude, wie wir seine Werkstatt nennen, keine Freude an der Arbeit findet, sie ist ihm gleichgültig. Viel lieber möchte er sich in eine stille Ecke verkriechen und, tief über den Skizzenblock gebeugt, irgend etwas zeichnen. Zudem hat sich sein Augenleiden verschlimmert. In seinem Kopf spukt der unbekannte Arzt in München, der ihm vielleicht helfen kann. Er ist oft wütend, reagiert jähzornig, wenn ihm etwas quer läuft. Einmal, nach stundenlangem Regen, kommt er mit verdreckten Straßenschuhen zum gemeinsamen Abendbrot. Welker rügt ihn deshalb. Kaum hat Welker sein »Guten Appetit« geschmettert, sagt Ritchi laut in den Saal hinein: »Lieber Gott, lass mich mit den Latschen rein, ich will auch immer artig sein. – Amen.« Natürlich wird gelacht, nur Welker lacht nicht.

Gemeinsam mit Süsann besuchen Ritchi und ich auch nach den Weihnachtsferien die Vorstadtkneipe zum Musizieren. Und wenn wir uns trollen, um pünktlich wieder im Internat zu sein, erhalten wir vom Wirt jedes Mal einen Zehnmarkschein als Honorar. Mit dem fröhlichen Kneiper gibt es keinerlei Probleme, auch nicht, wenn Ritchi durchs volle Lokal zieht und die Gäste bittet, in das Schall-Loch seiner Gitarre eine kleine Spende zu stecken. Mit den Geldstücken im Instruments klappert er dann zum Gaudi der Leute rhythmisch während des Spiels. Tatsächlich geht es ihm aber gar nicht um den Spaß – Ritchi ist scharf aufs Geld.

Aber wirklich ungewöhnliches fällt mir am Verhalten des Freundes noch nicht auf, zumal sich unsere enge Bindung ein wenig lockert, seit ich fast ständig mit Süsann zusammen bin.

An einem Nachmittag dann geschieht etwas Unerwartetes: Noch vor dem Abendessen, fordert Welker uns beide, Ritchi und mich, auf, mit ihm zur Verwaltung zu gehen. Er läßt sich auf keine Fragen und kein Gespräch ein. Stumm schreiten wir mit ihm durch den Park zum Hauptgebäude.

In dem überheizten Büro bugsiert uns Welker auf Stühle vor dem Schreibtisch, und dann müssen wir uns eine lange, vorwurfsvolle Rede des Geschäftsleiters anhören. Es stellt sich heraus, daß Süsann den Antrag gestellt hat, das alte und verstimmte Klavier aus dem ›Wilden Mann‹ abzuholen und als Arbeits- und Übungsobjekt in die Obhut der Klavierstimmer zu übernehmen. Auf diese Weise ist herausgekommen, daß wir in der Kneipe für Geld musizieren.

Das verstößt, wie der Geschäftsleiter mit scharfer Stimme erklärt, gegen die Würde des Reha-Zentrums. »Um Geld betteln! Nächstens schicken wir euch noch mit einem Leierkasten über die Hinterhöfe, wie?«

Wir möchten widersprechen, wollen erklären, aber uns wird autoritär das Wort abgeschnitten. Welker hält dienstwillig und gehorsam den Mund. Der Leiter spricht uns einen Verweis aus und verbietet, überhaupt noch einmal ein Restaurant ohne die Begleitung Erwachsener zu besuchen.

Auf dem Rückweg tätschelt uns Welker die Schultern. »Tut mir leid, Jungs«, murmelt er, »aber so ist das Leben…«

Und wieder habe ich das Gefühl, daß er es aufrichtig meint. Gleichzeitig aber begreife ich auch, daß er sich irrt. Nein, so ist das Leben nicht, so muß es nicht sein!

Mutter hatte mir einmal gesagt: »Leb du nur, wie es dir Spaß macht, es ist kurz genug, das bißchen Leben. Hauptsache, du schadest keinem anderen!« Und sie hatte geseufzt und dabei ihre Hände gegen den Bauch gedrückt, weil sie Schmerzen hatte.

Wir fühlen uns ungerecht behandelt. Schließlich haben wir keinem Weh getan, überhaupt ist nichts passiert – wir haben uns anständig betragen, haben musiziert, Spaß gehabt und Spaß bereitet.

Ritchi muß ähnlich gedacht haben, denn gleich nach dem Abendbrot nimmt er mich beiseite und zischt: »Ich hab die Schnauze voll, Alter! Ich hau ab!« Nach einer kleinen Pause ergänzt er fragend: »Was ist? Kommste mit?«

Dieses ›Ich hau ab!‹ hatte damals für die meisten Ohren nur einen einzigen Sinn – wer abhaut, geht ›nach drüben‹, geht in den Westen. Aber einen so enormen, so gewaltigen Schritt traue ich Ritchi nicht zu. Ich kann mir einfach nicht vorstellen, daß er es ernst meint und muß grinsen. »Is' ja schon gut, Mann.«

Für den Freund ist jedoch gar nichts gut. Im Laufe der nächsten Tage redet er ständig auf mich ein, malt sich und mir flüsternd ein Land und eine Zeit aus, die so ganz anders, so herrlich frei sei, ohne jeden Zwang. Naiv fügt er hinzu, jedermann dürfe machen, was er will. »Keine Sau fragt, ob du rauchst oder säufst oder in 'ne Kneipe gehst!«

Das klingt freilich verlockend und abenteuerlich. Dennoch will ich nichts davon wissen. Trotz des Verweises, trotz auch mancher Bevormundung fühle ich mich im Reha–Zentrum und vor allem bei Onkel Anton geborgen, finde auch die Korbmacherei inzwischen interessant genug und zudem gibt es noch diesen Herzensgrund: Süsann! Ich habe ein Mädchen, das mich liebt, das ich liebe, mit dem ich mich im Park herumdrücken kann, und auf dessen kundige Hand ich längst nicht mehr angewiesen bin.

An einem frühlingswarmen Abend, Süsann hat anderweitig zu tun, lümmeln wir rauchend auf einer Parkbank. Ritchi drängelt wieder einmal zur Flucht und pocht auf unsere lange Freundschaft. Ich laß mich hinreißen und meine: »Na ja, wenn Süsann mitkommen würde…«

Ritchi lacht auf. Dann holt er tief Luft und mault: »Ein Weib auf so 'ne Tour, bist du verrückt?« Er schweigt einen Moment und platzt dann heraus: »Mann, so was von blindem Huhn! Die hat doch was mit dem Welker!«

Im ersten Moment begreife ich nicht, aber dann, fassungslos, fauche ich: »Du spinnst!«

Ritchi spottet ungerührt: »Frag sie doch!«

Ich springe auf, will ihn packen, Ritchi weicht aus, und ich greife ins Leere. Da drehe ich mich wortlos ab und haste den Weg zurück ins Internat. Es ist ein kurzer, aber harter Weg. Ich remple gegen die Bäume und stolpere über die kleinste Bodenwelle.

Am liebsten möchte ich Süsann sofort sprechen, möchte aus ihrem Munde hören, daß Ritchi lügt. Dennoch plagen mich Zweifel – ich bin in einem doppelten Sinne blind und habe Furcht, Süsann wirklich zu treffen.

Im Bett zieh ich mir die Decke über die Ohren, als Ritchi neben mir flüstert: »Nu' regt dich mal wieder ab.«

Noch in einen unruhigen Traum hinein verfolgt mich die alberne Vorstellung, wie Süsann des Nachts zu Welkers Tür schleicht, Welker die Tür aufreißt und Süsann schweigend ihren Rock hebt.

Gleich nach der Morgentoilette, noch vor dem Frühstück, setze ich mich auf die Treppe und warte. Ich habe längst gelernt, Süsanns Schritte von denen der andern Mädchen zu unterscheiden. Ich höre sie kommen und rufe leise: »Süsann!«

»Eh, Jakob!« Ihre Stimme klingt fröhlich und ausgeschlafen. Sie kauert sich eine Stufe über mir hin, legt ihre Hände auf meine Schultern, und der Teufel Zufall will, daß sie den verfänglichsten Satz der Welt sagt: »Ist schief gelaufen mit dem Klavier, wie? Welker hat mir erzählt, daß es Ärger gegeben hat…«

Sie legt von hinten ihren Kopf wie zum Trost gegen meinen Hals, aber ich habe ein Gefühl, als würde sie mir ein Messer in den Rücken bohren. Ich ducke mich von ihr weg. »Welker, klar – Welker!« Ich stehe auf, drehe mich zu ihr hin und frage: »Bist du – bist du manchmal mit dem zusammen?«

»Wie – zusammen?«

Ich berühre ihr Gesicht, um mich zu vergewissern, daß sie nahe ist, daß sie mir zuhört und meine dringender jetzt: »Du weißt schon!«

Es ist sehr still im Flur. Die anderen Mädchen sind längst im Frühstücksraum verschwunden. Süsann flüstert: »Hast du 'n Vogel?«

Wir schweigen beide. Nach einer kleinen Pause aber fügt Süsann patzig hinzu: »Nich' mit Welker! Is' ganz wer anders. So!«

Aus ihrer Stimme höre ich sehr wohl, daß sie gekränkt ist. Tief im Inneren begreife ich auch, daß ihre Antwort nur eine Reaktion auf meine beleidigende Frage ist. Aber in meinem Kopf stachelt die Eifersucht.

Süsann dreht sich von mir ab und steigt die Treppe wieder nach oben. Ich stehe wie angenagelt, horche auf ihre Schritte, bis ich sie nicht mehr hören kann. Ach, diese verdammte Dunkelheit – nicht die Wahrheit aus ihrem Gesicht lesen können, nicht sehen, wie sie sich verhält, auf den Klang ihrer Stimme angewiesen sein, auf dürre Worte, auf eine Berührung! Es waren bisher nicht viele Stunden, in denen ich meine Blindheit verfluchte. Dies ist eine. Zum Frühstück verschlinge ich sieben Wurstbrote und wundere mich selbst über meinen Heißhunger.

Danach, auf dem Weg in die Lehrwerkstätten, schlurfe ich mutlos neben Ritchi her, wende den Kopf zur Seite und frage wortkarg: »Wann?«

Ritchis Plan ist sehr einfach: In der Nähe des Westberliner Bahnhofs Zoo, in der Fasanenstraße, wohnt eine Tante von ihm, Vater Metzkes Schwester.

»Unser erster Anlaufpunkt«, erklärt er selbstsicher. »Tante Emmi ist Schriftstellerin mit 'nem echten Künstlernamen – Emmi Bohle. Sie schreibt lauter dämliche Sachen, Sauereien und so. Mein Alter muß immer feixen, wenn er das Zeug liest. Du wirst sehen, die hilft uns weiter. Vielleicht können wir bei ihr pennen.«

Schon am nächsten Wochenende sitzen wir im D-Zug nach Berlin. An Gepäck haben wir nur das Notwendigste dabei – unsere Taschen und die Stöcke. Ritchi hat sogar auf seine Gitarre verzichtet, weil jedermann im Internat annehmen soll, die Reise ginge wie gewöhnlich für nur zwei Tage nach Hause zu den Eltern. In Ritchis Jacke steckt unser gemeinsames Vermögen, lauter Fünf- und Zehnmarkscheine, das Honorar vom ›Wilden Mann‹.

Mit Süsann habe ich nicht mehr sprechen können, sie ging mir, wenn wir uns im Internat begegneten, stumm aus dem Weg. Die Trennung schmerzt aber vorerst weniger arg. Jetzt, nach dem einmal gefaßten Entschluß, nach den ersten Schritten, erhoffe ich eine erlebnisreiche Zeit. Viel schlimmer ist es, an Mutter zu denken, an Vater, an deren Entsetzen, wenn ich nun nie mehr nach Hause komme. Ich bin fort, in eine andere, unbekannte Welt, die sie recht eigentlich nur aus dem Fernsehen kennen.

In der Werkstatt, bei Onkel Anton, bleibt das unvollendete Kinderkörbchen zurück und, was ich im D-Zug sitzend noch nicht wissen kann, Vater hat mir geschrieben, eine beängstigende Nachricht wegen Mutter. Der Brief liegt nun ungeöffnet in der Schreibtischschublade von Welker.

Ritchi benimmt sich vor Aufregung geradezu überdreht und spielt den weitgereisten Weltmann, obwohl sein Hintern auch nie viel weiter gekommen ist als der meine. Am Ostbahnhof in Berlin führt er mich so sicher die Stufen hinunter und dann wieder hinauf zur S-Bahn, daß ich meinen Stock überhaupt nicht brauche. Er entdeckt einen Fahrplan und zählt aus, daß wir beim achten Halt der S-Bahn am Ziel sind – auf der anderen Seite der Welt.

Auf dem Bahnsteig schießt dicht neben uns der Zug ein, der Fahrtwind weht mir um die Ohren. Türen werden aufgerissen und ein Lautsprecher verkündet mit quäkender Stimme, daß die Bahn über Zoo und Westkreuz nach Babelsberg und Potsdam fährt.

»Das isser!« flüstert Ritchi und schiebt mich in den Waggon.

S-Bahnfahren ist für uns kein besonderes Erlebnis. Wie immer spüre ich ihre Beschleunigung im Bauch und im Rücken. Es ist nicht unangenehm. Aber plötzlich überfällt mich die Gewißheit, daß ich eigentlich nur sitzen bleiben müßte, um nach Hause, nach Babelsberg, zu kommen. Das ganze verrückte Abenteuer wäre zu Ende. Es ist jetzt schon Nachmittag. Vater kommt sicher gerade von Arbeit, Mutter steht in der Küche und kümmert sich ums Abendbrot, vielleicht gibt es Buletten.

Am Bahnhof Friedrichstraße hält der Zug besonders lang. Grenzer durchstreifen die Waggongs und halten Ausschau nach Schiebern.

Es ist ja die verrückte Zeit, kurz bevor sich Ostberlin und das ganze Land gegen den Westen abschottet. Westberliner kaufen im Osten besonders billig, sogar ihre Frühstücksschrippen und den Kaffee ein, weil ihr Geld hier den siebenfachen Wert hat. Eines Tages allerdings wird niemand mehr darüber sprechen.

Die Stiefel der Grenzer schurren bis zu unserer Sitzbank. Eine energische Stimme fordert: »Die Ausweise, bitte!« Ich ducke mich unwillkürlich, aber richtige Angst habe ich nicht, auch nicht, als ich aufgefordert werde, meine Tasche zu öffnen. Da ist ja doch nichts anderes drin als eine letzte Wurststulle, eine ›Bemme‹, wie sie in Karl-Marx-Stadt sagen, meine Zahnbürste und ein dickes Buch. Das Buch scheint jedoch zu interessieren. Es ist der ›Tom Sawyer‹ von Mark Twain, eine der dicken Schwarten aus dem Reha–Zentrum. Der Polizist hält die Brailleschrift offenbar, wie einst auch ich, für eine Art Geheimschrift. Er ruft aufgeregt: »Genosse Leutnant!«

Ein zweiter Mann tritt näher. Die beiden tuscheln miteinander. Ich höre die Blätter meines Buches rascheln und höre auch, wie einer der beiden, offenbar der Leutnant, leise sagt: »Esel!«

Dann darf ich mein Buch wieder in der Tasche verstauen.

Wenig später zischen die Türen, knallen zu, und beim vierten Halt sind wir am Bahnhof Zoo.

In der großen Halle stehen wir erst einmal ratlos herum. Der hallende, nicht zu ortende Lärm verunsichert mich. Ich hake mich bei Ritchi ein. Um uns her hasten Menschen, ständig müssen wir ausweichen oder werden achtlos angerempelt.

Auf der Suche nach einer Informationstafel führt mich Ritchi an den Geschäften vorbei. Einmal riecht es süß nach Pomade wie beim Friseur und ein andermal nach Apfelsinen oder Schokolade. Vor der Tafel verharrt Ritchi lange und knurrt dann verärgert: »Nischt zu erkennen!« Das Schriftbild ist zu winzig für seine Augen.

In diesem Moment tritt ein Mann an uns heran und flüstert: »Tauschen?«

Weder ich noch Ritchi ahnen, was er will. Der Fremde dringt auf uns ein: »Ihr seid doch von drüben?«

Ritchi fragt: »Wir wollen in die Fasanenstraße. Wo is'n die?«

Statt einer Antwort entgegnet der Fremde: »Ich gebe eins zu fünf.«

Da begreift Ritchi. »Nee!« sagt er und zerrt mich weiter.

Unser Geld müssen wir dennoch eintauschen, die Ostscheine sind hier wertlos. Ritchi meint zuversichtlich: »An 'ner richtigen Wechselstube bescheißen sie nicht!« Der offizielle Kurs ist aber nicht eins zu fünf, sondern eins zu sieben. Da rutscht unser gemeinsames Vermögen auf nicht einmal neun Westmark zusammen.

»Die paar Kröten sind eiserne Reserve«, bestimmt Ritchi, »wir essen bei Tante Emmi!«

Mir gefällt weder Ritchis entschlossener Ton noch seine Selbstherrlichkeit, mit der er für uns beide entscheidet. Aber nun bin ich einmal in der Spur des Freundes und folge stumm.

Vom Vorplatz des Bahnhofes aus fragen wir uns durch bis zu dieser Fasanenstraße und müssen höllisch aufpassen, wir sind den starken Autoverkehr nicht gewöhnt. Mit Hilfe unserer weißen, hochgehaltenen Stöcke und der gelben Armbinden verschaffen wir uns jedoch einigermaßen Respekt, überqueren den Kurfürstendamm und gelangen glücklich ans Ziel. Am veränderten Widerhall des Lärms und unserer eigenen Schritte erkenne ich, daß die Straße schmaler ist und links und rechts hohe Häuser stehen.

Noch während wir nach der Hausnummer suchen, druckst Ritchi herum: »Is' besser, du wartest unten, bis ich mit meiner Tante gesprochen habe. Ich hol dich dann rauf.« Das verstehe ich, schließlich haben wir uns nicht anmelden können. Die Tante Emmi wird überrascht sein.

Ritchi steigt die Vortreppe hoch, drückt die schwere Haustür auf und verschwindet dahinter. Ich hocke mich auf die Stufen und krame die Wurststulle aus der Tasche.

Mit der Zeit wird es stiller in der Straße. Ich fühle kühlen Schatten auf meinem Gesicht. Der Abend beginnt, und Ritchi läßt auf sich warten. Mit der vergehenden Zeit kommen mir die sonderbarsten Gedanken. Soll ich vielleicht bis in alle Ewigkeit auf der Treppe hängen? Ich ärgere mich, daß ich Ritchi bis hierher wie ein kleiner Junge gefolgt bin. Da sitze ich nun, habe keinen Pfennig in der Tasche, und kann nur hoffen, daß alles gut geht. Nein, begreife ich, so darf ich nicht weiterleben – immerfort auf andere Menschen, Freund oder nicht Freund, angewiesen zu sein.

Vor dem Haus hält ein Auto mit surrendem Motor. Und da, endlich, wird hinter mir die Haustür aufgestoßen. Ritchi kommt und reißt mich unsanft am Arm hoch. Ehe ich etwas fragen kann, knurrt er: »Los, einsteigen!«

Er zerrt mich zu dem Auto und zieht mich neben sich auf die hinteren Sitzplätze.

Das Auto ist ein von dieser Tante Emmi bestelltes Taxi. Der Fahrer kutscht uns wortlos zu einem Notaufnahmelager für Flüchtlinge. Unterwegs berichtet Ritchi flüsternd, daß die Tante ihn durchaus nicht freundlich empfangen hat. Im Gegenteil, sie war entsetzt. »Die alte Kuh hat mich in die Küche geführt, mir 'ne Selters angeboten und rumgejammert«, erzählt er mit vor Wut und Enttäuschung zitternder Stimme. »Wie denkst du dir das, Bübchen? Wirklich, die hat Bübchen gesagt! Und rumgebarmt hat sie, von wegen, sie hat Verpflichtungen und ist selber arm dran, da kann sie nicht so ohne weiteres. Ich hab gesagt, ich muß mal aufs Klo. Da hat sie mich hingeführt und gesagt, ich soll die Türe aber angelehnt lassen. Sie hat im Korridor auf mich gewartet. Die hat bestimmt gedacht, ich klau was. Mann, das Badezimmer von der Kuh war so groß wie bei uns in Karl-Marx-Stadt der Duschraum für alle. Lauter Spiegel und Klamotten. Hier, riech mal!« Ritchi zieht eine Parfümflasche aus der Hosentasche, er hat also doch geklaut. »Klar«, grinst er, »wie die mich behandelt hat!«

Tante Emmi, die Schriftstellerin, griff also zum Telefon, bestellte ein Taxi und drückte Ritchi das Geld für den ›Chauffeur‹ in die Hand.

Noch vor dem Eingang zur Notaufnahme bleibe ich stehen und fordere von Ritchi die Hälfte unseres gemeinsamen Vermögens. Der Freund, gewiß verunsichert durch die Niederlage bei seiner Tante, gehorcht anstandslos. Ich klimpere mit den ungewohnten Markstücken in meiner Jackentasche und mir ist ein wenig wohler.

In einem halbdunklen Vorzimmer müssen wir lange warten. Ritchi rutscht nervös auf seinem Stuhl hin und her. Er fühlt sich unbehaglich, weil seine Augen im Dämmerlicht auch versagen, er ist dann beinahe ebenso blind wie ich.

Schließlich aber tönt in die Stille hinein eine geschäftige Frauenstimme: »Guten Abend, meine Herren, ich bin Frau Hutschenreuter!« Sie knipst das Licht an und murmelt nach einer kleinen Schreckpause: »Ach du lieber Gott! Na, dann kommt mal!« Sie führt uns in das benachbarte Amtszimmer.

Hinter dem Schreibtisch sitzt ein Mann und räuspert sich. »Ja, also... Na, so was...« Er fordert uns auf, Platz zu nehmen und raschelt mit Papieren. Endlich aber fragt er nach unseren Personalien und will genau wissen, warum wir aus ›Chemnitz, äh ... Karl-Marx-Stadt‹ abgehauen sind. Ritchi gerät in Fahrt und erzählt einen ungeheuren Stuß über Zwang und Unterdrükkung und schlechtes Essen. Ich staune, widerspreche aber nicht. Ich habe Hunger und bin müde.

Der Beamte scheint Ritchi alles zu glauben, am Ende meint er jedoch: »Tja, zwei minderjährige Jungs und obendrein behindert! Was soll ich mit euch machen? Diese Tante, Frau Bohle, also, die hat hier angerufen. Aber ihr, mit eurem, also in eurem, wie soll ich sagen«, er sucht nach einem richtigen Wort, »in eurem Zustand, was soll da aus euch werden?«

»Ach«, antwortet Ritchi, »das sind wir gewöhnt.«

Der Beamte legt uns nahe, wieder umzukehren, er redet in einem warmherzigen Ton auf uns ein. Ein bißchen nervös klingt er auch, gibt aber am Ende nach: »Na gut, wenn ihr bleiben wollt, dann bleibt! Aber denkt nicht, ihr seid hier auf Rosen gebettet.«

Schließlich erklärt er seufzend, daß er für uns Quartier im Aufnahmelager Kladow habe. Danach müssen wir abermals längere Zeit in dem Vorzimmer warten, bis Frau Hutschenreuter uns abholt und zu einem Wagen führt. Auf der Straße bleibt Ritchi stehen und meint erschreckt: »Aber das ist doch 'n Polizeiauto!«

Die Frau beruhigt uns, es sei ein langer Weg und ein anderer Wagen sei im Augenblick nicht frei. So fahren wir in einer ›Grünen Minna‹ mit vergitterten Fensterchen quer durch Westberlin nach Kladow.

Und hier, im Aufnahmelager, bekommen wir endlich zu essen, eine dicke Bohnensuppe und so viele Stullen wie wir möchten. Frau Hutschenreuter umsorgt uns mütterlich und führt uns dann in eine andere Baracke und in ein großes Zimmer. Es ist kein eigentlicher Aufenthaltsraum, sondern der Schlafraum für zehn Personen. Wir müssen ihn mit acht erwachsenen Männern teilen, die jetzt, zur Abendzeit, offenbar alle anwesend sind.

Frau Hutschenreuters Gruß wird von ihnen zurückhaltend erwidert. Sie stellt uns vor, die Männer schweigen verblüfft und nur einer murmelt entgeistert: »Meine Fresse – die sind ja blind.«

Frau Hutschenreuter bittet die Männer, mit den Kindern, wie sie sagt, freundlich und rücksichtsvoll umzugehen. Danach weist sie uns Schrankplätze und Betten zu und verabschiedet sich.

Kaum ist sie zur Tür hinaus, werden wir von den Männern regelrecht überfallen. Sie holen uns an ihren Tisch, und es hagelt Fragen nach dem Woher und Warum. Sie sparen auch nicht mit Vorwürfen, weil abhauen eine Sache von Erwachsenen sei. Kinder, auch halbwüchsige, sollten gefälligst bei den Eltern bleiben. Und zwei Blinde, das sei nun wirklich der helle Wahnsinn. Ein älterer Mann erbarmt sich endlich und weist die anderen nachdrücklich, mit leiser rauer Stimme in die Schranken.

Ich bin zum Umfallen müde. Wir verziehen uns in die Betten und müssen in Unterwäsche schlafen. An das Nachtzeug haben wir in Karl-Marx-Stadt natürlich nicht gedacht.

Die Luft im Raum ist angefüllt vom Männergeruch nach Bier und Schweiß und Tabaksqualm. Eigentlich sind wir jetzt, in diesem Zehn-Bett-Zimmer mit den vielen Kerlen, viel übler dran als je. Hinter meinen geschlossenen Augen spielt die Phantasie verrückt – der lange Tag voller Zweifel läßt mich nicht zur Ruhe kommen. Reue nistet sich wie ein hartnäckiges Teufelchen in mein Herz. Am Montag, rechne ich, wird unser Verschwinden ruchbar werden. Ich grüble, wie ich die Eltern benachrichtigen könnte. Schließlich haben sie kein Telefon zu Hause, da ist Ritchi besser dran. Ich denke auch an Süsann und mir dämmert, jetzt, da es zu spät ist, daß alles ganz, ganz anders gewesen sein könnte.

Am nächsten Morgen werden wir erneut zum Verhör geholt. Wieder müssen wir die Gründe unserer ›Flucht‹ angeben. Und wieder wird uns angeraten, doch besser umzukehren. Ich habe längst begriffen, daß wir mit unserer Behinderung nicht gerade willkommene Flüchtlinge sind. Aber aus eben diesem Grunde, in widersinnigem Trotz, lehne ich es ab, über eine Umkehr auch nur nachzudenken. Ritchi bittet, seine Eltern anrufen zu dürfen und wir erfahren, daß beide Eltern von Amts wegen benachrichtigt werden. Wir müssen unsere Ausweise abgeben, erhalten jeder eine sogenannte Meldekarte und werden, ganz wie in Karl-Marx-Stadt auch, zur Disziplin ermahnt. Von Stund an können wir uns frei nach überallhin bewegen.

Aber gerade das ist, wie sich schnell herausstellt, ungeheuer langweilig. Niemand hält uns an, irgend etwas zu tun. Die Sonne brennt in diesen Tagen auf die Teerdächer der ›Blauen Baracken‹, wie man das Lager seiner Farbe wegen nennt.

Wer nur eben kann, flüchtet vor der brütenden Hitze ins Freie. Die Männer aus dem gemeinsamen Schlafraum sind tagsüber beschäftigt, suchen eine Arbeit oder halten sich bei den Frauen auf, die in einer anderen Baracke hausen. Nur der ältere Mann mit der rauen Stimme sitzt bei offenem Fenster oft allein am Tisch und liest in einem Buch.

Ende einer Freundschaft

Ritchi hat erfahren, das sich ganz in der Nähe die Havel breit in den Wannsee ergießt. Er fragt den Alten nach dem Weg zum Wasser und erhält die mürrische Antwort: »Über die Straße, den Weg runter durchs Gut. Aber da kommt ihr nicht rein, das gehört der Arbeiterwohlfahrt.«

»Schade«, brumme ich.

Da schlägt der Alte sein Buch zu und sagt: »Na, vorwärts – ich bringe euch!«

Zu dritt überqueren wir die dicht befahrene Stadtstraße, der Knurrhahn geht in der Mitte und hält uns achtsam an den Armen. Im angenehm kühlen Schatten hoher Bäume bummeln wir eine Allee hinab. Und im Gespräch kommen wir uns ein wenig näher.

Ritchi fragt neugierig: »Wie heißen Sie eigentlich?«

»Lorenz«, antwortet der Alte, »Lorenz, wie der Verhaltensforscher!«

»Was is'n das?« will Ritchi wissen.

Herr Lorenz erzählt uns, daß sein Namensvetter das Verhalten von Tieren erforscht. »Er zieht zum Beispiel junge Gänse auf, Küken, grad solche wie ihr, ohne Gänsemutter. Da suchen sie sich den Tierforscher Lorenz als Mutter aus und weichen ihm nicht mehr von der Seite.«

»Stark!« staune ich. »Sind Sie auch so'n Forscher?«

»Ich bin Lehrer.«

»Ach, du Scheiße!« platzt Ritchi heraus. Gleich darauf murmelt er betreten: »Verzeihung!«

Aber Herr Lorenz lacht schallend, ein raues, herzliches Lachen. »Macht nichts! So unverblümt habe ich das noch nicht gehört.«

Ich versuche, rasch von Ritchis Ausrutscher abzulenken: »Und warum sind Sie abgehauen, ich meine, warum sind Sie hier im Aufnahmelager?«

Der Alte schweigt lange, dann brummte er leise: »Wegen der Würde. Aber das ist eine dumme Geschichte. Vielleicht ein andermal…«

Wir passieren ein offenes Tor, und unser Begleiter wird von mehreren Leuten mit »Tag, Herr Lorenz!« begrüßt.

Hangabwärts müssen wir eine steile und schmale Treppe überwinden. Herr Lorenz packt uns wieder fürsorglich an den Armen. Dann schlurfen wir durch hohes Gras, und es duftet süß nach Wiesenblumen.

»Da sind wir«, erklärt Herr Lorenz, »vor euch liegt die Havel.«

Unter einer dicken Weide setzen wir uns unmittelbar ans Ufer. Am Himmel kreist beharrlich ein Hubschrauber vom nahegelegenen englischen Flugplatz. Ritchi streift Schuhe und Strümpfe ab, krempelt die Hosenbeine hoch und steigt ins Wasser. Ich horche neidisch auf sein Plätschern. Mir fällt ein, wie ich vor langer Zeit in Babelsberg Blindsein probiert habe und im Entenpfuhl landete.

»Und ihr?« fragt da mit leiser Knurrstimme Herr Lorenz. »Warum seid ihr weggelaufen?«

Was für eine verfängliche Frage! Soll ich dem Lehrer von Süsann erzählen, von meiner enttäuschten Liebe, die vielleicht gar nicht so enttäuschend war? Ich zögere mit der Antwort: »Ritchi, also, ich meine, Richard kennt 'nen Arzt in München, der kann seine Augen heilen – vielleicht.«

»Verstehe! Und du?«

Ich schlucke. »Ich – wir sind Freunde, schon ewig…«

»Das ist gut«, lobt Lorenz. »Aber wovon wollt ihr leben? Vom Augenarzt mal ganz abgesehen. Das kostet!« Er erklärt mir, daß Behinderte hier in Westdeutschland von ›unten‹ her, wie er sagt, betreut werden. »Die Eltern müssen sich kümmern oder christliche und andere humanitäre Einrichtungen. Da seid ihr auf Freundlichkeit und Stillhalten angewiesen. Drüben ist das alles staatlich geregelt, sozusagen von ›oben‹. Da könnt ihr auf euer Recht pochen, auf Arbeitsgesetze, auf staatlich geschützte Werkstätten…«

»Sie reden aber merkwürdig«, wundere ich mich. »Dabei sind Sie doch selber abgehauen.«

116

»Stimmt! Aber ich mache mir keine Illusionen!«

Ich würde mich gern noch länger so vertraulich mit Herrn Lorenz unterhalten. Ritchi stürmt jedoch lachend und Wasser spritzend auf uns zu und wirft sich ins Gras.

Die Tage schleichen langsam und langweilig dahin. Den ›Tom Sawyer‹ habe ich längst ausgelesen. Nachts, wenn die acht Männer in ihren Betten schnarchen, schleichen sich oft, vor allem wegen der Eltern, Gewissensbisse und Sorgen in meine Träume. Was wird die nächste Zeit bringen?

An einem Freitag dann passiert es. Wir besuchen im Lagerkino einen Doktor-Mabuse-Film. Ritchi hat versprochen, mir alles genau zu erklären. Und weil er selbst nur wenig erkennt, setzen wir uns vorn in die zweite Stuhlreihe. Der Film hat jedoch noch nicht begonnen, da beugt sich jemand von hinten über unsere Schultern und fordert Ritchi auf, mit nach draußen zu kommen.

Ich bleibe zurück und ärgere mich. Glücklicherweise wird im Film so viel geschwätzt, daß ich den Verfolgungsjagden, Schlägereien und Liebesaffären auf der Leinwand auch ohne Hilfe einigermaßen folgen kann.

Als nach anderthalb Stunden das Licht im Saal angeht, und die benommenen Besucher nach draußen in den Tag drängen, hocke ich noch immer allein. Ritchi ist nicht wiedergekommen.

Mit vorsichtigen Schritten laufe ich über die Lagerstraße zur Baracke. Das Zimmer ist leer, durch die weit offenen Fenster dringt zänkisches Vogelgeschrei. Ritchis Tasche steht nicht am gewohnten Ort neben seinem Bett. Ich will das Zimmer schon wieder verlassen, da tritt Lehrer Lorenz ein und hält mich auf. »Ich muß mit dir reden!«

Am Tisch schiebt er mir einen Stuhl zu. »Tja«, sagt er dann, »das Leben ist mal so und mal so.«

Ich verstehe kein Wort.

Lorenz knurrt: »Dein Freund ist abgedampft!... Ich will es kurz machen: Seine Eltern sind aufgetaucht. Es mußte alles hopp-hopp gehen. Sie hatten schon Flugtickets nach München in der Tasche. Den Vater habe ich erkannt – vom Film her. Ein ziemlich arroganter Kerl, wie?«

»Aber Ritchi nicht!« widerspreche ich. »Wir sind Freunde! Wo ist er?«

»Weg! Begreifst du nicht? Er ist mit den Eltern weg nach München – für immer… Ich soll dich grüßen.«

Nein, ich begreife nicht. Ich bin verwirrt, konfus – Ritchi fort, der Freund verschwunden. Und ich sitze hier, allein, zurückgelassen wie Abfall. Ich springe auf, stoße mich schmerzhaft am Tisch, knalle gegen eine Schranktür.

Lorenz schüttelt mich so heftig, daß mir die Brille von der Nase rutscht. »Ruhig Blut, Junge, bleib ruhig!«

Ich werfe mich aufs Bett. Der Lehrer drückt mir die Brille wieder auf und setzt sich zu mir. Unter dem Kopfkissen zieht er einen Zettel hervor und liest laut: »Mach's gut, Kumpel! Ich mußte weg. Mein Vater ist…«, Herr Lorenz zögert und nuschelt dann zu Ende, »… das alte Arschloch!… Hm!…«

Ich beiße die Zähne aufeinander. Bloß nicht heulen, denke ich. Irgend etwas drückt mich im Rücken. Es ist die von Ritchi geklaute Parfümflasche. Ich werfe sie unters Bett und heule nun doch.

Lorenz aber, der Lehrer, lacht unversehens auf. »Du siehst aus wie ein Räuber!« gewiß im Bemühen, mich abzulenken, meint er: »Unter der Nase und überall Haare. Hast du dich noch nie rasiert?«

Das ist ein so abwegiger Gedanke, daß ich tatsächlich stutze. Mit der Linken fahre ich über mein Gesicht und fühle zum ersten Mal bewußt den Haarflaum.

Lorenz zieht mich vom Bett und führt mich in den Waschraum.

»Jetzt halt still!« Gleich darauf fährt er mit seinem elektrischen Rasierapparat über meine Wange. Dabei übertönt seine Brummstimme das beharrliche Surren: »Es gibt Schlimmeres, glaub mir… Ich hab in der neunten und zehnten Klasse unterrichtet, mußt du wissen. Mädchen und Bengel in deinem Alter. Staatsbürgerkunde, stell dir vor!« Er lacht hart. »Westfernsehen war verboten. Hat sich nur keiner dran gehalten. Und ausgerechnet mit mir wollten die Lauser über solche Filme sprechen. Wir haben gesprochen – kritisch und vernünftig wie über alle Probleme. Die Schulleitung hat's an die große Glocke gehängt. Am Ende gab's ein Parteiverfahren… Sogar meine eigene Frau hat gegen mich gestimmt. Dabei waren wir siebzehn Jahre verheiratet. Aber ich lasse mir das Maul nicht zubinden. Ich wurde gefeuert – Ausschluß und ab in die Produktion. Schwarze Pumpe!... Ohne Würde, verstehst du, geht der Mensch kaputt...«

Ich halte seine Hand fest. »Und – und Ihre Frau?«

»Manchmal ist das Schicksal eine Zumutung – denk mal an deinen Freund!« Lorenz drückt mir ungerührt den Bebo-Scherer in die Rechte. »So! Unter der Nase und die linke Seite alleine! Halt den Zeigefinger ans Ohr, damit du weißt, wie hoch du gehen kannst.«

Am Ende korrigiert Lorenz noch ein wenig, dann fordert er: »Hand auf!« Er spritzt eine Flüssigkeit auf meine Handfläche. »Is' Pitralon, noch von zu Hause.« Ich reibe mein Gesicht damit ein. Es brennt ein wenig auf der Haut und ist dennoch angenehm kühl. Und grad so riecht auch Vater nach dem Rasieren. Was für eine Verwandlung! Ich fühle mich auf einmal wie ein Erwachsener. Es ist, als hätte Lehrer Lorenz ein kleines Wunder vollbracht.

Wegen Ritchi aber bleibt eine große Verbitterung in mir. So muß es sein, denke ich, wenn jemand gestorben ist.

Am Nachmittag kehren allmählich die anderen Zimmerbewohner zurück. Einer ruft entrüstet: »Hier stinkt es wie im Puff!«

Die Parfümflasche unter meinem Bett ist ausgelaufen.

In dieser Nacht begreife ich, daß auf morgen früh ein Übermorgen und noch ein langes, langes Danach folgen. Es wird aber keinen Ritchi mehr geben und keinen andern, der mich an die Hand nimmt. Ich muß lernen, allein zu gehen. Freilich habe ich Angst vor den Strafen, die mich erwarten – der Vater, die Erzieher in Karl-Marx-Stadt. Aber da ist noch etwas anderes, eine eigentümlich dickköpfige Kraft. Ohne Würde, hab ich erfahren, geht der Mensch kaputt.

Nach dem Frühstück halte ich Lehrer Lorenz auf: »Ich fahr nach Hause!«

Lorenz legt mir den Arm um die Schulter. »Bist also kein Gänseküken mehr. Aber so eilig ist es nicht. Deine Eltern sind doch benachrichtigt. Sicher werden sie dich abholen.«

Ich schüttle den Kopf. »Jetzt gleich – alleine!«

Der Lehrer schweigt lange. Dann brummt er: »Verstehe.«

Er begleitet mich fürsorglich bis zur Haltestelle. Im Bus erwische ich einen Fensterplatz und winke Lorenz zu. Ich hoffe, daß er es sieht.

Ich bin ihm nie wieder begegnet. Heute, im Nachhinein, glaube ich, daß er sehr unglücklich war. Er müßte jetzt ein sehr alter Mann sein. Und wenn ihm je der Zufall diese Zeilen zuspielt, dann soll er wissen, daß er mein ganzes weiteres Leben beeinflußt hat.

Der Bus bringt mich problemlos über die Grenze bis zu einem kleinen Ort mit dem Namen Groß Glienicke. Hier, ›In der Aue‹, ist Endstation. Mit anderen Fahrgästen warte ich auf den nächsten Bus in Richtung Potsdam. Wir müssen ziemlich lange warten. Anfangs duftet es angenehm frisch und kühl nach Wald, nach einer Weile jedoch trägt der leichte Wind den rauchigen Geruch von Gebratenem her, irgendwo wird gegrillt. Ich bekomme Hunger und frage laut ins Blaue hinein: »Wann kommt denn der Bus?«

»Viertelstündchen noch«, antwortet eine Frau. Sie steht direkt neben mir und fragt ihrerseits: »Wo soll's denn hingehen, junger Mann?«

Ich höre natürlich das übliche Mitleid in ihrer Stimme und entgegne unwillig: »Nach Hause!« Ich laufe hin und her und merke, daß mir die Leute respektvoll Platz machen.

Dann, noch im Einsteigen, fällt mir ein, daß in meiner Tasche nur die paar Westpiepen klimpern. Ich gebe der Schaffnerin ein Markstück.

»Schon gut«, murmelt sie, »aber rausgeben kann ich nicht.«

Am Bassinplatz, mitten in der Stadt, steige ich aus. Früher bin ich mit den Eltern hin und wieder den Weg zur Straßenbahnhaltestelle gelaufen. Dafür brauchten wir höchstens drei oder vier Minuten. Aber jetzt habe ich nichts als meinen weißen Stock.

Es hat angefangen zu regnen, regnet immer heftiger. Die Menschen verschwinden von den Straßen oder hasten an mir vorbei. Am Blumengeschäft falle ich beinahe über einen Pflanzenkübel, die der Inhaber vor das Schaufenster gestellt hat. Zwei Straßen muß ich überqueren. Es ist verdammt schwer, im rechten Winkel, also auf kürzestem Weg, hinüber zu gelangen.

Bei der zweiten endlich schlägt mein Stock gegen die Schienen, ich habe es geschafft.

Die Bahnfahrt kostet nur 15 Aluminiumpfennige. Aber auch die habe ich nicht. Prompt steigt an einer der nachfolgenden Haltestellen ein Kontrolleur zu. Ich hebe das Gesicht und mime den Unschuldigen. »Meine Mama hat bezahlt. Die mußte aber grad aussteigen. Ich fahre alleine nach Hause.«

Der Kontrolleur verlangt mißtrauisch: »Nimm mal deine Brille ab!« Ich gehorche.

Da murmelt der Mann: »Geht in Ordnung. Und gute Fahrt noch!«

Am Lindencafé in Babelsberg verlasse ich die Bahn, froh jetzt, denn das letzte Stück Fußweg kenne ich genau. Es regnet noch immer. Aber ich bin ungeduldig, will mich nicht unterstellen. Obwohl ich Bammel vor Vaters Strafpredigt habe, beflügelt mich die Freude auf zu Hause. Endlich kommt die HO-Gaststätte ›Zum Heinrich‹. Von da ab sind es nur noch wenige Schritte.

Ich steige die zwei Etagen hoch, und für einen Moment bin ich stolz auf mich, stolz, daß ich den langen, unbekannten und komplizierten Weg ganz allein geschafft habe. Übermütig lange drücke ich auf die Klingel, gleich wird Mutter aufmachen. Aber hinter der Tür rührt sich nichts. Ich klingle erneut und warte. Vergebens – es ist niemand zu Hause.

Enttäuscht lehne ich mich gegen die Tür, rutsche in die Hokke und klemme meinen Stock zwischen die Knie. Jacke und Hemd sind nass vom Regen, mich fröstelt. Hinter der Nachbartür kläfft der Rehpinscher von Frau Meißner, dann höre ich die Meißnern keifen, und es wird wieder still. Ich überlege, ob ich vielleicht bei Frau Wollmann klingeln soll. Aber ehe ich mich dazu aufrappeln kann, wird unten die Haustür aufgestoßen. Jemand rüttelt seinen Regenschirm aus, und dann erkenne ich Vaters schwere Schritte. Ich erhebe mich rasch und spüre nun doch einen Kloß in der Kehle.

Vater bleibt jedoch wortlos vor mir stehen.

»Papa«, flüstere ich, »du kannst ruhig…«

»Halt den Mund!« kommt es unwirsch zurück. »Rein mit dir!«

Vater schließt die Tür auf.

Auch in der Küche schimpft er nicht. Er setzt sich und fordert: »Hol dir trocknes Zeug! Du kannst in euer Zimmer. Inge und Karl-Heinz sind übers Wochenende auf Tour.«

Als ich zurückkomme, stehen auf dem Küchentisch zwei Flaschen Bier und Vater sagt: »Hock dich her! Trink und rede!«

Er schimpft auch jetzt nicht, hört zu und stellt nur manchmal eine Zwischenfrage.

Ich erzähle, daß wir in der Kneipe musiziert hatten, erzähle von dem Verweis, den wir erhielten, von Ritchis Hoffnung, in München geheilt zu werden, vom Auftauchen seiner Eltern und Ritchis plötzlichem Verschwinden. Nur von Süsann sage ich wieder nichts, unterbreche mich aber und frage übergangslos: »Wo is'n eigentlich Mama?«

»Hast du meinen Brief nicht bekommen?« fragt Vater zurück.

»Was'n für'n Brief?«

Vater steht auf, geht zum Fenster und spricht mit abgewandtem Gesicht: »Mutter liegt im Krankenhaus.«

Das trifft mich härter als jeglicher Wutausbruch. Ich stammle: »Seit wann denn? Wieso? Ich meine, warum?«

Statt einer Antwort entgegnet er: »Ich bringe dich Montag zurück nach Karl-Marx-Stadt. Du mußt deine Lehre beenden. Das ist dir doch hoffentlich klar?«

Ich nicke. »Können wir Mama besuchen?«

»Sie liegt auf der Intensivstation.«

Am späten Abend erlaubt mir Vater, statt auf der Wohnzimmercouch in Mutters Bett zu schlafen. Ins Kopfkissen vergraben rieche ich den vertrauten Duft von Lavendel. Schlafen aber kann ich nicht. Ich horche auf Vaters Atemzüge und höre ihn leise seufzen. Wir denken wohl beide an Mama. Ich drehe mich zu Vater hin und frage noch einmal: »Was – was fehlt ihr denn?«

»Das geht schon länger mit ihr. Eine Lebergeschichte…«, Vaters Stimme klingt streng. Aber ich höre sehr wohl die Sorge um Mutter heraus. »Sie hat zuviel getrunken, weißte ja selbst!«

»Hm, weiß ich. Aber früher – früher hat sie das nicht gemacht.«

»Früher nicht. Das hat erst vor acht, neun Jahren angefangen. Damals…« Vater schweigt unvermittelt.

Aber ich vollende den Satz lautlos für mich. ›Damals!‹ denke ich. Da ist er wieder, dieser heimliche, unausgesprochene Verdacht. Damals begann das mit meinen Augen. Leise frage ich: »Wegen mir, stimmt's?«

»Bist du verrückt?« Vater widerspricht energisch. »Spinne dir bloß nicht so 'n Quatsch zusammen. So was Verrücktes!... Schlaf jetzt!«

Ich denke trotzdem daran.

Am nächsten Tag fahren wir zur Besuchszeit ins Krankenhaus. Das Betreten der Intensivstation ist jedoch verboten. Wir dürfen nur durch eine Glasscheibe in Mutters Zimmer blicken. Vater flüstert: »Sie ist munter, sie winkt uns zu. Kannst auch winken, winke doch!«

Ich winke auf gut Glück gegen die Scheibe und rufe unwillkürlich laut: »Mama!«

Vater zischt: »Biste still! Sie hört dich sowieso nicht.« Und dann flüstert er wieder: »Weiter rechts!... Du mußt weiter nach rechts winken... Ja, so!... Ich glaube, sie sieht dich.«

Eine Stationsschwester mahnt, den Besuch abzubrechen. Wir gehen bedrückt über den Flur zurück, und zum ersten Mal legt sich beklemmend eine Ahnung von der Endlichkeit des Lebens auf meine Seele. Mir selbst zum Trost sage ich in Vaters Schweigen hinein: »Mama muß sich meinetwegen keine Sorgen machen. Ich schaff das schon, ich schaffe alles, Papa!«

Mit der Straßenbahn fahren wir zum Hauptpostamt, weil das auch am Sonntag geöffnet hat. Vater telefoniert mit Karl-Marx-Stadt und kündigt im Reha-Zentrum an, daß er mich morgen wieder zurückbringt. Dann entschuldigt er sich in seinem Betrieb für die Fehlschicht am Montag.

Am Abend poltern Ingeborg und Karl-Heinz fröhlich lärmend ins Wohnzimmer und erzählen von ihrer Wochenendtour ins Elbsandsteingebirge. Ich darf über Ingeborgs dick gewordenes Bäuchlein streicheln.

»In zwei Monaten ist es soweit!« verkündet sie stolz. Mir fällt sogleich das angefangene Kinderkörbchen ein. Das liegt nun in Karl-Marx-Stadt und wartet auf mich.

Mama

»Bei aller Nachsicht, Herr Berger, aber so leicht kommt Ihr Sohn nicht davon!«

»Er hat eine Dummheit gemacht und hat sie schließlich selbst korrigiert. Was wollen Sie noch?« Vaters Stimme klingt gereizt. Wir sind am Vormittag im Reha-Zentrum eingetroffen und sitzen jetzt dem Geschäftsführer gegenüber.

»Dennoch – es bleibt Republikflucht! Sie wissen, was das heißt!«

»Wie Sie unschwer sehen können, sitzt der Junge vor Ihnen!« Vater wird zunehmend wütend. Ich kenne den Ton sehr gut und befürchte, daß er gleich die Faust auf den Schreibtisch knallt.

Der Geschäftsführer scheint das auch zu spüren und lenkt ein. »Das fällt nicht alleine in meine Kompetenz. Schließlich ist es nicht nur eine pädagogische, sondern auch eine politische Frage. Da kommen wir nicht um eine Aussprache im Leitungskollektiv herum. Ich will sehen, was sich da machen läßt. Vielleicht eine strenge Rüge, ein Eintrag in Jakobs Akte. Das Gremium wird sich damit befassen und...«

»Dann befassen Sie sich mal!« unterbricht Vater entschieden und steht auf. »Ich hoffe, Sie vergessen über Ihren Phrasen nicht, nach den eigenen Fehlern zu suchen.« Er packt mich am Arm und zerrt mich vom Stuhl hoch. »Ich für meinen Teil ziehe es vor, den Jungen unter solchen Umständen wieder mit nach Hause zu nehmen. Basta!«

Ich protestiere leise: »Aber Papa...«

Der Geschäftsführer schiebt seinen Stuhl zurück. »So geht das nicht, Herr Berger!... Was unterstellen Sie uns da?«

Vater lehnt sich über den Schreibtisch. »Haben Sie die Jungs nicht bestraft, nur weil sie Musik gemacht haben und ein paar Mark verdienten? Vielleicht dämmert Ihnen, wer die Bengel vergrault hat, wer ihnen den Mist einbrockte!«

»Herr Berger, so laß ich nicht mit mir reden!«

»Ich auch nicht!« Vater packt mich erneut am Arm. »Komm, Großer, ab durch die Mitte!«

Wir verlassen grußlos das Zimmer.

Auf dem Weg ins Internat hoch, wir wollen auf Vaters Geheiß meine restlichen Sachen holen, erinnere ich mich an die Bank, auf der ich oft mit Süsann die Zeit verbrachte. Wir setzen uns, und ich scharre unschlüssig mit den Füßen im Vorjahrslaub. Hier, unter den Bäumen, riecht es wie immer nach Pilzen. Jemand ruft im Vorbeigehen: »Hei, Jakob, biste wieder da?« An der Stimme erkenne ich einen der Jungs aus meinem Schlafsaal.

Ich murmle einen Gruß und druckse herum. Endlich rücke ich mit der Sprache heraus: »Papa, nicht sauer sein – aber ich will nicht! Ich... ich will hier bleiben...«

»Jetzt quatsch keinen Stuß!« Vaters Stimme klingt noch immer verärgert.

Ich schlucke und nehme all meinen Mut zusammen: »Ich muß da durch!«

Vater hüllt sich in Schweigen, lange, sehr lange. Er kramt in der Jackentasche nach seinen Zigaretten, meint endlich: »Das wird aber verdammt nicht leicht!«

»Is' egal!«

Da knufft mich Vater in die Seite und hält mir die Zigarettenschachtel unter die Nase. »Willste?«

Wir rauchen stumm, hängen unseren Gedanken nach. Fast sind die Zigaretten aufgeraucht, da räuspert sich Vater und fragt: »Denkste manchmal noch dran, wie ich dich damals in Königs Wusterhausen abgeliefert habe? – ›Wenn's mir nicht gefällt, hau ich wieder ab!‹ haste gesagt... Jetzt biste erwachsen geworden.«

Vater fährt schließlich allein nach Babelsberg zurück und ich versuche, mich im Internat neu einzurichten.

Welker begrüßt mich zurückhaltend, beinahe abweisend. Er meint nur kurz angebunden: »Da ist Post für dich.« Ich reiße den Umschlag auf und Welker liest mir den Brief vor. Es ist Vaters Nachricht, daß Mutter im Krankenhaus liegt. Es steht nicht gut um sie, schreibt er und er bittet mich, übers Wochenende nach Hause zu kommen. Es war aber jenes Wochenende, an dem ich mich mit Ritchi davongemacht hatte.

Welker fragt leise: »Wie geht's ihr?«

Ich lasse den Kopf hängen, schlucke.

Welker spürt gewiß, wie mir zumute ist. Er räuspert sich und meint wortkarg: »Na, verschwinde!«

Die fehlenden Tage werden mir vom Jahresurlaub abgezogen, ich erhalte einen neuen Personalausweis und eines Tages sogar eine, für meine Verhältnisse, beträchtliche Summe ausgezahlt – die Blindenrente. Sie war nach dem sechzehnten Geburtstag fällig, und da hat sich seit dem Winter einiges angesammelt.

Die Jungen und Mädchen im Internat weichen mir anfangs aus. Es ist, als hätten sie sich abgesprochen. Manche verurteilen mich, die Mehrzahl aber ist einfach feige, sie hat Angst, eventuell der Sympathie bezichtigt zu werden. Heimlich freilich wollen sie immer wieder wissen, wie es ›drüben‹ gewesen sei und sind enttäuscht, wenn ich nichts Besonderes zu erzählen habe.

Zu Süsann finde ich keinen Kontakt. Sie geht mir aus dem Weg. Selbst wenn ich ihre Schritte auf der Treppe höre und erwartungsvoll stehen bleibe, läuft sie an mir vorbei, als sei ich gar nicht vorhanden.

Auch Onkel Anton reagiert verstimmt. »War ich dir vielleicht ein schlechter Lehrherr? Hast mich gekränkt, mein Lieber!« Ich bekomme aber meinen alten Platz zurück und kann die mühevolle Arbeit an Ingeborgs Kinderkörbchen wieder aufnehmen.

Die ersten Wochen vergehen, grad so wie Vater warnte – verdammt nicht leicht. Ich denke oft an Ritchi, zumal das Bett neben dem meinen lange Zeit leer bleibt.

Und dann kommt das Telegramm. Gleich nach der Mittagspause bittet Onkel Anton mich in sein kleines Büro. Dort wartet bereits Welker. Er schiebt mir einen Stuhl zu und sagt mit irgendwie bedrückt klingender Stimme: »Wir müssen mit dir reden.«

Ich glaube schon, daß es jetzt doch noch um die Republikflucht geht. Schließlich ist bisher von offizieller Seite kein

Wort mehr gefallen, und ich hatte schon gehofft, daß alles im Sand verläuft. Ich hole also tief Luft und warte.

Welker seufzt und stammelt: »Also, wir haben da eine Nachricht ... von, eh, von deinem Vater ... und ... und ich habe den Auftrag mit dir darüber zu reden... Du mußt jetzt sehr stark sein...«

Da legt Onkel Anton seine dicken Finger in meinen Nacken, unterbricht Welker und sagt grad heraus: »Deine Mutter ist gestorben.«

Ich brauche einen Moment, um den Satz zu verstehen, ohne ihn schon wirklich zu begreifen. Allmählich aber wird die dunkle Angst, die mich seit dem Besuch im Krankenhaus jedesmal anfällt, wenn ich an Mama denke, zur beklemmenden Gewißheit. Ich schiebe Onkel Antons Hand zur Seite, stehe auf und gehe wortlos aus dem Büro. Hinter mir sagt Onkel Anton zu Welker: »Laß ihn!«

Ich haste durch den säuerlich riechenden Flur, steige die Stufen hinab und laufe in den Park. Und die ganze Zeit fühle ich – Mama. Tief in meinem Inneren sehe ich ihr Bild: Mama in der Kittelschürze, wie sie mich an sich zieht und wegen der Froschaugen tröstet, ich sehe sie in Königs Wusterhausen, sehe ihr erstauntes Gesicht und den Leberfleck an ihrem Hals. Mir ist nach heulen zumute, aber es geht nicht. Ich werfe mich unter einen Baum und warte, daß irgend etwas geschieht. Es geschieht jedoch nichts, alles ist wie immer – nur ohne Mama.

Am nächsten Tag erhalte ich die Erlaubnis, nach Hause zu fahren. Aber ich schüttle den Kopf, will nicht. Vater, denke ich, ist gewiß ebenso traurig, dennoch wird er tags zur Arbeit fahren, wird mich einsam oder vielleicht mit Ingeborg in der Wohnung hocken lassen. Und in der Nacht müßte ich wieder in Mutters Bett schlafen. Da bleibe ich lieber hier im Reha-Zentrum bei den anderen. Ich klemme mich hinter mein Werkbrett, vor das störrische Flechtwerk, verbeiße mich in die Arbeit. Dabei denke ich oft an Mama. Jetzt kommen auch die Tränen. Ich wische sie schnell mit dem Handrücken oder mit dem Ärmel ab, damit die anderen nichts merken.

An einem Abend dann geschieht etwas unerwartet Schönes. Welker hat alle zu einem Hörspielabend in den Klubraum geladen. Einige lauschen interessiert, die meisten schwätzen leise, kichern auch und werden zischend zur Ruhe ermahnt. Ich sitze allein auf einer Couch am Fenster. Anfangs höre auch ich noch auf das Geschwafel aus dem Lautsprecher, aber bald wandern meine Gedanken wieder nach Hause. Ich schrecke auf, weil sich jemand zu mir herunter beugt und dicht vor mir flüstert: »Jakob?«

Es ist Süsann. Sie setzt sich neben mich. Ihre Hand berührt meinen Arm, gleitet herunter und blieb auf meinem Knie liegen. »Ich hab gehört ... deine Mutter... Ehrlich mal...« Sie zieht meinen Kopf sacht auf ihre Schulter. Ich rieche wieder die Haut an ihrem Hals und spüre ihren Atem.

Nach der Veranstaltung, im Haus ist einigermaßen Ruhe eingetreten, kauern wir wie früher auf der Treppe. Die alte Vertrautheit kehrt allerdings so schnell nicht zurück. Süsann sperrt sich, rückt gar eine Handbreit von mir ab. Ich suche stammelnd nach Entschuldigungen für all meine Dummheiten. Süsann schneidet mir das Wort ab: »Hör auf mit dem Quatsch! Denkste ich bin blöd? Ich hab längst begriffen!« Sie stockt, ihr entschlüpft ein leiser Seufzer und dann flüstert sie: »Mit uns das geht sowieso nicht ewig... Im Juli hab ich die Abschlußprüfung, dann mach ich die Mücke.« Auf einmal rückt sie nah an mich heran und haucht mir ins Ohr: »Aber es war schön mit uns, du Idiot...« Plötzlich beugt sie sich vor und drückt ihren Kopf in meinen Schoß.

Zur Beerdigung jedoch muß ich nach Babelsberg fahren. Am frühen Nachmittag treffe ich ein und finde es schon beinahe selbstverständlich, daß ich vom Bahnhof aus den Weg nach Hause mühelos und ohne fremde Hilfe schaffe.

Der Pinscher von Frau Meißner kläfft, bis mir Ingeborg die Tür öffnet. Sie ist allein. Vater und ihr Karl-Heinz sind auf Arbeit. Die Schwester drückt mich herzlich und stumm. Dabei ist ihr dicker Bauch im Wege, es ist genierlich und auch ein bißchen komisch.

Obwohl sie mit den Vorbereitungen zur Beerdigung sehr beschäftigt ist, brüht sie Tee auf und setzt sich einen Augenblick mit mir an den Küchentisch. Sie barmt, weil es so viel zu tun gibt – Kranz bestellen, Karten an Verwandte und Bekannte schreiben, für die Trauergäste im Gasthof ›Heinrich‹ eine Tafel reservieren lassen, Blumenläden abklappern, um ein paar Sträußchen zu ergattern, die man als einen letzten Gruß ins offene Grab wirft. Und sie warnt mich, bittet aufzupassen, weil die Blumen im Eimer unter dem Ausguß stehen. Außerdem paßt Ingeborgs Bauch nicht mehr in ihr dunkles Kostüm. Deshalb verzieht sie sich auch gleich nach dem Tee wieder ins Wohnzimmer und rattert auf der versenkbaren Nähmaschine an einem Kleid herum. Wir vermeiden beide, über Mama zu sprechen.

Auch am Abend, mit Vater und Karl-Heinz am Tisch, wird Mutter nicht wirklich erwähnt. Alle Gespräche drehen sich um die morgige Zeremonie auf dem Friedhof und um die Hoffnung, daß der Redner nicht allzuviel Unsinn schwätzt. Ich komme mir irgendwie ausgeschlossen vor. Vielleicht platze ich aus diesem Grund mitten ins Gespräch: »Ich hab 'ne Freundin in Chemnitz.«

»Karl-Marx-Stadt! Das heißt Karl-Marx-Stadt!« wirft Karl-Heinz grob ein.

»Sag ich doch!« maule ich.

Ingeborg aber will sogleich Genaueres wissen, fragt nach ihrem Namen, fragt, ob ich denn weiß, wie sie aussieht, wie alt sie ist, ob sie auch Korbmacherin wird. Und nach einem kleinen Zögern kommt schließlich in schelmischem Ton die Frage: »Habt ihr schon…?«

Ich fühle, daß ich rot werde und statt einer Antwort grinse ich verlegen.

Vater scherzt: »Mach mich bloß nicht auch noch zum Großvater.«

Als ich gestehe, daß auch Süsann blind ist, schweigen alle betreten.

»Geht denn das?« will Ingeborg wissen.

Ihr Karl-Heinz lacht auf. »Ach, wenn man's richtig organisiert…«

Vater schneidet jede weitere Bemerkung ab: »Jetzt laßt den Jungen in Ruhe. Ist schließlich seine Sache!«

Ich bitte, im Wohnzimmer schlafen zu dürfen. Vater hat dafür Verständnis. Während Karl-Heinz mir die Couch auszieht, bringt Vater allerdings doch das Bettzeug von Mutter.

Am nächsten Morgen quetschen wir uns in den ›Trabbi‹, das neue Auto des Schwagers. Ingeborg muß wegen ihres dicken Bauches vorn sitzen. Zuerst fahren wir zum Blumengeschäft. Karl-Heinz hat einen Kranz bestellt. Vater und Karl-Heinz holen ihn ab. Er ist aber so riesig, daß er nicht in den Kofferraum paßt. Ich verharre mit Ingeborg schweigend im Auto. Über uns schurrt und kratzt es. Die Männer packen den Kranz aufs Wagendach.

In der kühlen Friedhofskapelle nehmen wir zu viert in der ersten Reihe Platz. Hinter uns sitzen Arbeitskolleginnen von Mutter und die gesamte Hausgemeinschaft, sogar Frau Meißner ohne ihren Pinscher. Mir fällt die Beerdigung von Ralf Wollmann ein, der Froschauge zu mir gesagt hatte, und ich kann mir genau vorstellen, daß vor uns der Sarg steht. Nur, daß darin jetzt Mama liegt. Es riecht süßlich und nach feuchten Blumen.

Später laufen wir langsam die schmalen Friedhofspfade hinter dem Sarg her. Ich habe mich bei Ingeborg eingehenkelt. Es ist empfindlich kühl an diesem Tag und von vorn bläst uns ein kräftiger Wind ins Gesicht.

Schließlich sitzen wir an der vorbestellten Tafel im ›Heinrich‹. Die Gäste gießen sich gegenseitig Kaffee ein, mampfen Kuchen und quatschen über Gott und die Welt. Karl-Heinz streitet sich mit Mamas Kolleginnen über die Arbeit und irgendeinen politischen Kram. Hin und wieder wird sogar gelacht. Nur Vater und ich sind still.

Das alles ist lange her. Als ich in dem kalten Klinikkeller, zwischen zwei Bombenangriffen, zur Welt kam, war Mutter dafür eigentlich schon nicht mehr jung genug. Ich war ein Urlauberkind, so ein ungewolltes, im Krieg gezeugt aus Angst, aus dem heißen Wunsch, sich zu verkriechen, in irgend etwas hinein – Vater in Mutter. Vielleicht war ich zu meiner Geburt noch halbwegs gesund. Aber da war der Nachkriegshunger, Vitaminmangel, fehlende Mineralstoffe. Weil sie mein Schreien nicht ertragen konnte, stillte Mutter mich im Sinne des Wortes, selbst als sie schon ausgepumpt war. Und an ihren Oberschenkeln hatte sie große, schwer heilende Furunkel. Wenn wir zum Baden gefahren sind, konnte man die Narben noch sehen, und es war ihr auch in späteren Jahren peinlich.

Da der Verfall meiner Augen so langsam und schleichend verlief, hoffte ich immer, die Zeit würde Mutter helfen, meine Blindheit anzunehmen, so wie ich selbst auch. Aber es war immer nur Schmerz und hilfloses Zusehen, Ängste, für die es kein Analgetikum gab. Nur Wodka. Damals. Sie hat sich in heimlichem Kummer aufgezehrt, sie ist arbeiten gegangen und hat mir den Rest ihrer schwachen Kraft gegeben. Und sie hat nur ganz selten geheult dabei, sie hat sich zusammengenommen oder, ich weiß nicht, einem Instinkt folgend, eine harte Stimme gehabt und mich angetrieben. Ohne sie wäre ich nicht das geworden, was ich bin. Ich liebte sie sehr, wenn ich ihr das auch nur selten gezeigt habe.

Auch die Eltern haben sich geliebt, das weiß ich besser als jeder andere, besser vielleicht, als sie es selbst voneinander wußten. Manchmal hat Vater die Wodkaflasche im Spülstein ausgekippt. Mitunter aber, an den Sonnabenden gegen Abend zu, hat er kräftig mitgetrunken. Das waren schöne Stunden. Mutter spielte Gitarre und sang dazu mit heller Stimme. Vater begleitete sie auf seiner Mandoline.

Über Mutters Schwächen hat Vater meist hinweggesehen. Nur einmal erlebte ich, daß er die Schubfächer wütend aus dem Küchenschrank zerrte und ihren Inhalt wahllos auf das abgetretene Linoleum kippte. Irgend etwas hatte er gesucht, vielleicht Schnürsenkel oder die Schere. Aber in den Schubfächern war ein heilloses Durcheinander. Sie waren vollgestopft mit allem, was Mutter unter die zittrigen Finger geriet. Mutter kroch stundenlang über das Linoleum und sortierte alles säuberlich wieder ein – bis zum nächsten Durcheinander.

Jetzt liegt sie auf dem Hang des Friedhofs, dort, wo mir am Vormittag die Sonne auf den Buckel scheint, wenn ich ihr, selten genug, Blumen vorbeibringe. Ich gehe dann vom Tor aus den Kiesweg entlang bis zu der Zisterne, rechts davon fühle ich die borkige Rinde einer Birke, nach fünfzehn Schritten duftet im Sommer Lavendel. Vater hat ihn um den Grabstein gepflanzt.

Die Beerdigung war für uns alle ein harter Tag. Ich bin sehr müde. Aber einschlafen kann ich lange nicht. Vater setzt sich noch einen Augenblick zu mir, fragt dies und das, möchte wissen, wie es in der Reha läuft. Am Ende erkundigt er sich auch nach Süsann: »Wie geht's dem Mädel?« Und er ergänzt: »Bring sie doch mal mit!... Schade, daß Mutter sie nicht mehr erlebt...« Dann schweigt er lange, seufzt tief und flüstert: »Sie fehlt mir, Junge, du glaubst gar nicht, wie sehr sie mir fehlt...«

Mir fällt jener Sommertag ein, an dem ich mit den Eltern und mit Ingeborg in Sanssouci spazieren war. Damals konnte ich noch recht gut sehen. Wir verweilten allesamt auf der kleinen Brücke über dem schmalen, aber tiefen Kanal, beugten uns über das Brückengeländer und spähten nach den Fischen. Mutter hatte spielerisch ein Bein zwischen die Stäbe des Geländers geschoben. Da rutschte ihr ein Schuh vom Fuß und fiel unrettbar ins Wasser. Mutter warf den zweiten wütend hinterher und ist barfuß gelaufen. Wir haben viel gelacht damals.

Unter der Buche

Mein Zug, der mich zurück nach Karl-Marx-Stadt bringen soll, trifft mit so großer Verspätung in Leipzig ein, daß ich den Anschluß verpasse. Die nächste Verbindung fährt am späten Abend. Deshalb stehe ich erst kurz vor Mitternacht vor dem verschlossenen Reha-Zentrum.

Der Pförtner hat längst Feierabend. Meine Rufe verhallen wirkungslos. Da werfe ich kurz entschlossen Tasche und Stock übers Tor, taste die eisernen Streben nach einem Halt für Hände und Füße ab und klettere hinüber. Allerdings brauche ich danach ein Weilchen, um Tasche und Stock wiederzufinden.

Am Internatsgebäude vermeide ich, die Nachtaufsicht herauszuklingeln, um Vorwürfen aus dem Weg zu gehen. Viel einfacher ist es, durch das Fenster in den Jungenschlafsaal zu klimmen. Mit dem Stock zähle ich die Fensterreihen ab und klopfe dann sacht gegen jenes, von dem ich glaube, es sei der Schlafsaal. Natürlich sehe ich nicht, daß hinter den Scheiben noch Licht brennt. Es ist Welkers Zimmer. Der Betreuer reißt das Fenster auf, erkennt mich und öffnet mir die Tür. Ich kann manierlich eintreten.

Glücklicherweise meckert er nicht, weil er weiß, wo ich herkomme. Er fragt nur: »War's schlimm?«

Ich zucke mit den Achseln, will mich schon abwenden. Da hält er mich am Arm zurück, meint leise und etwas steif: »Wir hatten Leitungssitzung. Mit Rücksicht auf – also, auf deinen Verlust, wurde beschlossen, die Sache Republikflucht auf sich beruhen zu lassen... Und jetzt ab in die Falle. Um sechs ist die Nacht rum!«

Mir ist auf einmal, als würde Mutter noch jetzt die Hand über mich halten.

»Nacht!« murmle ich und trolle mich in den Schlafsaal.

Am nächsten Morgen horche ich auf Süsanns Schritte. Aber beim Durcheinander während des eiligen Frühstücks, in der allgemeinen Hast auch des Aufbruchs zum pünktlichen Arbeitsbeginn überhöre ich sie. Und nach ihr rufen mag ich nicht.

Die Sonne brennt schon in der Frühe, verspricht einen heißen Sommertag.

Onkel Anton hat für mich Weidenruten geweicht und geschmälert. Und wie meine Hände über das Kinderkörbchen gleiten, merke ich, daß ein Teil des oberen Randes, den wir Zuschlag nennen, bereits geflochten ist. Onkel Anton hat nachgeholfen. »Da staunst du, was?« brummt er und dann führt er geduldig wieder meine ungeduldigen Finger.

Ich schwitze in dem feucht warmen Raum. Aber die Ruten gehorchen endlich, fügen sich geschmeidiger meinen Absichten. Wie Onkel Anton am späten Nachmittag in die Hände klatscht und ›Feierabend‹ verkündet, bin ich mit meiner Arbeit einigermaßen zufrieden.

Gleich nach dem Abendbrot treffe ich endlich Süsann. Sie flüstert mir zu: »Komm!«, sucht meine Rechte und zieht mich hinter sich her in den Park.

Sie geht so sicher mit mir unter den Bäumen den Weg hoch, als könne sie sehen. Auf einmal zieht sie mich zur Seite, und wir drücken uns durch dichtes Unterholz. Die Zweige schlagen mir ins Gesicht. Unter einer glattrindigen Buche setzen wir uns dicht nebeneinander. »Hier war ich ein paarmal«, flüstert Süsann, »kommt kein Mensch her…«

Wir schweigen beide, lange. Um uns her sirren Mücken. Süsann klatscht mit den Händen nach den aufdringlichen Biestern. Ich ziehe meine Knie bis unters Kinn, schlinge die Arme herum, auf eine glückliche Weise befangen wie immer, wenn ich mit Süsann allein bin. Vaters Bemerkung fällt mir ein: ›Bring sie doch mal mit!… Schade, daß Mutter sie nicht mehr erlebt…‹

Süsanns Linke sucht mein Gesicht, sie fragt: »Woran denkst du?«

»Ach, nichts«, antworte ich, »an Mama…!«

Da streichelt sie mich und sagt leise: »Du bist 'n Seltsamer. Ich mag dich…« Sie stockt und sucht meinen Mund. Ihre Lippen und ihre Zunge schmecken, als hätte sie gerade in einen reifen Apfel gebissen.

Als wir atemholend wieder auseinanderfahren, haben sich unsere dunklen Brillen ineinander verhakelt und fallen herunter. Süsann lacht: »Scheiße!«

Wir tasten suchend das Vorjahrslaub ab. Statt der Brillen bekomme ich aber Süsanns Knie zu fassen. Da fährt sie jäh herum und läßt sich auf den Rücken fallen. Sie zerrt an ihrem Rock und schiebt meine Hand zwischen den Schenkeln hoch bis zu ihrem Schoß.

Erst nach einiger Zeit hören wir die Insekten wieder summen, und Süsann flüstert an meinem Ohr: »Mich piekt was.« Es sind die Brillen. Laub und weiches Erdreich haben verhindert, daß sie kaputt gingen. Aber verhakelt sind sie noch immer. Und gesichtslos, wie wir beide sind, können wir dem nicht abhelfen.

Welker friemelt sie uns dann noch am gleichen Abend auseinander. Während er die feinen Schräubchen nachzieht, meint er spöttisch: »Glaubt ihr, daß das gut geht mit euch?«

Süsann entgegnet schnippisch: »Ein Weilchen!«

Und ich fühle mich ertappt, das Blut steigt mir zu Kopf, der alte Trotz regt sich und ich setze sogleich noch eins drauf: »Ich – wir – also wir wollen – nun ja, wir wollen von jetzt ab zusammensitzen.« Ich stottere, das ärgert mich. Da räuspere ich mich und ergänze: »Zum Frühstück, zum Abendbrot und überhaupt!«

Fast bin ich sicher, daß Welker zustimmt. Da sagt Süsann neben mir mit fester Stimme: »Lieber nicht!«

Ich setzte rasch die Brille wieder auf, als könne ich dahinter mein Erschrecken verbergen.

Welker meint: »Na, schiebt ab!« Er drängt uns zur Tür. »Macht das unter euch aus!«

Im Flur gehe ich wütend vor Süsann her, wäre ihr am liebsten davongelaufen. »Warte!« sagt sie da mit beinahe befehlender Stimme. Sie zieht mich in eine Fensternische und faucht: »Wenigstens fragen kannste mich vorher!« Und da ich nicht antworte, fährt sie fort: »Zusammenhocken wie'n Pärchen, und die anderen quatschen drüber. Ich kenne den Scheiß von meiner Mutter, die hängt auch immer mit einem rum, dabei weiß sie ganz genau... Ach, was soll's!« Sie trommelt mit den Fingernägeln nervös gegen die Scheibe. »Ich weiß inzwischen, wie alt du bist.«

Ich fühle, wie mir das Blut zu Kopf steigt. Süsann hört mit ihrer Trommelei auf. Es wird still zwischen uns.

»Na ja«, flüstere ich verlegen, »ist doch egal. Oder? Mein Vater hat mich gefragt, ob du mal mitkommen willst. Ich meine, nach Babelsberg...«

»Ich muß büffeln!« Ihre Stimme klingt abweisend. »In ein paar Wochen mach ich den Abschluß. Dann geh ich weg!«

Es tut weh. Und ich verstehe nicht. Grad haben wir doch noch unter der Buche gelegen. Alle Hoffnungstore waren weit geöffnet. Und jetzt – als sei gar nichts gewesen. Auf einmal geschieht etwas Sonderbares, geradezu Wahnsinniges: Ich glaube, Süsanns Gesicht zu sehen, richtig zu sehen, grau und farblos. Aber es ist da, so, wie Ritchi es beschrieben hatte – der Lokkenkopp, die feine Nase, die dunklen Gläser der Brille und darüber, auf der Stirn, eine harte Unmutsfalte. Es ist nur ein winziger Moment, wie ein Vorüberhuschen, ein Augenblick, wie die Sehenden sagen. Dann ist es schon wieder vorbei.

Süsann muß meine Verwirrung spüren. Sie sucht meine Hand. »Hab dich nicht so, Mann. Ist doch noch 'ne Weile hin.«

Vor dem Zapfenstreich sitzen wir wieder auf der Treppe. Mädchen und Jungen wieseln an uns vorbei, stören uns. Dabei könnte ich Süsann mit meinen Händen deutlich machen, daß ich kein junger Spund mehr bin. Süsann erzählt von ihren Prüfungen und Abschlußarbeiten, wie man die dreifachen Klaviersaiten mit einem Streifen aus Filz abdämpft, schwätzt vom Temperieren, der Oktaveinteilung in zwölf gleich weit entfernten Halbtonschritten, vom Baß und Diskant. Am liebsten möchte ich sie unterbrechen, möchte ihr sagen, daß ich mich schließlich schon jeden Tag rasieren muß. Was für eine blöde Bemerkung! Da schweige ich lieber, selbst verstimmt wie das alte Klavier vom ›Wilden Mann‹.

In den nächsten Tagen will mir die Arbeit nicht von der Hand gehen. Immerfort denke ich an Süsann, an Mama, auch an Ritchi. Ich fühle mich auf seltsame Weise einsam, wie verloren in meiner Dunkelheit. Gedankenschwer hocke ich neben der Weichwanne und vor dem schrägen Werkbrett, und meine Finger fummeln an dem dämlichen Zuschlag. Onkel Anton ist unzufrieden

Und wie er mich wieder einmal nachsichtig kritisiert, kippt mein Weltschmerz um in einen jähen Zorn. Ich habe die Schnauze voll, von Onkel Antons unendlicher Geduld, von allem, was mit mir passiert, reagiere jäh und unbeherrscht, hebe den Fuß und gebe meinem Werkbrett mitsamt dem Körbchen einen so heftigen Tritt, daß beides quer durch die Werkstatt schlittert. Die Gespräche der anderen verstummen augenblicks, jemand lachte leise auf.

Onkel Anton dreht sich von mir ab. Ich höre, wie er Körbchen und Werkbrett wieder vor meine Füße schiebt und stumm an ihren Platz rückt. Dann aber sagt er mit Nachdruck und sehr bedacht: »Troll dich!«

Ich gehe mit durchgedrücktem Kreuz davon. Natürlich weiß ich, daß ich mich unmöglich benehme. Ich komme mir vor, wie einer dieser politischen Menschen, von denen wir in den Radionachrichten hören, die auch immer alles besser wissen und immer alles falsch machen.

Draußen setze ich mich auf die Stufen. Vom Nachbarhaus, in dem die Klavierstimmer ausgebildet werden, klingen helle Akkorde. Es ist, als hingen die Töne in den hohen, schattenwerfenden Bäumen. Süsann, denke ich und muß schlucken. Ins Internat traue ich mich nicht. Welker könnte mich erwischen und Fragen stellen. Da stehe ich auf, vergrabe die Hände in den Hosentaschen und schlendere davon, einfach so. Ich gehe die Parkstraße entlang wie einst in Königs Wusterhausen, einen Fuß auf dem Kiesweg, den andern auf dem weichen Erdreich der Rabatten. Das Haus 8 d suche ich auf, die Metallverarbeitung.

Im Treppenhaus steige ich vorsichtig dem Lärm der Maschinen nach, ertaste eine Stahltür, und gleich darauf empfängt mich der vertraute Lärm und der Geruch von heißem Öl und Eisenspänen. Hier also durfte Ritchi arbeiten.

Ein bißchen verloren stehe ich neben der Tür, weiß auf einmal nicht, was ich hier soll. Jemand tritt auf mich zu. Eine strenge Männerstimme fragt: »He, was gibt's?«

»Ach, nichts eigentlich«, antworte ich verlegen, »bloß so... Mein, eh, mein Freund hat hier gearbeitet.«

»Ja, und?«

»Ich wollte auch. Wir hatten in Königs Wusterhausen 'ne Drehbank und alles.« Ich muß laut sprechen, um das Surren und Pfeifen der Maschinen und Geräte zu übertönen. »Aber man hat mich zu den Korbmachern gesteckt.«

»Verstehe!« Der Mann schiebt mich mit sanftem Druck bis vor eine still stehende Maschine. »Dann erklär mal!«

Meine Hände fahren über die Metallteile. »Is' 'ne Drehbank, 'ne Revolverdrehbank.« Und dann zähle ich die Einzelteile auf: »Der Spindelstock, der Schlitten, das ist 'n Reitstock. Und das hier der Revolverkopf – sind Bohrer dran, stimmt's?« Ich merke selbst, daß es ein bißchen angeberisch klingt.

»Stimmt! Wer war'n dein Freund?«

In meiner Begeisterung überhöre ich das plötzlich mitschwingende Misstrauen. Ahnungslos entgegne ich: »Richard Metzke, der ist aber…«

»Alles klar!« Die Stimme des Mannes klingt auf einmal harsch und abweisend. »Du bist der Berger. Dann verzieh dich mal in deine Korbmacherei zu Seidel Anton.« Er gibt mir einen unwilligen Schubs in Richtung Stahltür.

Der unerwartete Stoß wirft mich für einen Moment auf all das zurück, was ich längst vergessen glaubte. Ich wende mich stumm ab und suche den Weg nach draußen. Hinter mir schlägt die Stahltür mit einem dumpfen Laut zu.

Der Tag vergeht unendlich langsam. Ich drücke mich im Park herum, und nach dem Abendbrot suche ich Süsann wie einen Trost. Wir müssen ja gar nicht reden, nicht von Liebe und nicht von dreifachen Klaviersaiten. Nebeneinander sitzen und Nähe spüren – mehr will ich nicht. Aber Süsann ist nicht da. Die Mädchen sagen mir, daß sie irgendwo an einer schriftlichen Arbeit für die Abschlußprüfung tippt.

Am nächsten Morgen stehe ich mit hängendem Kopf vor Onkel Anton und bitte: »Entschuldigen Sie!«

Das Wetter bleibt den ganzen Juni über trocken und warm. Wenn Süsann sich am Abend frei machen kann, liegen wir unter unserer Buche. Die Brillen verhakeln sich nicht mehr, darauf achten wir. Alles ist wunderbar aufregend. Nur wenn wir uns hochrappeln und zurück ins Internat schlendern, wird mir schwer ums Herz. Ich zähle die Wochen, die uns noch bleiben.

Der letzte flüchtige Kuß auf der Treppe vor dem Zapfenstreich ist jedes Mal wie ein kleiner bitterer Abschied.

An einem solchen Abend liest mir Welker, kurz vor der Schlafenszeit, ein Telegramm vor. Es kommt von Vater oder von Karl-Heinz. »Bist Onkel geworden. Ein Jakob. Alle gesund. Die Familie«.

Die Nachricht regt mich ungeheuer auf. Jetzt gibt es also noch einen zweiten Jakob in der Welt. Obwohl ich nach dem Erlebnis unter der Buche reichlich müde bin, kann ich lange nicht einschlafen. Ich versuche, mir Ingeborg als Mutti vorzustellen. Es will mir nicht recht gelingen. Immer schiebt sich das Bild unserer Mama davor. Als ich zur Welt kam, hätte sie keine Telegramme verschicken können. Ihre Eltern, Opa und Oma, waren bei einem Bombenangriff in Berlin ›verschütt gegangen‹ und Papa, in Gefangenschaft, hatte keine Adresse. In Gedanken wünsche ich dem neuen Jakob ein gutes Leben und vor allem offene Augen.

Am anderen Tag erzähle ich Onkel Anton, daß ich nun selbst ein Onkel bin. »Wart's ab«, sagt er lachend, »zu einem Onkel gehört mehr als ein neugeborenes Kind. Den Onkel mußt du erst noch lernen.« Dann schiebt er mich an der Weichwanne vorbei hinter mein Werkbrett. »Und jetzt Beeilung, damit dein Körbchen fertig wird, ehe der Neffe heiratet. Ich kümmre mich in der Schreinerei um ein Fahrgestell.«

Drei Tage später schraubt er das Gestell an und klopft mir auf die Schulter – das Wägelchen ist fertig. Meinen Händen gefällt es, und ich bin mächtig froh. Onkel Anton freilich korrigiert noch daran herum und schränkt brummelnd ein: »Bissel instabil, wie? Für'n Meister reicht's nicht, Lausebengel. Aber das hat ja noch Zeit.«

Zeit! Was ist das für ein Begriff, wenn man sechzehn ist und ungeduldig. Zeit ist noch kein immerwährendes Kommen und Gehen, es gibt nur ein Jetzt. Und jetzt ist das Körbchen fertig, jetzt hätte ich die Schwester gern damit überrascht. Das aber erweist sich als schier unmöglich. Daran haben wir nicht gedacht, weder Onkel Anton noch ich: Selbst wenn man mich am Bahnhof in Berlin oder Potsdam abholen würde – das Korbwägelchen reicht mir bis zur Hüfte und zwei Männerarme können es kaum umfassen. Allein die Vorstellung, daß ich beim Umsteigen in Leipzig damit über die Bahnsteige kurve ist reichlich komisch.

Schließlich jedoch kommt mir wieder einmal der Zufall zu Hilfe. Es ist ein Freitagabend. Ich will mich mit Süsann soeben zu unserer Buche stehlen, da hält uns ein Ruf von Welker auf: »Jakob! Besuch für dich!«

Süsann will sich sofort zurückziehen. Aber ich suche mit der Linken ihre Hand, halte sie fest, und so gehen wir beide über den Flur auf Welker zu.

Statt eines Grußes empfängt uns eine dröhnende Stimme: »Hallo, da staunst du, was?«

Unsicher frage ich nach: »Karl-Heinz?«

»Wer sonst?« kommt es zurück.

Ich staune wirklich, bin auch ein wenig verwirrt. Mich hat hier noch nie irgendwer besucht. Und jetzt – ausgerechnet Ingeborgs Mann, Schwager Schmalfuß. Er klopft der erschreckten Süsann auf die Schulter. »Und wen haben wir denn da? Die reinste Blume – wirklich schade…!«

Er begreift offenbar, wie blöd er sich benimmt, schweigt verlegen. Welker räuspert sich und schlägt vor: »Vielleicht wollt ihr euch in den Gemeinschaftsraum setzen?«

»Ach, was«, entgegnet Karl-Heinz, »raus an die Luft!«

Im Park setzen wir uns auf eine Bank. Süsann habe ich nicht losgelassen. Und sie folgt ohne Protest, setzt sich stumm neben mich.

Karl-Heinz richtet Grüße von Vater und Ingeborg aus und berichtet begeistert von Säugling Jakob, erzählt, daß er pummelig sei, acht Pfund wiegt und des Nachts schon durchschläft. »Ein Prachtbursche, sieht mir ähnlich, sagen alle«, prahlt er, »hat große blaue Augen. Strahlt mich an und grinst.«

Dann kommt er endlich auf den Grund seines Besuches. Er muß gleich weiter, fährt nach Schneeberg im Erzgebirge. Dort wird er in seiner Gesellschaft für Sport und Technik eine neue Funktion übernehmen. Er bekommt auch eine kleine Wohnung und zieht demnächst mit Ingeborg und dem Säugling hin. Und weil Karl-Marx-Stadt am Wege liegt, hat Ingeborg ihn beauftrag, das Reha-Zentrum, also mich, zu besuchen. »Da bin ich, aber ich muß gleich wieder weg! Höchste Eisenbahn!«

Ich erzähle ihm rasch von meinem Geschenk für Ingeborg und ihren Sohn und bitte ihn, das Körbchen im Auto mitzunehmen.

»Donnerwetter! Alles klar!«. Er freut sich wirklich, boxt mich in die Seite.

»Es gibt aber ein Problem«, gestehe ich. »Das Körbchen steht in der Werkstatt. Und die ist am Abend zu. Unser Betreuer muß erst den Schlüssel aus der Verwaltung holen.«

»In Ordnung!« Karl-Heinz springt auf. »Dann komme ich morgen auf dem Rückweg noch mal vorbei. Organisiere das inzwischen! Euch beide nehme ich dann gleich mit. Ist doch Wochenende.«

Süsann haucht an meinem Ohr: »Bitte nicht…«

Da sitze ich wie zwischen zwei Feuern. »Mal sehen«, sage ich. Karl-Heinz verabschiedet sich. Seine Schritte knirschen über den Kies und dann ist er fort.

Süsann fragt: »Sind sie alle so bei euch?«

»Wie?«

»So – so vordergründig. Er hat sich nicht einmal erkundigt, wie's dir geht.«

Ich erzähle ihr, daß Ingeborg sich in der Nacht vor der Hochzeit an mein Bett setzte und geflennt hat.

Sie lehnt ihren Kopf gegen meine Schulter, flüstert: »Du wirst sehen, nichts ist von Dauer, nichts…« Ihr Haar kitzelt mich an der Wange. Es riecht aufregend nach ihrer Haut und ein wenig nach Shampoo. Ich möchte sie in die Arme nehmen. Gleichzeitig aber erschreckt mich ihr Satz. Er ist an mich gerichtet, er gilt uns.

Süsann erhebt sich. »Ist spät!« sagt sie. Und sie hat recht. Für unsere Buche ist keine Zeit mehr. Ich muß Welker aufsuchen, muß mich um das Körbchen kümmern.

Auf dem Rückweg ins Internat bemerkt Süsann wie beiläufig: »Wenn ich den Abschluß habe, geh ich vielleicht nach Rostock. Die suchen 'n Klavierstimmer am Theater.«

Ich presse die Lippen aufeinander, antworte nicht, ich will's nicht gehört haben.

Bis zur Wiederkehr von Karl-Heinz am nächsten Vormittag quält mich die Frage, ob ich mit ihm nach Hause fahren oder bei Süsann bleiben soll. Die Liebe zu Süsann hält mich hier, es ist wie eine Sucht nach ihrer Nähe, nach Berührung, nach ihrem Atem. Eine ganz andere Liebe aber zieht mich zu Vater und zu Ingeborg, Heimwehliebe. Und da ist auch die Neugier auf meinen kleinen Namensvetter.

Süsann sagt: »Fahr! Ich habe sowieso Probe und keine Zeit für uns!«

Ich möchte sie hassen dafür. Sie ist aber nicht gleichgültig, sie ist vernünftig. Nächste Woche, am Sonntagnachmittag, das weiß ich, geben die Klavierstimmer ein kleines Konzert. Es ist als ein Höhepunkt ihrer Abschlußprüfungen gedacht. Süsann muß sich vorbereiten. Also muß ich auch vernünftig sein.

Ich drücke mich in den ›Trabant‹ von Karl-Heinz, den Stock klemme ich zwischen meine Knie. Das Körbchen haben wir auf dem Rücksitz verstaut. Während der langen Fahrt kommen wir uns ein wenig näher. Karl-Heinz fragt mich nach dem Leben in der Reha aus. Und ich habe den Eindruck, daß er ernsthaft interessiert ist. Am Ende aber will er mehr über Süsann wissen. Da antworte ich einsilbig, schweige bald.

Über Nacht ist das Wetter umgeschlagen. Es beginnt heftig zu regnen. Auf der Autobahn stemmt sich ein stürmischer Wind gegen den kleinen ›Trabbi‹, wir kommen nur langsam voran. Karl-Heinz flucht. Die Scheibenwischer klacken nervös hin und her. Während Fahrtwind und Sturm sich an der Windschutzscheibe dicht neben meinem Ohr wütend streiten, denke ich zum ersten Mal wirklich über mich und Süsann nach. Mir fällt auf, daß ich eigentlich nichts sagen könnte, selbst wenn ich auf die Fragen von Karl-Heinz antworten wollte. Süsann ist mir um zwei Jahre voraus. Später, denke ich, wenn man älter geworden ist, macht das vielleicht keinen Unterschied mehr. Aber jetzt bin ich ihr in irgendeiner Weise immer unterlegen. Die Leute sagen, Liebe mache blind, mich macht sie wehrlos. Ich möchte endlich erwachsen sein, richtig erwachsen.

Karl-Heinz fragt nach meinen Hobbys. Was für eine dämliche Frage. Sehen! Mit der Nase, mit der Zunge, den Ohren und den Händen sehen, das ist mein Hobby. Ich grinse und sage: »Briefmarken, ich sammle Briefmarken.«

»Finde ich gut. Hab ich früher auch gemacht«, entgegnet er.

Nein, er versteht wirklich nichts. Wir schweigen aneinander vorbei, bis wir vor der Haustür halten.

Während Karl-Heinz das Auto durch die Toreinfahrt auf den Hof bugsiert, schleppe ich den Körbchenwagen allein und ohne anzuecken beide Etagen hoch. Hinter der Tür von Frau Meißner ist es still, der Pinscher kläfft diesmal nicht. Vater öffnet auf mein Klingeln und ich schiebe den Wagen mit lautem »Tatütata!« an ihm vorbei in den Flur.

Ich hatte gehofft oder vielmehr erwartet, daß Ingeborg sich ein wenig freut. Aber sie ist geradezu überwältigt, umarmt mich immer wieder und schluchzt sogar. Auch Vater drückt mich und knurrt: »Teufelsbraten...«

Ehe Karl-Heinz mit dem restlichen Gepäck und meinem Blindenstock nach oben kommt, höre ich ein leises Greinen. Ingeborg führt mich in ihr Zimmer.

Der kleine Jakob liegt in Mamas ehemaligen Wäschekorb. »Aber jetzt«, sagt die Schwester, noch immer gerührt, »jetzt bekommt er sein eigenes Bettchen.« Sie hebt ihn hoch und legt ihn mir vorsichtig in die Arme.

Ich spüre seinen Atem an meiner Wange, das seidenweiche Haar. Er brabbelt leise vor sich hin und riecht seltsam gut, irgendwie nach warmer saurer Milch. »Er guckt dich an«, sagt Ingeborg.

»Hallo«, flüstere ich, »hallo, Jakob...«, und bin mit einem Male sehr froh, daß Süsann gesagt hat: »Fahr!«

Nach dem gemeinsamen Abendbrot erzählt mir die Schwester, daß Frau Meißners Töle von einem Auto überfahren wurde, und die Nachbarin, seither noch rammdösiger als früher, in ein Altersheim gezogen ist. Dann streitet Ingeborg mit Karl-Heinz wegen des Umzugs nach Schneeberg. Sie sagt aber, es sei kein Streit, sondern sie schmieden Pläne. Der Schwager versucht, auf einem Stück Papier die Möbel in der neuen Wohnung zu verteilen – die Betten, Schränke, Tisch und Stühle und den Kühlschrank. Ich hänge ein bißchen herum. Auch Vater ist merkwürdig schweigsam. Wir dürfen nicht rauchen, weil Ingeborg den kleinen Jakob ins Wohnzimmer holt.

Sie setzt sich neben mich auf die Couch und gibt ihm die Brust. Ich horche auf das leise Schmatzen. Es gefällt mir, und ich denke wieder an Süsann, weiß aber nicht warum. Später weint er kräftig, Ingeborg trägt ihn umher, und ich höre, wie er sein Bäuerchen macht. Vater räumt in der Küche den Tisch ab, und Karl-Heinz packt eine Decke darauf. Der kleine Jakob wird gewindelt. Es stinkt lustig.

Ich schlafe wieder in Mamas Bett. Vater liegt neben mir, und jetzt redet er endlich, fragt zur Deckenlampe hoch, ob alles in Ordnung sei mit mir. Nach Süsann fragt er nicht. »Kommst du nach deiner Ausbildung zurück?« will er wissen.

»Mal sehen«, mümmle ich müde, beinahe schon schlafend. Aber Vater redet hartnäckig weiter. »Das Gewerbeamt«, sagt er, »würde es begrüßen. Ich habe mich erkundigt. Korbmacher gibt's hier nicht... Wir könnten die Schuppen im Hof herrichten.«

Am nächsten Tag, auf der Rückfahrt nach Karl-Marx-Stadt, erinnere ich mich daran. Erst jetzt fällt mir auf, das Vaters Stimme unsicher geklungen hat, und ich begreife: Wenn Ingeborg und Karl-Heinz mit dem kleinen Jakob nach Schneeberg ziehen, dann wird er allein in der Wohnung hausen, überhaupt wird er dann ganz allein sein.

Onkel Anton weist mir am Montag eine neue Arbeit zu. Ich muß den Zuschlag, das Randflechten, üben. Süsann hat wenig Zeit für mich. Sie bereitet sich auf eine Klausur über Johann Sebastian Bach vor, und am Sonntag will sie sein Präludium C-Dur spielen.

Das Absolventenkonzert findet im Haus der Klavierstimmer statt. Alle Lehrlinge, auch die der anderen Werkstätten, sind eingeladen. Es kommen aber wenige. Sie mögen lieber Bill Ramsey oder Nana Mouskouri. Ich ja eigentlich auch.

Die Ausbilder, die Lehrer und das Verwaltungspersonal sitzen ganz vorn. Ich taste mich nach hinten in die letzte Reihe. Ehe Süsann dran ist, spielen noch einige andere. Zu meiner Überraschung gefällt mir beinahe alles, was ich höre. Und dann wird Süsann aufgefordert. Gleich ihre ersten Anschläge berühren mich, bewegen mich. Und dann, während ihres Spiels, ist mir, als bekäme meine Seele einen Stoß zu ihr hin. Gewiß liegt es auch an der Musik. Süsann hat es mir später erklärt – diese merkwürdige Spannung durch Wiederholungen, kraftvoll einmal und dann wieder Piano bis zum starken Schlußakkord. Aber die Wahrheit ist, daß ich nicht auf die Musik lausche, sondern auf Süsann. Es klingt bis zum heutigen Tag in mir.

Nach dem Konzert vergnügen sich alle ziemlich ausgelassen im Aufenthaltsraum des Internats. Ich setze mich ungefragt neben Süsann und flüstere: »War toll!«

Unter dem Tisch drückt sie mit der Linken mein Knie und dankt mir so. Ich möchte mit ihr zur Buche. Aber Süsann amüsiert sich mit den anderen, lacht viel und ist glücklich, weil ihr Vorspiel so gut geklappt hat. Über den Tisch hinweg sagt sie einem Mädchen: »Rostock geht klar, wenn ich alle Prüfungen bestehe.«

Eifersüchtig denke ich, wenn sie doch durchfallen würde!

Sie fällt aber nicht durch, besteht sogar mit Auszeichnung. Einige Male suchen wir noch die Glattrindige auf. Aber genau einen Monat später packt Süsann ihre Sachen.

Ich trage den Koffer stumm neben ihr her den Parkweg hinunter und am Verwaltungsgebäude vorbei. Am Tor vor der Brücke wartet schon das Taxi zum Bahnhof. Während der Chauffeur den Koffer verstaut, nimmt sie meinen Kopf zwischen die Hände und flüstert: »Mach's gut, Junge!« Wir küssen uns, ihre Wangen sind feucht. Vielleicht sind es Tränen. Sie kichert aber und schnieft: »Vergiß mich!«

Dann steigt sie ein.

Bini?

Nach und nach reisen alle Absolventen ab. Im Internat wird es stiller. Einmal noch laufe ich den vertrauten Weg zur Buche hoch, kehre aber vorher um. Mit Süsann ist meine Lebensfreude davongefahren. Ich lebe mit dem Gefühl, allein zu sein wie Papa.

Von zu Hause bekomme ich keine Briefe mehr. Vater hat sich etwas Besonderes einfallen lassen – wir tauschen besprochene Kassetten per Post aus. Welker steckt sie in sein Tonbandgerät, und er hat so viel Anstand, daß er jedes Mal aus dem Zimmer verschwindet, wenn ich die Post abhöre oder über ein Mikrophon beantworte. Vaters Stimme quäkt seltsam fremd aus dem Gerät. Sein erster ›Brief‹ ist reichlich kurz und für mich auch amüsant: »Eh, ja, also ich bin's! Ich grüß dich, Großer. Warte, ich muß hier auf den Knopf drücken…« Dann ist es ein Weilchen still, bis Vaters Stimme wieder klingt. »War wohl falsch, jetzt geht's aber. Hörst du mich?… Ich hab mir das Ding von 'ner Prämie gekauft. Teuer, so'n Gerät! Na ja… Hier is nischt weiter los. Die Meißnern ist jetzt in 'nem Altersheim. Die Wohnung ist wieder belegt. Ordentliche Leutchen, 'n Ehepaar mit 'nem Kind, 'ne ältere Tochter… Jetzt ist auch der Grabstein für sie gekommen – ich meine, für Mutter. Hab alles neu bepflanzt. Was ist mit deinem Jahresurlaub? Hier is' viel Platz, seit Ingeborg weg ist nach Schneeberg…« Wieder eine lange Pause. Ich denke schon, das Band ist zu Ende. Da klingt Vaters Stimme erneut, rau jetzt und kratzig. »Also, an das Ding muß ich mich erst gewöhnen. Was ist mit deinem Jahresurlaub? Ach so, das habe ich schon gefragt. Wenn du kommst, und ich bin nicht da, dann haben die neuen Nachbarn 'nen Schlüssel. Mit den beiden Schuppen im Hof, das geht klar. Wir könnten umbauen. Korbmacherei Berger – das klingt doch! Hauptsache, du bist…«

Dann kommt nichts mehr. Vater hat wohl die Geduld verloren oder wieder auf den falschen Knopf gedrückt.

Aber das tut nichts, ich weiß Bescheid. Und dieser unfertige Schluß ›Hauptsache, du bist…‹ wirkt wie ein kleines Signal. Ja, ich bin! Ich will dieses verfluchte Leben packen. Für Anfang Oktober reiche ich meinen restlichen Jahresurlaub ein.

Onkel Anton brummt allerdings: »Natürlich steht dir der Urlaub zu. Aber du solltest dich lieber auf den Arsch setzen und lernen. Deine schulischen Leistungen sind 'n Jammer: Buchführung, Wirtschaftskunde – mein lieber Scholli!«

Er hat ja recht. Ich bin nicht blöd und auch nicht faul. Aber mich interessiert dieser Quark nicht. Ich hoffe auf Vater. Was ich praktisch mit meinen Händen kann, wird er theoretisch können. Ich baue Körbe und Stühle und alles, was gewünscht wird. Das werde ich einmal können, ich weiß es. Und Vater macht die Buchführung. Das hat er mir auf einer Kassette versprochen.

Gleich am ersten Urlaubstag passiert mir etwas Verrücktes. Grad verabschiede ich mich von den anderen Jungen im Schlafsaal, da ruft uns Welker alle in den Aufenthaltsraum. Ein Doktor Laube aus der Glasbläserstadt Lauscha sei überraschend eingetroffen und möchte sich mit uns unterhalten. In Lauscha werden Augenprothesen angefertigt, Glasschalen, die wie richtige Augen aussehen.

Das interessiert mich natürlich. Ich könnte auf die dunkle, verbergende Brille verzichten und alle Menschen angucken, als würde ich sie sehen. Für meine zukünftigen Kunden als Korbmacher wäre das nur gut. Schon damals, in Königs Wusterhausen, hat man versucht, uns Blinden einzubläuen, daß es falsch sei, bei einer Unterhaltung, bei einem Gespräch den Kopf abzuwenden, zur Decke oder in den Himmel zu blinzeln. »Die Nase immer in Richtung des Gesprächspartners!« hieß es.

Der Arzt erzählt uns eine Menge über die Herstellung der Augengläser. Und er ist lustig, reißt zwischendurch immer mal wieder Witze. Auf die Frage, ob die Gläser auch wie echt aussehen, erzählt er: »Was, fragt ein Mann verwundert, sie haben Glasaugen? Verstehe, sie müssen ja durchgucken können!« So etwa. Wir lachen oft.

Nach dem offiziellen Teil, ist er zu persönlichen Gesprächen bereit. Er erläutert mir geduldig alles haarklein und gibt ehrlich zu, daß man sich an die Schalen gewöhnen muß, daß sie in den ersten Tagen vielleicht ein wenig ungewohnt sind. Ich muß mich auf einen Stuhl setzen, und er untersucht mich genau. Dann sagt er: »Kein Problem, junger Mann! Wenn sie nach Lauscha kommen, ist das in zwei Stunden erledigt.«

Ich frage, was solche Glasaugen kosten. Da beruhigt er: »Zahlt alles die Kasse. Und das Fahrgeld obendrein!«

»Na, prima«, antworte ich, »und wie komme ich nach Laube, nein, nach Lauscha, Herr Laube?«

Jetzt muß er lachen. Dann erklärt er: »Mit der Bahn. Liegt allerdings 'n bißchen weit ab im Thüringer Wald.«

Ich zögere, überlege. Ich könnte auf der Stelle hinfahren, schließlich habe ich Urlaub,

»Holla!«, lacht er wieder, »ich fahre jetzt zurück nach Lauscha. Wenn Sie wollen, nehme ich Sie mit.«

Welker boxt mich in die Seite. »Bist 'n Glückspilz, Berger!«

Da schnappe ich kurzentschlossen meinen Rucksack und setze mich zu Herrn Laube ins Auto.

Es ist eine reichlich lange, fröhliche Fahrt, voller Kurven, über Berge und durch Wälder. Manchmal muß Herr Laube langsam fahren, weil in den Tälern schon Herbstnebel liegt. Aber er singt und weiß eine Menge Lieder. Wenn ich sie kenne, falle ich ein und wir grölen gemeinsam: »Ich weiß nicht, was soll es bedeuten...« und »Die Gedanken sind frei, wer kann sie erraten...«

Einmal singen wir: »In einem kühlen Grunde, da steht ein Mühlenrad, mein Liebchen ist verschwunden, das dort gewohnet hat...«. Die Erinnerung an Süsann packt mich, und ich verstumme. Es ist sentimentaler Schwachsinn, aber ich komme dagegen nicht an.

In Saalfeld müssen wir tanken. Doktor Laube nutzt die Gelegenheit und ruft seine Frau an, sagt ihr, daß er einen Schlafgast mitbringt.

»Keine Sorge«, beruhigt er mich, »ich bringe oft jemanden mit. Meine Frau versteht das. Ich melde uns dann gleich für morgen früh im Betrieb an.«

Am späten Nachmittag treffen wir in Lauscha ein.

Frau Laube ist genauso freundlich wie ihr Mann, nur ein bißchen neugieriger. Obwohl es hier oben zwischen den bewaldeten Bergen merklich kühler ist als in Karl-Marx-Stadt, hat sie auf der Gartenveranda zum Empfang den Tisch gedeckt. Es gibt Kakao. Sie reicht mir ein Schüsselchen mit Russisch Brot und fragt mich unentwegt aus, will wissen, wer meine Eltern sind, wie es mir in ›Chemnitz‹ gefällt, wann ich mit der Lehre fertig bin und ob ich schon ein Mädchen habe.

Nach dem Abendbrot führt mich Frau Laube eine steile Treppe hoch. »Siebzehn Stufen«, kündigt sie an. Sie führt mich in eine kleine Kammer und mahnt: »Vorsicht, über dem Bett ist die Wand schräg.« Sie zeigt mir die Toilette und die Waschgelegenheit, wartet auch geduldig, bis ich mich gründlich orientiert habe. Frau Laube hat oft Besuch von Blinden.

Am nächsten Morgen fährt mich Herrn Laube die bergige Straße hoch zu seinem Betrieb. Es ist noch früh am Tag. Wenn alles gut geht, könnte ich den Zehnuhrdreißig-Zug nach Leipzig und den Anschluß nach Berlin bekommen.

Vorerst aber sitze ich in einem warmen Raum. Ein Mann, den mir Herr Laube als Glasbläser vorgestellt hat, untersucht mein Gesicht noch einmal gründlich, mißt an meinem Kopf herum, murmelt etwas von geschrumpft erblindet und fragt, ob meine Augenfarbe früher blau gewesen sei.

»Ich weiß nicht«, gebe ich zu, »ich glaube – ja.«

»In Ordnung, also blau!«

»Ein bißchen Geduld«, meint Doktor Laube, er klopft mir auf die Schulter, dann lassen sie mich allein. Ich bin voll banger Erwartung, grundlos, ich weiß, aber die Phantasie treibt ihr närrisches Spiel mit mir. Nach einer Weile tritt eine junge Frau ins Zimmer und bringt mir einen Topf mit heißer Milch. Sie setzt sich zu mir. Daß sie jung ist, höre ich an ihrer Stimme. Sie gesteht mir, daß sie Lehrling sei wie ich. Sie prahlt auch ein wenig mit ihrem Wissen, erzählt mir, wie der Glasbläser jetzt meine Augenprothesen anfertigt. »Es ist ein ganz spezielles Glas«, sagt sie bedeutungsvoll, »es heißt Kryolith-Glas. Das ist ein besonderer Stoff. Den gab's früher nur in Grönland – glaube ich.«

Ich versuche, mich abzulenken, möchte gern etwas über Herrn Laube erfahren. Seine Hilfsbereitschaft beschäftigt mich beinahe genauso wie das, was er mit mir vor hat.

»Ach, die Laubes«, sagt sie da und kommt ins Schwärmen, »das sind auch ganz besondere. Die Familie kennt jeder hier. So was Liebes gibt es nur bei uns – oder vielleicht noch in Grönland.« Sie lacht fröhlich.

Zwei lange Stunden muß ich warten, dann kommt Doktor Laube mit dem Glasbläser zurück. Die junge Stimme will schon gehen, da meint Herr Laube: »Monika, bringen Sie Herrn Berger dann bitte zum Bahnhof!«

»Mach ich«, antwortet sie.

Ich muß den Kopf nach hinten legen, und Doktor Laube setzt mir die Gläser ein. Er hebt das obere, dann das untere Lid des linken, danach des rechten Auges. Das Glas ist kühl und feucht. Mir läuft eine Träne an der Nase herab und ich muß wie verrückt blinzeln.

Herr Laube gibt mir einen freundlichen Klaps auf die Wange und meint: »Tadellos!«

Ich habe eigene Augen und kann, ach, verflucht, dennoch nicht in einen Spiegel blicken! Ich stehe auf, taumle ein bißchen, begreife langsam, daß sich gar nichts geändert hat. Alles ist wie zuvor – wie immer. Ich habe gläserne Scheiben dort, wo andere Menschen richtige Augen haben. Ich habe gewußt, was passiert. Aber etwas anderes, etwas furchtbar Dummes erwartet.

Doktor Laube holt mich aus meiner Verwirrung zurück, er schiebt mich wieder auf den Stuhl und hebt meine Hände auf den Tisch. Da liegt ein flauschiges Tuch. Er redet auf mich ein: »Wenn Sie die Prothesen am Abend herausnehmen – immer auf solch ein Tuch! Die Gläser sind sehr empfindlich…«

Zwei-, dreimal probiere ich selbst das Einsetzen. Dabei muß ich mir eine Litanei von Verhaltensmaßregeln anhören. In meinem Zustand kann ich ihnen aber so schnell nicht folgen. Herr Laube drückt mir einen Prospekt in die Hand. Leider, sagt er, habe man es zur Zeit nicht in Braille. Ich stecke es in den Rucksack. Vater wird es mir vorlesen.

Dann ruft Herr Laube nach Monika. Mein Zug fährt in einer halben Stunde.

Auf dem Weg zum Bahnhof setze ich meine dunkle Brille wieder auf. Irgendwie fühle ich mich wohler hinter ihr.

Der Zug steht schon da. Als ich das Abteil betrete, verstummen die Gespräche der Mitreisenden. Ich kenne das, ich fühle wie immer, daß mich alle anstarren. Fräulein Monika hilft mir auf den Platz und verabschiedet sich. Ich bitte sie, Doktor Laube zu grüßen und ihm zu sagen, daß ich ihm sehr dankbar bin. Sie flüstert mir ins Ohr: »Die Brille können Sie jetzt absetzen, wirklich...«

Mach ich aber nicht. Erst als ich schon eine ganze Weile unterwegs bin, habe ich den Mut dazu. Niemand merkt oder sagt etwas.

In Leipzig hilft mir eine Dame von der ›Inneren Mission‹ in den D-Zug nach Berlin. Auch die weitere Reise verläuft reibungslos und am Nachmittag stehe ich reichlich hungrig vor unserer Wohnungstür.

Ich freue mich auf Vaters Reaktion. Er wird staunen und sonst was denken, wenn ich ihn mit meinen blauen Augen ›ansehe‹. Aber hinter der Tür regt sich nichts. Vater ist noch nicht zu Hause.

Mir fällt ein, daß die neuen Nachbarn einen Schlüssel haben. Ich klingle an der Tür, hinter der früher Frau Meißners Töle kläffte. Eine Mädchenstimme fragt kurz angebunden: »Ja, bitte?«

»Mein Name ist Berger, mein Vater sagt...«

Da unterbricht sie mich: »Ach, der Jakob, alles klar!« gewiß hat sie meine gelbe Armbinde entdeckt. »Moment!« Sie verschwindet, will offenbar den Schlüssel holen, ist aber schnell zurück und sagt rigoros: »Komm doch rein, Mensch! Dein Alter ist sowieso nicht da.« Sie greift nach meiner Rechten und zieht mich in den Flur, schiebt mich in die Küche und rückt mir einen Stuhl zurecht. Ich lasse alles widerstandslos mit mir geschehen, streife meinen Rucksack ab.

Ehe ich mich setze, stehen wir uns einen Moment still gegenüber.

Sie fragt unsicher: »Und du kannst wirklich nicht sehen?«

Statt einer Antwort klicke ich mit dem Fingernagel vorsichtig gegen eine der Augenschalen und frage: »Du bist kleiner als ich, wie?«

»Bissl«, meint sie unsicher. »Wie kannst 'n das wissen?«

Ich grinse. „Du sprichst aus 'ner anderen Etage."

Da lacht sie und steckt mich mit ihrem Lachen an. Auf einmal verstummt sie, fragt: »Wie alt bist du eigentlich?«

»Erst du!« fordere ich. Wie ein Blitz trifft mich da die Erinnerung. Genau so begann es einmal zwischen Süsann und mir.

»Sechzehn«, höre ich sie sagen.

»Ich werde siebzehn, in zwei Monaten.« Ich angle nach dem Stuhl, setze mich und horche in mich hinein, warte auf den alten Sehnsuchtsschmerz. Er ist wohl noch da, aber nicht mehr so beherrschend wie früher. Ich räuspere mich, frage: »Wie heißt 'n eigentlich?«

»Sonja... Dein Alter hat dich schon gestern erwartet.«

»Ist was dazwischengekommen.«

Einen Augenblick schweigen wir. Vielleicht ist es Verlegenheit. Von unten, vom Hof dringt das Geplärr der spielenden Kinder herauf. Ich überlege, was ich sagen könnte, da fragt sie: »Sag mal, du hast doch bestimmt Hunger? Ich könnte...«

»Nee, nee, is' schon gut!« Es ist mir irgendwie peinlich. Ich stehe rasch auf, schnappe meinen Rucksack. »Gib mal den Schlüssel. Ich verdufte.«

In unserer Wohnung ist es still, sehr still.

Ich setze mich in der Küche auf Vaters Stuhl. Meine Hand stößt gegen eine Tasse. Das Frühstückszeug steht noch auf dem Tisch. Er mußte wohl eilig zur Arbeit. Die Kanne ist noch halb voll mit kaltem Kaffee. Da sind auch noch Brotscheiben, meine Finger tappen aus Versehen in die Margarine. Ich muß also gar nicht erst im Kühlschrank kramen.

Danach inspiziere ich die Wohnung. In meinem Zimmer stehen die Betten, der Schrank – alles wie früher. Ingeborg und Karl-Heinz haben sich eigene Möbel gekauft. Ich könnte hier wieder einziehen, wenn es soweit ist. Einen Moment hocke ich mich aufs Bett. Es ist immer noch sehr still, beinahe bedrükkend. Und es müffelt nach abgestandener Luft, deshalb reiße ich das Fenster auf.

Auch im Wohnzimmer stinkt es. Diesmal nach Zigarettenqualm und Asche. Ich öffne auch hier das Fenster. Der herbstkühle Durchzug bläst mir die Gardine ins Gesicht. Dann schalte ich das Radio ein. Musik dudelt leise. Ich will mich auf die

Couch werfen, Zeitungen rascheln unter meinem Hintern. Ich packe sie auf den Tisch, ziehe die Schuhe aus und lege mich hin. Jemand muß sich um Vater kümmern. Vielleicht ich.

Einen Moment horche ich noch auf die Achtzehn-Uhr-Nachrichten. Es ist das alte miese Lied: Die USA brechen diplomatische Beziehungen zu Kuba ab, werfen Napalmbomben auf Vietnam und schicken eine Marssonde in den Himmel, auch Frankreich will Atombomben haben...

Grad bin ich am Einduseln, da höre ich Vater kommen. Er kramt in der Küche. Ich rufe: »Hallo, bin im Wohnzimmer!«

Er kommt herein. Ich höre, daß er den Lichtschalter anknipst. »Na, sag mal, ich hab dich gestern...« Er verstummt, stammelt dann: »Was – was ist denn mit deinen Augen?«

Ich mache es, wie bei dieser Sonja, tupfe gegen die Schalen. »Sind Glas!«

»Donnerwetter!« brummt er, »da kann man ja sonstwas denken.« Und dann lacht er, freut sich.

Während er in der Küche das Abendbrot zubereitet, erzähle ich mein Erlebnis. Später sitzen wir beim Bier wieder im Wohnzimmer und schmieden Pläne. Wenn ich die Lehre abgeschlossen habe, wird Vater in seinem Betrieb aufhören. Wir richten gemeinsam die Korbmacherei ein. Es gibt viel zu bedenken – wir müssen die Weidenruten aus der Lausitz holen, brauchen ein Transportmittel, einen LKW, ich brauche Arbeitsgeräte. Wir müssen Kundschaft suchen, Aufträge heranschaffen, Verbindung mit einschlägigen Verkaufseinrichtungen aufnehmen, Mietverträge abschließen. Manches hat Vater schon mit seinem Betrieb geregelt. Man wird uns helfen. Die Schuppen lassen sich gut ausbauen. Nur in dem einen fehlt ein Fenster. Stromanschluß ist vorhanden, Wasseranschluß ist auf dem Hof. Im Flur, neben der Wohnungstür, hängen schon die Schlüssel für beide Schuppentüren.

Am liebsten möchte ich auf der Stelle runter in den Hof, möchte mich von allem selbst überzeugen. Aber für Vater ist es schon zu dunkel. Er vertröstet mich auf morgen, gleich, wenn er von der Arbeit kommt.

Vor dem Schlafengehen legt Vater mir ein Frotteetuch für meine Augengläser auf das Nachtschränkchen. Ich bin todmüde, schlafe tief und traumlos und wache am anderen Tag erst spät auf. Vater ist längst zur Arbeit gegangen.

Die Neugier läßt mir keine Ruhe. Gleich nach dem Frühstück streife ich mein Hemd über, nehme die Schlüssel vom Haken und steige in den Hof.

Kinder spielen ›Himmel und Hölle‹. Ich höre diese Sonja lachen. Sie ruft: »Morgen, Jakob!« Ich nicke ihr zu.

An die beiden Schuppentüren erinnere ich mich nur undeutlich. Ich taste die Wand nach ihnen ab. Da steht Sonja neben mir. »Weiter rechts«, sagt sie und schiebt mich hin.

Ich suche nach dem Schloß.

»Gib her!«, fordert sie, nimmt mir den Schlüssel aus der Hand und drückt dann die knarrende Tür auf.

»Puh!«, sagt sie. Und wahrhaftig, es stinkt bestialisch nach Rattenschiß und vergammeltem Zeugs.

»Ist hier 'n Lichtschalter?«

Sonja fummelt an der Innenwand. »Mist, verdammter!« flucht sie, »alles voller Spinnweben!« Und dann: »Funktioniert nicht. Komm bloß raus!«

Sie hat recht, es ist Blödsinn hier alleine zu wirtschaften. Ich muß auf Vater warten.

Sonja schließt wieder ab, gibt mir den Schlüssel zurück und führt mich am Arm zu den Kindern. Aus purer Höflichkeit frage ich: »Wieso bist'n nicht in der Schule oder so?«

»Ich passe auf die Gören auf. Sind doch Kartoffelferien.« Dann lacht sie. »Kannst mitspielen. Los, ›Himmel und Hölle‹! Jetzt sei kein Frosch!« Sie legt ihren Arm um meine Hüfte. Ich fühle ihre warme, lenkende Hand. Es ist angenehm. Sie schiebt mich zu den Kindern hin.

»Ich weiß nicht einmal, wie du aussiehst«, flüstere ich.

Da lacht sie schon wieder. »Wie 'ne Zicke, blond, Stupsnase und dürre!«

»Na, prima, wie ich!«

Die Kinder sind still geworden, beobachten uns wohl.

»Warte«, flüstert Sonja, »ein kleines Stück zurück. Ja, so!… Jetzt!«.

Ein bißchen albern komme ich mir vor, aber es gefällt mir auch. Ich wage den ersten Schritt, flüstere: »Bin ich?«

154

»Ja«, flüstert Sonja, sie geht rückwärts vor mir her.

Mein zweiter Schritt und wieder die Frage: »Bin ich?«

Jetzt fallen die Kinder ein, schreien, »Jaaa!«

Grad so habe ich vor langer, langer Zeit einmal mit Ingeborg und Wolli gespielt. Ich werde übermütig, frage laut, wie wir es früher getan haben: »Bini?« Und wieder ein vielstimmiges: »Jaaa!« So geht es von Kästchen zu Kästchen bis vor die Hölle. Ich zögere.

Sonja flüstert aufmunternd: »Mach doch. Bist gleich im Himmel.«

Da wage ich den letzten großen Schritt. Sonja springt nicht zur Seite. Sie fängt mich mit ihren warmen Händen auf. Die Kinder johlen, klatschen in die Hände. Sonja ist gar nicht so dürr. Sie hat schon einen richtigen Busen.

Ich danke Klaus Mudlagk
für seine Anregungen,
seine Geduld und
freundschaftliche Hilfe.

*Klaus Mudlagk ist am
6. Mai 2004
verstorben*

Im folgenden werden 2 Kapitel
aus seinem unveröffentlichten Text
›Wege zum Selbstvertrauen‹
wiedergegeben

Kapitel 2

Mit Beginn des Schuljahres 1953/54 gehörte ich, obwohl noch nicht vollständig erblindet, zur Blindenschule. Die lag natürlich nicht in Babelsberg, meinem damaligen Wohnort, sondern in Königs Wusterhausen, und das war nur nach vierstündiger Bahnfahrt zu erreichen. Wieder hieß das: Trennung von den Eltern. Ich wohnte und lernte mit vier Jungen der gleichen Klassenstufe in einer Internatsschule. Ich vergaß zu erwähnen, daß ich hier die zweite Klasse noch einmal wiederholen mußte, denn wegen der langen Krankheit hatte ich das zweite Schuljahr in Babelsberg nicht vollendet.

Die Schule war erst ein Jahr zuvor eröffnet worden. Richtiger müßte ich wohl sagen „wiedereröffnet", denn das Gebäude hatte schon einmal als Heim für elternlose und heimatlose Blinde gedient. Deshalb sei ein kurzer Blick zurück auf die Geschichte der Anstalt eingeschaltet.

Das sechseinhalb Hektar große Gelände war von Kaiser Wilhelm I. gestiftet worden. Im Jahr 1902, also unter Wilhelm II., begann mit einer Spende der Hamburger Firma Warburg der Bau. Kaiserin Auguste Viktoria stiftete eine Kapelle, die heute als Aula dient.

Das Heim bestand bis 1935. Doch den Nazis war die Sorge um den blinden Menschen nicht so wichtig. In das Gebäude zog eine Station des Deutschlandsenders ein. Zum Ende des Krieges wurde das Objekt als Lazarett genutzt. Nach der Zerschlagung des Hitlerfaschismus richtete die SMAD hier zunächst eine Verwaltungsschule ein.

Nach Bildung der neuen Landesregierung Brandenburg stellte man das Gelände wieder als Blindenheim zur Verfügung. Und nach dem Erlaß des Schulpflichtgesetzes der DDR (Ende 1951) wurde dieses Heim in eine Blindenschule umgewandelt.

Allerdings hatten Krieg und Nachkriegszeit ihre Spuren hinterlassen. Der Bau war als Folge dieser Zeit recht vernachlässigt.

Das traf auch auf die Räume zu. Die Waschgelegenheiten und die Heizung waren in einem dürftigen Zustand. Eine Atmosphäre, in der wir kleinen Kerle uns hätten wohlfühlen können, war nicht zu spüren. Mit Ach und Krach konnte das Haus für den erwählten Zweck genutzt werden – heimisch fühlten wir uns lange Zeit noch nicht. Aber untereinander ergab sich zwischen uns ein Verhältnis, das sich von dem völlig gesunder Kinder nicht unterschied. Es waren nur wenige Ausnahmen unter uns, die mit ihrer Blindheit nicht zurechtkamen. Schließlich kamen ja nicht alle meine Kameraden aus solcher Nestwärme, wie sie mir von meiner Familie gewährt wurde. Manche Eltern kümmerten sich wenig, ja auch gar nicht um ihre blinden Kinder. Für die waren dann auch die Wochenenden und die Ferien eine schlimme Zeit. Niemand holte sie für die Tage oder für die Ferienwochen heim aus diesem „Aufbewahrungsort". Zum Glück war ich nicht unter diesen Vernachlässigten, zum Glück konnte ich ja noch recht gut sehen. Damit war ich in der Lage, anderen Kameraden bei ihrer Orientierung zu helfen. Doch dabei durfte ich auch nicht zu weit gehen – alle Verrichtungen des täglichen Lebens mußte auch der völlig Blinde selbständig beherrschen. Das war Erziehungsziel in der Anstalt, und auf dessen Einhaltung achteten unsere Erzieher ganz besonders.

In der Gemeinschaft aller Kinder unterschieden wir uns nicht von anderen, gesunden Schulgemeinschaften, gleich, ob es um Spiele im Zimmer oder um Sport im Freien ging. Tagelang, zumindest stundenlang, konnten wir – und konnte auch ich mit doch recht ausgeprägter Familienbindung – die Eltern vergessen. Wir waren fröhlich, wir waren sicher auch manchmal rüpelhaft, und wir hatten manche frohe Stunde.

Aber dann kamen doch manchmal leise Stunden, in denen ich die Kumpels beim Spiel allein ließ und mich ins Gebüsch am Zaun verkroch. Hier konnte ich dann meinem Heimweh freien Lauf lassen. Über den Zaun wehten die Bilder der Heimat, lockten die Eltern und die Freunde von daheim. Wie wäre es doch schön, wieder einmal dort zu sein. Auch nachts, wenn ich nicht schlafen konnte, stellte ich mich ans Fenster. Dann hörte ich in der Ferne die Züge rollen, und ich wußte, das war die Strecke, die mich zu Vater und Mutter führen konnte. Ich dachte mir, wie schön wäre es doch, wenn nun der Vater oder die Mutter – am schönsten, wenn beide in solchem Zug säßen und mich wieder einmal heimholen könnten. Doch hatte ich solche Träumereien immer noch so unter Kontrolle, daß ich sie nur aus meinem Innersten hervorholte, wenn ich sicher war, daß die anderen – draußen beim Spiel, beim Kampf um den Ball – nicht auf mich achteten oder daß sie, bei Nacht, wirklich schliefen. Nie durften andere Jungen von meinen Sehnsüchten etwas merken, das wäre mir äußerst peinlich gewesen.

Im Unterricht waren wir acht Schüler der zweiten Klasse, Mädchen und Jungen zusammen, aber altersmäßig ein Unterschied von drei bis vier Jahren, je nach Zeitverlust des einzelnen infolge seines Krankheitsverlaufes. Wen die Krankheit für Monate oder ein halbes Jahr ins Krankenhaus zwang, der mußte die Klasse wiederholen, und so ging es mir. In der zweiten Klasse lief bei mir alles recht gut. Schnell begriff ich die Blindenschrift, und meine sonstigen Leistungen waren gut. Doch schon in der dritten Klasse traten wieder störende Kopfschmerzen auf. Bald verstärkten sie sich so, daß meine Leistungen sehr stark nachließen. Fehlender Nachtschlaf wegen der Kopfschmerzen führte dazu, daß ich im Unterricht oft unaufmerksam war und sogar übermüdet einschlief. Trotzdem schaffte ich die dritte Klasse. Dieser Zustand hielt auch in der vierten Klasse an. Meine Augen wurden in der Sanitätsstube der Schule täglich dreimal mit Augentropfen behandelt. Es war also unwahrscheinlich, daß sie die Ursache für die heftigen Kopfschmerzen waren.

Weil ich aber weiter klagte und man meinen Äußerungen nicht glaubte, hielt man mich sogar für einen Simulanten. Ich litt aber immer weiter unter diesen Kopfschmerzen, so daß man sogar meine Eltern herbeirief, die mir meine „Unart" ausreden sollten. Sie erreichten, daß ich nochmals dem Augenarzt vorgeführt wurde. Der bestätigte, daß die Augen keine Ursache für solche Kopfschmerzen sein konnten, überwies mich aber zum Hals-, Nasen- und Ohrenarzt.

Schwester Brigitte begleitete mich dahin. Diese Untersuchung verlief zunächst sehr sachlich und ruhig. Doch plötzlich brauste der Arzt auf, er stauchte die arme Schwester Brigitte sehr lautstark zusammen. Er entdeckte nämlich bei mir eine starke Stirn-

…nlenvereiterung, und er konnte absolut nicht verstehen, daß man mich trotz über ein Jahr lang anhaltender Schmerzäußerungen erst jetzt bei ihm vorstellte. Er führte aus, daß nicht mehr viel gefehlt hätte, und die Krankheit hätte dazu führen können, chronisch, ja sogar lebensbedrohend zu werden. Heftige Vorwürfe gegen die Schwester, immer noch lautstark geführt, gipfelten in dem Satz: „Es ist ein Wunder, daß der Junge überhaupt noch lebt!"
Ich spürte, wie Schwester Brigitte sich diesen Wortschwall zu Herzen nahm, und auch ich brach in Tränen aus. Sofort wurde ich behandelt. Damit war die Ursache der Kopfschmerzen beseitigt. Wir beide, Schwester Brigitte und ich, lebten ordentlich auf. Der Nachhauseweg lief nun unter fröhlichem Geplauder ab – der Schwester war eine schwere Last von der Seele genommen, und ich war mit einem Schlag meine ewigen Kopfschmerzen los.

In den folgenden Tagen mußte ich trotz meiner guten Laune erkennen, daß ich jetzt zwar im Unterricht wieder gut mitkam, doch daß ich den Nachholbedarf der versäumten Stunden nicht mehr wettmachen konnte. So blieb kein anderer Weg, als die vierte Klasse noch einmal zu wiederholen.

Kapitel 3

Hier ging es anfangs recht gut. Ich gehörte, wie gewohnt, wieder zum guten Durchschnitt der Klasse. Doch bald kam der nächste Hammer. Einer meiner Freunde, Rainer – sein Nachname „Rabauke" war Programm –, ein Jahr älter als ich, war mit mir dabei, auf einem Baum herumzuklettern. Plötzlich sehe ich Häuser, Sonne, Himmel, die Äste des Baumes, sehe ich alle Gegenstände zwar noch mit den richtigen Konturen, aber alles grün. Dem Rainer rief ich zu: „Mensch, Rainer siehst du das auch so?"

Der aber antwortete ziemlich abschätzig: „Du spinnst wohl", und tobte ungerührt weiter auf dem Baum herum. Ich aber lief in meiner Verzweiflung sofort zu Schwester Brigitte. Ich erzählte ihr ganz aufgeregt meine Eindrücke. Dabei hatte ich das Gefühl, sie nahm mich wieder nicht ganz ernst. Doch immerhin versprach sie mir, daß wir gemeinsam so bald wie möglich zum Augenarzt gehen würden.

Wenige Tage später folgte dann auch der Arztbesuch. Auch der Augenarzt konnte mir keine Hilfe versprechen. Diese Grünsicht hielt etwa vierzehn Tage an. Dann sah ich plötzlich nur noch Hell- und Dunkelunterschiede und alle Gegenstände nur noch als Schatten. Nur auf dem linken Auge war mir ein letzter Rest Sehvermögen verblieben.

Das war erneut eine sehr schwere Zeit für mich. Es erforderte ein gewaltiges Umdenken, mich an diese neue Lage zu gewöhnen. Von dem bisher noch gewohnten normalen, wenn auch eingeschränkten Gebrauch der Augen mußte ich abgehen und mich vordringlich nur auf das Gehör umstellen. Das Gehör aber war so überfein nicht ausgebildet und mußte natürlich erst geschult werden. Und es brauchte Wochen, bis ich mich nach Gehör gut orientieren konnte.

Weithin war ich als recht lebhafter Junge bekannt. Wohl wußte ich aus jahrelanger Behandlung beim Augenarzt, daß niemand mir mein volles Augenlicht wiedergeben konnte. Ich wußte auch, konnte möglicherweise schlechter, aber kaum jemals besser werden. Und doch war es ein harter Schlag. Ich mußte erkennen: Jetzt bin ich vollblind! Das war eine schreckliche Bremse für mich tatendurstigen Wildfang.

Diesen Schlag mußte ich innerlich erst verkraften. Wochenlang zog ich mich in mich selbst zurück und hielt mich fern von den Spielen der Kameraden. Wieder, wie nach dem Einzug in die Schule, habe ich nächtelang geheult. Den Gedanken, nie wieder sehen zu können, wird wohl kein Mensch so rasch beiseite schieben, und auch mir fiel es schwer, mein Blindsein hinzunehmen. Und doch, so empfand ich Jahre später, war es Glück im Unglück, daß mich dieses Schicksal zu einem Zeitpunkt traf, wo ein Kind am aufnahmefähigsten ist. Später habe ich im Zusammenleben mit anderen Blinden erfahren, daß sowohl Späterblindete wie auch Geburtsblinde es sehr viel schwerer haben, sich im Leben zurechtzufinden. Ein Geburtsblinder hat ja absolut kein Raumgefühl und kein natürliches Vorstellungsvermögen.

Ich aber war damals schon ein kleiner Optimist, ein wenig Hell-Dunkel-Unterscheidung war mir verblieben. Trotzdem brauchte es lange Zeit, bis ich wieder lachen konnte.

Doch zurück zu meiner Geschichte: Die Schule lief normal weiter. Im Alltag blieb mir keine Zeit zu Selbstmitleid. Schließlich freute ich mich mit den anderen auf die bevorstehenden Osterferien. Da war viel Abwechslung zu erwarten. Das konnte mir helfen, leichter über den Berg zu kommen. Daheim fiel ja doch der Zwang des Schulalltags weg, und ich konnte meine Abenteuerlust richtig ausleben.

Am liebsten verbrachte ich meine freie Zeit auf dem Fahrrad. Schon als gesunder „Normaljunge" war Radfahren meine Leidenschaft. Und jetzt, wo ich kaum noch Schatten sehen konnte, blieb das Radfahren meine Lieblingsbeschäftigung. Meine Eltern hielten das für etwas gefährlich und wollten mir diesen Sport ausreden. Doch alle Verbote halfen nicht – sowie ich an ein Fahrrad herankam, zog es mich auf den Sattel. Für das Ausleben dieser Leidenschaft suchte ich mir Nebenstraßen, in denen kaum Verkehr herrschte.

So konnte ich einigermaßen ungefährdet meinem Hobby nachgehen. Oft fuhr ich allein, doch es blieb nicht aus, daß sich Jungen aus der Nachbarschaft dazugesellten. Aus dieser Zeit ist mir eine Episode besonders in Erinnerung geblieben, die ich hier erwähnen möchte.

Die Jungen veranstalteten ein Wettfahren, und ich war wie immer mittendrin. Es wurde spät, und mein Vater wurde von der fürsorglichen Mutter ausgeschickt, mich zum Abendessen heimzuholen. Auch er benutzte dazu das Fahrrad. Das Rennen war in vollem Gange – da ruft Peter plötzlich: „Klaus, dein Vater kommt!" Ich brauste weiter, und wenige Meter später sah ich einen Schatten auf mich zukommen. Dem wollte ich ausweichen – er aber glaubte: ‚der Bengel sieht mich nicht und wird mich umfahren!' So wich auch er aus, fatalerweise aber zur gleichen Seite. So kam, was kommen mußte – ich krachte genau auf ihn, und beide stürzten wir um. Uns beiden stieß nichts weiter zu, auch mein Rad blieb heil. Vater aber entdeckte, was ich nicht sehen konnte: Ich hatte ihm eine formvollendete Acht in sein Vorderrad gedonnert. Ohne Zaudern schnappte ich mein Rad und brauste nach Hause. Das Abendbrot stand schon auf dem Tisch. Ich hatte Hunger und setzte mich, ohne Mutter von dem Vorgefallenen zu unterrichten, an den Tisch.

Minuten später trabte Vater zu Fuß auf den Hof, das Rad auf dem Buckel, das kein Fahrrad mehr war. Das Donnerwetter brach los. Es ging nicht leise zu, denn schließlich mußte sich Vater ja Luft machen. Gottseidank setzte es aber keine Prügel. Wenn doch, daran erinnerte ich mich, hatte Vater eine gute Handschrift.

Das war das Erlebnis e i n e s Tages, und ähnliche Erlebnisse gab es in den Ferien öfter. Leider gehen jedoch auch die schönsten Ferien einmal zu Ende.

Wieder begann der Schulalltag, wieder lief alles recht gut, und wieder warteten alle auf die nächsten, die monatelangen Sommerferien.

Zum Beginn dieser Sommerferien winkte für mich das erste Mal die Teilnahme am Ferienlager. Eine große Vorfreude erfüllte mich, lange hatte ich den Beginn der Ferien erwartet, doch schon am ersten Tage war die Freude für mich aus. Kaum angekommen, bezogen wir die Zelte und richteten uns ein. Dann ging es zum ersten Mal an den Strand und ins Wasser. Wir planschten und spritzten, wir lachten und tobten. Anschließend saßen wir im beieinander und sonnten uns. Mir gegenüber saß ein Junge mit einem Fußball. Plötzlich stand er auf und setzte an, den Ball abzuschießen. Unser Erzieher warnte ihn noch: „Schieße nicht, dir gegenüber sitzen ja auch noch Kameraden!"

Der aber rief großspurig: „Ich treffe keinen, ich schieße drüber weg!"

Kaum ausgesprochen, hatte ich den harten Ball schon auf dem linken Auge. Ich fiel um und lag besinnnungslos da. Was weiter mit mir geschah, erfuhr ich erst später.

Man brachte mich ins Zelt, wo ich vor Schmerzen schrie. Weil ich mich auch laufend übergeben mußte – ein Zeichen für eine Gehirnerschütterung – merkte man, daß es sich um keinen leichten Fall handelte. Die Lagerschwester wurde herangeholt. Sie veranlaßte meine sofortige Überführung in die Krankenbaracke. Mein Zustand besserte sich auch bis zum nächsten Tage nicht. So war es unausweichlich, daß ich ins Bezirkskrankenhaus eingewiesen wurde. Hier eröffnete mir der Arzt gleich bei der ersten Untersuchung: Deine Ferien sind vorbei, du wirst wohl drei bis vier Wochen bei uns bleiben müssen. Tatsächlich sind dann acht Wochen daraus geworden.

So habe ich wieder einmal die schöne Ferienzeit im Krankenbett zugebracht. Genau mit Ferienende wurde ich entlassen. Meine Eltern kamen mich abholen. Bei der Schulleitung erreichten sie, daß ich wenigstens noch eine Woche mit heimfahren durfte, um noch einige Ferientage zu genießen.

Nun, im dreizehnten Lebensjahr, kam ich in die fünfte Klasse. Im Heim ergaben sich natürlich wieder Änderungen. Wir waren jetzt nur noch in Zwei-Mann-Zimmern untergebracht. Ich lag mit Rainer zusammen, der ja schon vorher mit mir auf Bäumen gehockt hatte. Rainer war ein rechter Rüpel, ein Jahr älter als ich und ein alter Haudegen. Bald brachte er mir – dem Zwölfjährigen! – das Rauchen bei. Das war die absolute Krönung, denn es widersprach der Hausordnung, es erregte Widerspruch der Erzieher, es brachte uns Verweise und schlechte Noten ein.

Um die Erzieher auszutricksen, gingen wir in den Duschraum, wo die Dämpfe des heißen Wassers den Rauch niederschlugen. Wir stiegen auch auf den Boden und dort in die hintersten Ecken, was besonders leichtsinnig war. Darüber aber uns Gedanken zu machen, überstieg unseren Horizont. Und wohin wir auch krochen, erwischt wurden wir immer wieder. Wir konnten das Rauchen aber nicht lassen, und so blieb es für den Rest der Schulzeit.

Im Laufe der weiteren Schuljahre ergab sich der glückliche Umstand, daß zwischen Königs Wusterhausen und Babelsberg eine Buslinie eingerichtet wurde, die die bisher notwendige Fahrzeit auf zwei Stunden verkürzte. Ich war mittlerweile dem praktischen Leben soweit angepaßt, daß ich mir eine solche Heimfahrt ohne Begleitung zutraute. Meine Eltern waren auch überzeugt, daß ich hierzu Manns genug sei.

Die Schulleitung aber war anfangs überhaupt nicht einverstanden. Doch für meine Eltern war es ein schwerwiegendes Argument, daß die Haltestelle daheim wenige Meter vor unserer Haustür lag. Sie mußten außerdem schriftlich erklären, daß sie außerhalb der Schule die volle Verantwortung für mich und mein Handeln übernahmen. Dann genehmigte auch die Schule unseren Antrag.

Ab und zu konnte ich mich nun nach Schulschluß in den Bus setzen und heimfahren, und am nächsten Morgen kehrte ich auf dem gleichen Wege zurück. Der Weg vom Bus – er hielt vor dem Bahnhof in Königs Wusterhausen – bis zur Schule war wesentlich weiter als daheim bis zu meiner Haustür, obwohl der Bus an der Schule vorbeifuhr. Besonders dankbar bin ich den Busfahrern, die nach einigen Fahrten mitbekamen, wohin ich wollte, und dann von sich aus an der Schule extra für mich anhielten. Ja, mit den freundlichsten unter ihnen konnte ich vereinbaren, daß sie mich schon auf der Nachhause-Fahrt vor der Schule aufnahmen und mir so den Fußweg zum Bahnhof ersparten.

Das war nun ein rechter Freibrief für mich. Dadurch, daß ich meine Eltern und die Schulleitung überzeugt hatte, stieg mein Selbstvertrauen. Durch Unterhaltungen mit den Menschen draußen wurde ich wendiger. Dabei kam ich dahinter, daß es noch eine weitere Buslinie gab, die allerdings nicht durch Babelsberg fuhr. Fuhr ich mit diesem Bus, mußte ich von der nächstgelegenen Haltestelle noch acht Kilometer laufen. Dabei kam es vor, daß die Busfahrer, wenn an der wenig frequentierten Haltestelle kein anderer aussteigen wollte, meine vorher abgegebene Anhaltemeldung vergaßen und durchbrausten. Oder es kam vor, daß der

..nale Bus überfüllt war und ich auf den folgenden Eilbus ausweichen mußte. Der aber hielt nicht an meiner Haltestelle, und
das verlängerte meinen Fußweg nochmals um weitere drei Kilometer. Im Normalfall fand ich mich, gleich wo ich ausstieg, recht
gut nach Hause. Doch spielten mir manchmal die Wetterunbilden
einen bösen Streich. Ich mußte auch völlig durchnäßt oder im
Schneesturm meinen Weg finden.

Dabei kam es vor, daß ich mehr als einmal in Schneewehen geriet, und da versagte mein Orientierungsvermögen. Ich geriet von
der Straße ab. Straßengraben und Straßenbäume mußten mir
dann helfen, mich wieder zurechtzufinden. Die richtige Richtung
mußte mir dann immer erst klar werden. Aber eigentlich gelang
das immer.

Einmal, im zeitigen Frühjahr, war ich wieder mutterseelenallein
mitten im Wald, als plötzlich mit donnerndem Getöse kurz vor mir
die Wilde Jagd die Straße überquerte. Natürlich wurde mir ganz
anders, und vor Angst begann ich zu zittern. Doch schließlich
konnte ich wohlbehalten den Weg fortsetzen. Als ich daheim meinem Vater davon berichtete, meinte der, es müsse wohl eine Rot-
te Wildschweine gewesen sein, und ich solle froh sein, daß ich
keiner Bache mit Frischlingen zu nahe gekommen sei.

Noch ein weiteres Mal wurde mir Angst eingejagt. Von hinten nä-
herte sich ein Auto. Das kam ja öfter vor, und wie immer, ging ich
beiseite, um den Wagen vorbeizulassen. Dieser Wagen aber
überholte mich nicht, sondern blieb in langsamer Fahrt dicht hinter mir.

Ich wich zur linken Seite aus, der Wagen blieb hinter mir. Wieder
nach rechts und wieder nach links, auch der Wagen fuhr wieder
nach links und wieder nach rechts, ja, er berührte schon meine
Waden. Da wuchs meine Angst, und alle möglichen Schauerge-
schichten fielen mir ein – was sollte das nur bedeuten? Noch eine
Rechts-, noch eine Linkswendung, dann endlich hielt das Fahr-
zeug neben mir. Die Tür öffnete sich, und da stellte sich heraus,
es war ein Bekannter aus meiner Nachbarschaft. „Klaus, steig
ein!" rief er.

Und ich war erst einmal froh, daß die Furcht weg war. Ich folgte
seiner Aufforderung und sparte den Rest des Fußmarsches, das
waren immerhin noch sieben Kilometer.

Ehe ich die Schulzeit verlasse, möchte ich nicht versäumen, diesen Lebensabschnitt zusammenfassend nochmals zu betrachten. Wie alle Kinder haben auch wir über die Schule geschimpft. Doch im nachhinein habe ich eingesehen, daß man sich große Mühe mit uns gegeben hat. Nicht nur unsere schulischen Leistungen sind gefördert worden, wir wurden auch auf das praktische Leben ziemlich gut vorbereitet. Dazu diente insbesondere die Arbeit in verschiedenen Zirkeln, die uns angeboten wurden. So habe ich den Elektrozirkel genutzt, viel fürs kommende Leben mitzunehmen. Weiter habe ich im Kochzirkel viel gelernt. Aus der Arbeit im Botanischen Zirkel ziehe ich heute noch Nutzen. Auch das Bügeln und das Nähen halfen uns im weiteren Leben. Im Musikzirkel übte ich mich auf der Geige und mit der Trompete, doch ein Solotrompeter bin ich so wenig geworden wie ein Konzertviolinist. Im Keramikzirkel wiederum hatte ich mehr Erfolg. Das gleiche gilt für Übungen in Holz- und Metallarbeiten. Manchmal durften wir selbstgefertigte Werkstücke mit nach Hause nehmen. Einige davon nehme ich noch heute gern zur Hand und denke dabei an den Lehrer, der mir zu diesen Fertigkeiten verhalf.

Der nämlich merkte, daß ich handwerklich begabt war. Deshalb wollte er mir im Laufe des letzten Schuljahres den Weg ebnen zu einer Lehrstelle als Korbmacher. Das war allerdings absolut nicht meine Vorstellung. Doch mehrere Unterredungen mit ihm, und schließlich das Zureden meiner Eltern, die er für seinen Plan um Hilfe anrief, brachten mich dazu, meinen Widerstand aufzugeben. Mein stiller Wunsch, bis heute noch nicht vergessen, war es eigentlich, Zerspaner zu lernen. Zunächst jedoch begann ich eine Korbmacherlehre.

Manfred Richter

1929 in Dresden geboren. Studium an der Schauspielschule Berlin und am Institut für Literatur Leipzig. Fachausbildung als Szenarist an der Filmhochschule Babelsberg. Interessehalber Studium der Pädagogik, ohne ein Lehramt auszuüben.

Autor am Deutschen Nationaltheater Weimar; Dramaturg am Landestheater Dessau; Drehbuchautor beim DEFA-Studio für Spielfilme in Babelsberg. Mitte der 60er Jahre wegen kulturpolitischer Meinungsverschiedenheiten Bruch mit dem DEFA-Studio. Künstlerischer Leiter des Kulturhauses der Filmfabrik Wolfen; Fachdozent für Dramaturgie und Theatergeschichte; 12 Jahre freiberuflicher Schriftsteller. Ab 1984 wieder festangestellter Drehbuchautor. Nach Auflösung der DEFA-Strukturen 1990 freiberuflich tätig.

Arbeiten: Theaterstücke, Kinderbücher, Lyrik und Erzählungen in Anthologien, Spiel- und Fernsehfilme.

Kunstpreis, Silberner und Goldener Lorbeer des Fernsehens der DDR, zwei Preise für Kinder- und Jugendliteratur.

Klaus Mudlagk

Geboren am 21.12.1944 in Heidenau, erblindete im 12. Lebensjahr durch den ›Grünen Star‹. Nach der beschriebenen Lehre und Selbstständigkeit als Korbmacher wurde er Gütekontrolleur (!) und später Revolverdreher in mehreren Betrieben, dann selbstständiger Dreher in eigener Werkstatt bis 1990. 1981 begann er tatkräftig mit befreundeten Handwerkern sein Eigenheim zu bauen, das 1987 einzugsfertig war. Er war seit 1972 verheiratet und hat zwei inzwischen erwachsene Kinder. Seit 1991 arbeitslos, erduldete Mudlagk mehrere Umschulungen und erkrankte im Dezember 2002 an Lungenkrebs.

Beachten Sie bitte auch die nachfolgenden Seiten!

Reihe ›Lebenslinien‹

1989-1995: **Endlich im Westen** – Geschichten aus dem neuen Deutschland. Von Renate Groß. Eine humorig-freundliche Replik auf das Leben einer ostdeutschen Arztfrau in einer westdeutschen Kleinstadt. Wahre Geschichten typisch deutsch-provinzieller Spießbürger, frustrierter Mütter und unerzogener Bälger vergnüglich notiert. Mit eingestreuten DDR-Kochrezepten.
Broschur, ISBN 3-931329-27-5.

1870-1997: **Aber die Liebe bleibt.** 7 ergreifende authentische Frauenschicksale der jüngeren Vergangenheit sind von Käthe Seelig in exzellentem Stil, sensibel und spannend beschrieben. Ihre Erinnerungen bewahren auch Zeitgeist und Lebenshaltungen. Die Frauen suchten Glück und Erfüllung, erreichten jedoch nur selten das Gewollte.
Broschur, ISBN 3-931329-33-X.

1926-2002: **Zeit-Besichtigung.** Reportagen und Feuilletons aus 7 Jahrzehnten von Elfriede Brüning. Sie begann ihre Laufbahn als Redaktions-Hilfskraft mit dem Schreiben kleiner Reportagen in den 20er Jahren, setzte in der Zeit des Nazi-System aus, erst in der DDR avancierte sie zur angesehenen Schriftstellerin; blieb aber der journalistischen Arbeit verbunden – bis heute. Ihre besten Texte in den jeweiligen Zeitstilen sind zusammengefaßt.
Broschur, ISBN 3-931329-41-0.

1984-2000: **Hafthaus.** Ein Bericht unter Verwendung authentischer Briefe von Ralf-G. Krolkiewicz. Der junge Schauspieler Alex Jünemann, wegen einiger Spottgedichte und satirischer Texte von der Stasi verhaftet, gerät in die Mühlen ›sozialistischer Gesetzlichkeit‹. Seine Erinnerungen ergeben ein sehr persönliches und erschütterndes Dokument dieses verzweifelten Kampfes.
Broschur, ISBN 3-931329-39-9

www.maerkischerverlag.de

1934 – 1970: **Mein Rittersporn.** Hiltrud Rothe schreibt über Krieg und Nachkrieg, die sie geprägt haben – wie viele Gleichaltrige, die ihre Kindheit unter schlimmen Umständen verbringen mußten und rückschauend umso dankbarer für eine glückliche Entwicklungszeit sind. Viele schöne Episoden sind wie kleine Perlen einer langen Kette aneinandergefügt und lassen den Leser eine Kindheit und Jugend einer chrsitlichen Lebensbahn miterleben.
Broschur, 144 Seiten, Umschlag nach einem Aquarell von Ute Mertens, ISBN 3-931329-40-2

1858 – 1936: **Frühes Licht und späte Schatten.** Das Leben der Marie Goslich – Eine preußische Biografie. Nach über 10jährigem Studium erzählt Tessy Bortfeld die außergewöhnliche Lebensgeschichte der Pädagogin, Journalistin und Fotografin Marie Goslich, die um materielle, geistige und emotionale Unabhängigkeit kämpfte – für sich und die Fraueen. Die realistischen Fotografien (26 Fotos im Text) gewähren einen dokumentarischen Einblick in das damalige Arbeitsleben der »einfachen Leute«.
Festeinband, 900 Seiten, ISBN 3-931329-42-9

1918-2003: **Ein Herz für Komödianten** - und manch anderes auch. Die neuen Erzählungen von Käthe Seelig reflektieren ältere und neuere Erlebnisse und Geschehnisse, die alle authentische Wurzeln haben. Wie auch in ihrem zuvor erschienenen Buch ›Aber die Liebe bleibt‹ schreibt die Autorin sehr ehrlich und teilweise aufrüttelnd, trifft aber bei Liebe und Zuneigung auch sehr zärtliche und behutsame Töne. Eingestreut sind Gedichte.
Broschur, Umschlag nach einem Bild von Ronald Paris, 350 Seiten, ISBN 3-931329-23-2

Märkischer Verlag Wilhelmshorst

Kinderbuch

Manfred Richter und Manfred Bofinger
Der Schickedietenheimer Turm

Mit seinen liebenswerten Zeichnungen
hat Bofi das Märchen von Manfred Richter illustriert,
in dem die Schickedietenheimer
- wie überall auf der Welt -
mit ihren kleinen Schwächen zusammenleben.
Erst Prahlsucht und Neid führen zur Katastrofe,
aber natürlich dann auch zum guten Ende.

Ein Vorlesebuch für die Kleinen; mit einer CD zum Hören.
Sprecher sind die beiden Manfreds; Musik von Wolfgang Protze
von der ›Fercher Obstkistenbühne‹

Festeinband, 20 x 26 cm, farbige Illustrationen, 32 Seiten, mit CD

ISBN 3-931329-16-X, € 13,00

www.maerkischerverlag.de